Georgia Blain

LOTTO GIRL

Traduit de l'anglais (australien)
par Alice Delarbre

casterman

J'ai cru voir Lark ce soir. Je suis restée pétrifiée, les yeux levés vers le ciel nocturne, où elle scintillait, translucide, pareille à un fantôme, une jeune fille sortie de la rivière pour chanter, sa gorge blanche au clair de lune, sa voix aussi onctueuse que du miel.

J'ai failli l'appeler. J'ai failli tendre les bras vers elle, mais ça n'était pas réel. Ça n'était pas Lark. Il s'agissait d'un flux numérique que j'ai filmé il y a longtemps. Il pulsait parmi tous ceux qui éclairaient cette soirée, puis il a disparu.

J'ai fermé les yeux, je voulais graver cette image dans mon esprit. Le visage de Lark flottait devant moi, ce visage dont j'ai tant de mal à me souvenir avec précision. J'ai voulu me raccrocher aux détails pour reconstituer un tout. Même eux, ils se dérobaient. On avait l'habitude de rire de son léger strabisme à l'œil droit, comme on riait de mes cheveux indomptables, des genoux cagneux d'Ivy et des grands pieds de Wren. On se demandait si ces petites imperfections avaient été conservées à dessein. Nos parents avaient très bien pu vouloir qu'on sorte de l'ordinaire... Voilà ce qu'on aimait penser, même si on savait que leur marge de manœuvre était limitée. Les petits défauts étaient de plus en plus à la mode – une touche d'insolite qui venait contrebalancer la perfection. On essayait de s'enorgueillir de nos singularités, de prétendre que, elles aussi, elles étaient *uniques*.

Autour de moi les rues étaient animées. Piétons qui poussaient des caddies, familles entassées sur des mobylettes, commerçants vendant des aliments difformes – le rebut des laboratoires BioPerfect, parvenu jusque dans cette circonscription excentrée.

Le souffle court, les poings serrés, j'ai attendu, je voulais retenir le visage de Lark. L'obscurité était saturée de particules, tourbillons de terre, de poussière et de sueur balayés par la lumière constante du flux d'images. Flashes info et annonces des succès des Parents alternant avec des tentatives de divertissement – bandes-annonces de comédies ou de drames, musique –, le tout projeté dans la crasse épaisse du ciel. Ces images brumeuses et immatérielles se disputaient notre attention, cherchant à nous convaincre de les sélectionner sur nos portables, pour un visionnage immédiat ou différé. On a beau savoir comment ça fonctionne, il y a de quoi devenir un peu dingue.

Je guette la réapparition de Lark jusqu'à ce que la pression de la foule soit trop forte. Je renonce et rentre au camp, me demandant si son visage était bien dans le ciel ou si j'ai simplement pris mes désirs pour des réalités.

Je trouve la cour bondée : familles qui partagent un même wok pour cuisiner, animaux qui rôdent dans les ruelles, enfants qui jouent. Et ceux de mon âge qui, dans l'ancien monde, auraient été trop jeunes pour voter, coucher ou boire, sont réunis dans un coin et échangent des ragots.

— Hé ! m'appelle Chimo en agitant un bras.

Son sourire jusqu'aux oreilles dévoile des dents blanches et régulières, qui seraient plus à leur place dans la bouche d'un gosse de Halston que dans celle d'un employé de ReCorp qui passe ses journées les mains dans les ordures.

— Viens t'asseoir avec nous, princesse.

Il tapote la boîte en fer retournée à côté de lui, tout en mâchonnant une tranche de bœuf séché. Il cligne lentement des yeux avant de se lever et de s'incliner ; sa peau d'un doré foncé luit à cause de la chaleur.

J'ai pour habitude d'ignorer Chimo et les autres, de filer direct à ma chambre pour dîner, n'ayant aucune envie de me faire des amis dans un endroit où je ne suis pas chez moi.

Chimo a anticipé ma réaction.

— C'est mauvais pour toi de rester toute seule, insiste-t-il.

Agitant le bras autour de lui pour englober l'ensemble du camp, il ajoute :

— Tu le vois bien... on a besoin les uns des autres.

Je suis sur le point de secouer la tête et de poursuivre mon chemin, mais mon désir croissant de compagnie prend le dessus. Derrière celui-ci se cache de la peur. La peur est toujours là.

Chimo m'a aidée, à mon arrivée au camp. Je n'avais que mon portable pour savoir qui j'étais et où je me trouvais.

Nom : Delia Greene
Âge : 17 ans
Profession : trieuse de déchets
Adresse : Camp ReCorp 978, chambre 4001

Des précisions financières (crédits et dettes) accompagnaient ces éléments, ainsi qu'un résumé des autres informations disponibles – dossiers médical et scolaire, tout l'historique des données fabriquées pour définir les contours de cette fille inconnue : Delia Greene.

On est nombreux dans ce cas – à avoir été effacés des bases de données, à réapparaître avec une nouvelle identité dans un camp surpeuplé où tout le monde fait la queue, chaque jour, pour pouvoir travailler. Des travailleurs qui croulent sous les piles interminables de ce qui a été perdu ou jeté, de ce qui a été utilisé ou est inutilisable, en bref qui croulent sous les ordures à trier.

— Suis-moi…

C'est ce que Chimo m'a glissé à l'oreille, le premier matin. À sa demande, je lui ai tendu mon portable, sans réfléchir.

— Tu es dans mon unité, a-t-il ajouté en me jetant un coup d'œil. Effacée ?

J'ai fait non de la tête : on m'avait bien dit de n'avoir confiance en personne.

— Mon camp a été détruit.

Il n'a pas cillé. Il a sorti une galette de blé de son sac. Je l'ai acceptée avec reconnaissance et la chaleur de sa main contre la mienne m'a donné envie de me fier à lui.

— Alors tu as été relocalisée ?

J'ai hoché la tête et il a souri. C'était la première fois que j'apercevais ses belles dents blanches et l'étincelle dans ses yeux, qui surgit chaque fois qu'il plaisante – ce qu'il aime beaucoup faire.

— Tu m'as l'air vachement sophistiquée pour une citoyenne de ReCorp. Une vraie princesse.

Il a étiré la dernière syllabe de ce mot, et je me suis surprise à lui retourner son sourire.

— Tu as dû être très vilaine pour qu'on t'envoie ici...

Il a fait claquer sa langue, retrouvant un air sérieux tout à coup.

— L'atterrissage peut être rude. Si tu as besoin de quoi que ce soit, demande.

J'ai croisé son regard un bref instant avant de me détourner.

La plupart du temps, les amis de Chimo me considèrent avec la même expression lasse. Sala est avec lui ce soir. Ses cheveux courts lui donnent un côté garçon manqué, mais ses longs cils noirs et sa taille fine sont d'une féminité déconcertante. Elle pose les yeux sur moi, puis sur Chimo, une main sur son genou.

— Tu te joins à nous ? insiste-t-il en se décalant sur le banc pour me faire de la place.

La nuit est étouffante. L'air lourd, suffocant et immobile pèse sur nous. Ma chambre, à l'étage, possède une fenêtre plus petite que mon oreiller à Halston. La première nuit, je l'ai ouverte au maximum – de cinq centimètres environ. Le cadre en métal a résisté avec un grincement, le béton autour a menacé de s'émietter. Je n'ai pas réussi à la refermer depuis. Dans un coin, il y a un brûleur à gaz, une assiette, une tasse et une casserole en fer blanc, ainsi qu'un couteau et une fourchette. D'un côté, je pose ma ration d'eau quotidienne ; de l'autre, se trouve un fauteuil. Le précédent occupant de cette chambre a cousu de petits morceaux de tissu dessus – autant d'éclats de beauté dérobés dans le centre de tri : roses délavées sur fond bleu myosotis, pétale d'hibiscus, bande de velours bleu canard et, joyau de ce butin, un ruban de satin bleu qui fait tout le tour de l'assise. Ce fauteuil est la seule touche joyeuse dans cette pièce sinistre. Une ou deux fois j'ai essayé de dormir dessus – systématiquement, j'ai fini par renoncer et dérouler mon matelas en mousse ultra-fin.

Je pourrais monter dans cette chambre et faire réchauffer le RizCrevettes que j'ai récupéré. L'odeur emplirait la pièce et la température ambiante augmenterait au point que je serais obligée de couper le feu avant que ce soit prêt. L'image de Lark flotterait devant mes yeux pendant que je mangerais, aussi fragile qu'une projection sur un voile de gaze, son visage se confondant avec ceux de Wren et d'Ivy. Réunies toutes les quatre à Halston... Je pourrais m'allonger dans le noir, mon cerveau turbinerait à toute allure pour réunir les différentes pièces du puzzle et les remettre soigneusement dans le bon ordre, ce qui ne tarderait pas à me ramener là où je me sens chez moi.

Je suis en colère. Elle nous a dit d'attendre. Elle nous a promis qu'ils reviendraient nous chercher. Ça fait presque un an maintenant, et pas une seule nouvelle, pas même un mot de réconfort. Je n'ai aucune envie d'arpenter la minuscule pièce, en regardant les lumières des rues jusqu'à ce qu'elles s'éteignent, automatiquement, à minuit, et que le noir vienne me soulager. Je n'ai pas envie de continuer à faire les cent pas jusqu'à ce que le courant soit rétabli, jusqu'à ce que l'électricité crépite dans les veines de ces vieux bâtiments, jusqu'à ce que ceux d'entre nous qui espèrent être pris dans l'équipe du matin de ReCorp se lèvent, prêts à faire la queue.

Je n'ai pas envie d'être seule.

Je me tourne vers Chimo pour la première fois et le remercie, lui dis que j'aimerais me joindre à eux.

Pétrifié un instant, il surjoue la surprise.

— Enfin !

Il sourit, ses yeux sont aussi noirs que de la poussière de charbon.

— Plus on est de fous plus on rit.

Il attrape une assiette en fer blanc, la rince dans leur seau d'eau et la secoue pour la sécher. Puis il la tend à Sala, qui la prend à contrecœur.

— Tu participeras demain soir, hein ? me demande-t-elle.

Je comprends qu'il ne s'agit pas réellement d'une question. C'est la première fois que j'entends sa voix, grave et veloutée.

— Bien sûr, répond Chimo. Delia fait partie de la bande maintenant.

Je m'installe avec eux dans la cour, et je dévore le repas avec mes doigts, les écoutant discuter, heureuse de ce répit dans ma solitude.

— Dors en bas cette nuit, me propose Chimo lorsque je les remercie de m'avoir nourrie.

Il effleure brièvement ma jambe, ses doigts tracent une ligne sur ma peau. Je secoue la tête et m'éloigne. Je dois retourner dans ma chambre avant de prononcer des mots que je regretterai.

Je ne suis pas Delia Greene. Je ne devrais pas être ici. Pourquoi ne sont-ils pas venus me chercher ?

À l'étage, une fois ma porte fermée, je me laisse glisser au sol, puis je replie les genoux contre ma poitrine. J'ouvre la bouche, tellement j'ai envie de hurler.

Au lieu de quoi, je me connecte au Désert – une décharge pour données numériques, où le volume considérable d'informations échangées constitue une garantie d'anonymat. Les gens y viennent pour discuter, pour confier leurs espoirs et leurs rêves, pour se débarrasser de leur détresse, leur souffrance, leur solitude, dans un énorme enchevêtrement confus de mots qui ne peuvent pas être démêlés... Je me connecte et j'entame cette histoire. J'ai changé les noms. Et les lieux. Quant au reste ? Libre à vous de le croire ou pas.

On n'avait que cinq ans, l'âge minimum requis, quand on a été envoyées à Halston. On était les Lotto Girls – les filles de la loterie –, qui avaient la chance d'avoir remporté un tirage au sort qui ne se produisait qu'une fois tous les sept ans.

Mes parents, comme des millions d'autres, avaient acheté des billets dans l'espoir de concevoir, avec l'aide de BioPerfect, un enfant particulièrement doué – privilège réservé, d'habitude, aux très riches. Un tel enfant recevait la meilleure des éducations. Son avenir était assuré : les enfants de la loterie obtenaient un travail bien payé, ils vivaient dans une maison confortable et étaient à même de veiller sur leur famille. Ils possédaient aussi un patrimoine génétique exceptionnel qu'ils pourraient léguer à leurs propres enfants, s'ils n'étaient pas en mesure de recourir à l'aide de BioPerfect pour les concevoir.

Contre toute attente, mes parents ont gagné. L'annonce du résultat et leur immense bonheur ont été immortalisés dans un flux numérique, ainsi que ma naissance, mon premier anniversaire et mon premier jour à Halston.

Toute mon enfance j'ai regardé les images de Lark, Wren, Ivy et moi, devant l'entrée de l'établissement, raides dans nos nouveaux uniformes, éblouies par le soleil. (Le thème de notre année était limpide : la faune et la flore – stratagème de BioPerfect pour communiquer plus efficacement sur nos destinées remarquables.) On s'est toutes émerveillées devant l'immense rivière scintillante et les champs ondoyants, devant les arbres qui semblaient atteindre des mondes inaccessibles, leurs troncs lisses et pâles, leurs feuilles bruissant comme du papier de soie dans un ciel plus clair que tous ceux qu'on avait connus.

Je me tenais à côté d'Ivy. Les images montrent qu'elle agrippait la manche de ma veste, les doigts crispés sur le tissu bleu marine amidonné.

Je me souviens qu'elle pleurait. Rouge de colère, elle a dit à Miss Margaret qu'elle voulait rentrer.

— Elle nous est très attachée, s'est excusée la mère d'Ivy en revenant la serrer dans ses bras et l'embrasser une dernière fois. J'ai entendu dire que c'était le cas des enfants intelligents. Mais vous le savez... Naturellement, vous le savez. Elle a une sensibilité exacerbée. Bien canalisée, cette caractéristique deviendra un don. C'est un don.

Miss Margaret a pris la main de la fillette et s'est agenouillée devant elle pour la regarder dans les yeux.

— Quel âge as-tu ?

Ivy a fourré son pouce dans sa bouche.

— Tu sais pourquoi tu es ici ?

Elle a hoché la tête.

— Tu es unique, tout à fait unique, et nous allons mettre un soin unique à nous occuper de toi, ici, dans cet endroit magnifique. N'est-ce pas un endroit magnifique ?

Wren, qui se trouvait derrière Ivy, a alors fondu en larmes.

— Je sais, vous avez l'impression d'être dans un lieu inconnu, nous a dit Miss Margaret. Mais je vous promets que bientôt vous vous sentirez chez vous. Vous allez adorer Halston, toutes les filles en sont folles. Et elles veilleront sur vous aussi, comme des grandes sœurs. Ce sera votre famille.

Elle a relevé les yeux vers nos parents et leur a fait signe d'avancer.

— Maintenant, les filles, a-t-elle repris d'une voix consolante, je veux que vous disiez toutes au revoir. Quand vous aurez terminé, j'aurai une récompense pour vous. Qui aime la glace ?

On l'a regardée. J'ai été la première à lever la main. Mes parents avaient reçu des colis de BioPerfect pour chacun de mes anniversaires, et les aliments qu'ils contenaient étaient inconnus dans notre camp. Tous nos repas avaient d'ailleurs été fournis par BioPerfect – ou plutôt les miens. Mes parents en prélevaient parfois une petite portion pour mon frère, Lewis.

La seule fois où j'ai osé me plaindre, la déception qui s'est peinte sur le visage de ma mère a suffi à me réduire au silence. De honte, j'ai voulu céder toute ma part à mon frère. Il a refusé et n'a plus jamais touché un seul aliment en provenance de BioPerfect.

— Qui a envie de créer son propre parfum ? a demandé Miss Margaret en me serrant la main. Que diriez-vous de la rose de Fern ?

Se tournant vers Lark, elle a ajouté :

— Et de la succulente réglisse de Lark ?

Ivy a voulu participer.

— Moi, je propose le chocolat explosif d'Ivy !

Miss Margaret lui a caressé la tête.

— Sans oublier le caramel mou de Wren.

Ivy s'est mise à faire des petits bonds.

— On pourra en manger autant qu'on veut ?

— Mais oui, autant que vous voudrez, a promis la surveillante.

Je ne me rappelle pas avoir dit au revoir à mes parents, et il n'y avait aucune image de nos adieux dans le flux numérique. Je sais qu'Ivy a encore pleuré, qu'elle a hurlé alors que Miss Margaret l'arrachait aux jambes de sa mère. J'étais gênée pour elle. Lark et Wren ont versé des larmes, elles aussi, mais leur tristesse était plus mesurée. Je crois que j'aurais pu me contenter d'embrasser mes parents comme une bonne fille, excitée de me trouver au seuil d'une nouvelle existence, une existence qu'on me promettait depuis toujours, ou presque. J'avais toujours senti une distance entre ma famille et moi, ce qui n'a sans doute rien de surprenant : on m'avait répété que j'étais destinée à une meilleure vie. J'éprouvais le besoin de vivre dans un endroit où mes dons uniques pourraient réellement se développer.

Miss Margaret serait notre mère à Halston, et ce jusqu'au jour de notre départ. C'est ce qu'elle nous a expliqué ce premier après-midi, dans la cuisine, pendant que nous mangions les glaces que nous avions créées.

— Je suis là pour veiller sur vous. Ça peut être difficile de vivre loin de chez soi, parfois.

Elle s'est tournée vers Ivy.

— Il faut un petit temps d'adaptation.

Elle s'est baissée pour l'embrasser sur la joue, et Ivy a rosi de plaisir.

— Vous êtes toutes merveilleuses à mes yeux. Je vous connais un peu grâce à vos données, mais je suis impatiente d'apprendre à vous connaître véritablement.

Elle a goûté nos glaces, décrétant qu'elles étaient parfaites.

— Que vous êtes malignes ! s'est-elle exclamée, à notre plus grand plaisir.

Elle était plus âgée que ma mère, pourtant, sa peau était plus douce, moins marquée, et ses yeux clairs brillaient – ils paraissaient gris ou verts selon l'éclairage, et on y lisait une bonté constante.

À la fin de la dégustation, l'heure était venue de nous montrer nos chambres.

— Vous voyez, nous a fait remarquer Miss Margaret, elles sont disposées en cercle autour de la mienne, les vôtres et celles des filles plus âgées.

— Ça ne forme pas vraiment un cercle, ai-je murmuré, désireuse de prouver que j'étais digne d'un tel endroit. Il faudrait que les murs soient incurvés.

— Tu as raison, a-t-elle convenu en posant une main sur mon épaule. Vous êtes vraiment uniques, les filles. Mes Lotto Girls ! Vous n'avez aucune raison d'avoir honte de votre statut particulier. Au contraire, les fées se sont peut-être penchées sur vos berceaux plus que sur ceux de toutes les autres pensionnaires ici. Vous avez été touchées par la grâce.

Mon amour pour elle est né à cet instant-là. Son visage semblait animé d'une douce chaleur, comme si elle était le soleil et que je m'épanouissais sous ses rayons. Elle sentait aussi bon qu'un gâteau à la sortie du four, et j'ai eu envie qu'elle m'aime à son tour.

La première nuit, allongée à côté de Lark, sous des draps en coton bien propres, alors qu'une douce brise nous apportait l'odeur des trèfles, je n'ai pas éprouvé une seule seconde l'envie de rentrer chez moi. Peut-être parce qu'on m'avait toujours répété que ma place était ici.

— Elle me plaît, notre chambre, ai-je murmuré à Lark.

Elle s'est tournée vers moi, le pouce dans la bouche, une poupée coincée sous un bras, et j'ai eu l'impression qu'elle pleurait.

— On peut être amies ? lui ai-je lancé.

Elle a hoché la tête avant de soulever sa couverture. Je me suis levée pour la rejoindre dans son lit.

— Mes parents me manquent, m'a-t-elle avoué. J'ai promis d'être courageuse, mais je n'y arrive pas.

Je lui ai demandé comment s'appelait sa poupée : Clef de sol. J'ai gloussé, et elle aussi.

— C'est parce que j'ai un don pour la musique, m'a-t-elle expliqué. Ma maman a fait ce choix.

— La mienne voulait que je devienne une scientifique. Une spécialiste des plantes. Ils ont changé d'avis au bout du compte.

J'ai attendu que Lark m'interroge sur mon don. Elle ne l'a pas fait. Sa respiration était profonde et elle avait fermé les yeux.

Je me suis levée et je me suis approchée de la fenêtre sur la pointe des pieds. Dehors, la lumière de la pleine lune se déversait sur les jardins, découpait une bande argentée dans la nuit noire. C'était beau. Oui, vraiment, je n'avais jamais rien vu d'aussi beau.

Le matin, Miss Margaret nous a annoncé qu'il était temps de nous mettre sérieusement au travail.

— C'est un travail amusant, bien sûr. Nous voulons vous aider à tirer le meilleur parti de vos dons extraordinaires. Vous êtes toutes si talentueuses, c'est notre mission de vous permettre d'explorer votre potentiel.

Elle avait établi un planning des cours. En plus d'un tronc commun, chacune aurait plusieurs heures d'option pour développer son inclination naturelle. Lark avait l'oreille musicale. Elle était belle. Grande et mince, avec de longs cheveux blonds qui lui tombaient à la taille et d'immenses yeux graves qui brillaient quand elle était heureuse. Wren était censée être une meneuse. Nerveuse et dynamique, autoritaire et pleine d'entrain. Nos contours à Ivy et moi étaient définis avec moins de clarté. J'avais un bon esprit d'analyse et un talent pour le contact humain, avec un vrai penchant pour l'expression visuelle. Combinaison inhabituelle, à ce qu'on m'avait dit, et qui devait me placer sur la voie d'une carrière dans le monde de la communication. J'étais capable de cerner un problème et de trouver une solution originale. Mes cours optionnels porteraient sur l'art de la narration, et sur la maîtrise des canaux de communication. Ivy avait un esprit mathématique, apte à résoudre des difficultés techniques, ce qui la destinait au champ de l'ingénierie.

Miss Margaret nous a remis des portables, dans lesquels elle avait programmé des « rappels » et chargé des plans pour nous aider à trouver nos salles de classe. J'ai aussitôt allumé le mien et me suis facilement accoutumée à l'interface.

— Regardez ! La rivière est par là. Il y a aussi des serres et des écuries.

— Avec des chevaux ? a demandé Wren.

Miss Margaret lui a répondu que oui.

— À côté des terrains de sport, a-t-elle précisé.

— Et des salles de musique !

Lark a suivi du bout du doigt l'enfilade de pièces, émerveillée par la perspective d'avoir un lieu dédié à sa passion. À côté de nous, Ivy avait le regard dans le vide. Elle n'avait touché ni à son petit déjeuner, ni à son portable. Miss Margaret a tapoté la place à côté d'elle sur le banc, et Ivy s'est approchée.

— Tu as compris où tu allais te rendre aujourd'hui ?

Ivy a secoué la tête et reniflé bruyamment.

— Tiens.

Miss Margaret lui a allumé son portable. Lark et moi avons fredonné la mélodie d'accueil en chœur, pendant que Wren se rapprochait, poussant Ivy pour voir l'écran, elle aussi.

La surveillante a tapoté de son index la liste des cours, et les deux filles se sont penchées vers le portable. Ivy a relevé la tête en premier. J'ai bien vu qu'elle ne comprenait pas. Miss Margaret l'a dévisagée. Puis elle lui a déposé un baiser sur le sommet du crâne et lui a dit de ne pas s'en faire.

— J'ai demandé à quatre filles plus âgées de vous accompagner toute la journée, pour vous aider. Bientôt vous saurez vous repérer seules. Vous ne vous poserez même plus de questions.

J'ai été confiée à Rani, qui, du haut de ses douze ans, semblait incroyablement mature. Des jambes interminables, une belle chevelure noire brillante et des yeux d'un bleu saisissant... Apparemment, ce physique exceptionnel était son don, et j'ai été très impressionnée quand elle m'a offert sa main.

— La journée se divise en trois parties, m'a-t-elle dit. Formation générale accélérée avant le déjeuner, puis une heure de temps libre dans les jardins. Ensuite, c'est le moment des programmes créatifs : art, musique, écriture, création de médias. On prend le goûter avec Miss Margaret à seize heures, et enfin chacune a son cours d'option. Pour toi, c'est l'art de la narration, je crois ?

Elle m'a regardée, dans l'attente d'une confirmation. J'ai hoché la tête avec nervosité. Personne ne m'avait jamais parlé comme à une adulte, pas même le professeur particulier que BioPerfect avait envoyé chez nous avant ma venue ici.

— Après le dîner, à dix-neuf heures, il y a l'Heure de Discussion. Tu comprendras le moment venu, mais, en gros, Miss Margaret choisit un sujet, et on est censées en débattre, envisager tous les points de vue possibles. Ça n'est pas trop sérieux, ne t'inquiète pas.

J'ai hoché à nouveau la tête, même si je ne savais pas ce qu'était un débat.

On s'était arrêtées devant une porte. Mes amies venaient dans notre direction, suivies d'un groupe de filles de mon âge.

— La nouvelle promotion de l'année, m'a expliqué Rani.

Je les ai observées. Ces filles-là n'étaient pas des Lotto Girls, leurs parents avaient pu acheter tout leur patrimoine génétique.

Rani a perçu mon angoisse.

— Ne t'en fais pas. La seule chose qui compte, c'est d'être ici, aujourd'hui. Peu importe d'où l'on vient. On travaille ensemble. On s'entraide et on apprend les unes des autres.

Elle s'est penchée vers moi avec un sourire.

— Je suis aussi une Lotto Girl.

Elle m'a serré la main et m'a prévenue qu'elle viendrait me chercher à la fin du cours pour m'accompagner au suivant.

Dès les premières semaines, il a été évident qu'on avait des niveaux très disparates. Les autres filles, celles qui n'étaient pas des Lotto Girls, avaient reçu une éducation stricte dès la maternelle – leurs parents avaient les moyens – et elles étaient en avance dans toutes les matières du tronc commun. Avec Lark, on avait du mal à suivre. Elle était meilleure pour les chiffres, moi, pour les lettres. Au début, on se cachait pour se montrer nos devoirs et comparer nos réponses. Très vite, on a cessé de se dissimuler. Rani avait raison : on était là pour s'entraider.

Ivy et Wren, qui partageaient leur chambre, essayaient aussi de travailler ensemble. Wren nous jetait parfois un regard interrogateur, les sourcils froncés. À la fin de la première semaine, elles ont toutes deux reçu des cours particuliers intensifs pour rattraper leur retard. À leur retour en cours, Ivy ne suivait pas mieux. Elle avait souvent du mal à saisir les énoncés les plus simples.

— J'ai l'impression qu'elle ne comprend rien, nous a dit Wren.

On était toutes les trois dans une salle d'étude, pour rédiger des messages à nos parents. Lark consacrait des heures aux siens, elle racontait dans le moindre détail ce qu'elle avait fait et ressenti. Wren était plus factuelle et fournissait un bref compte rendu de ses succès. Mes messages en disaient peu. J'aimais envoyer des images d'arbres, des gros plans d'un rai de lumière qui traversait une vitre en dansant, d'un motif que j'avais créé avec des pétales de fleurs. Mes parents devaient les trouver terriblement frustrants, mais je voulais être une artiste, explorer le don qu'on m'avait attribué, les éblouir avec ma créativité – eux et, sans doute encore plus, mes amies et enseignants...

— Elle n'arrête pas de répéter qu'elle déteste cet endroit, a continué Wren en secouant la tête pour signifier que ce sentiment lui semblait ridicule. Elle dit qu'elle s'ennuie.

— Tu crois qu'elle va finir par rattraper son retard ? a demandé Lark.

— Bien sûr, suis-je intervenue.

Je refusais d'envisager qu'Ivy ne soit pas à sa place ici. Comment aurais-je pu l'admettre ? Elle était l'une d'entre nous, elle était forcément unique.

Et pourtant, Ivy restait à la traîne.

Il n'a pas fallu longtemps pour que les premières rumeurs voient le jour. Ivy n'arrivait pas à compter au-delà de dix. Elle n'était pas capable d'effectuer une addition simple. Les autres élèves ont même commencé à suggérer qu'elle ne savait pas lire.

Les bruits sont d'abord venus des filles de notre année, plus précisément de celles qui méprisaient les Lotto Girls. En dépit de ce qu'affirmait Rani, tout le monde ne nous considérait pas comme des égales. Mais ce n'était peut-être pas la seule raison. Peut-être que les pensionnaires de Halston étaient soulagées que ce soit une autre qui échoue, et pas elles.

Les professeurs les plus indulgents trouvaient des excuses à Ivy, ils lui disaient de ne surtout pas s'en faire, qu'il fallait parfois un peu plus de temps pour éclore. Ils veillaient à parler assez fort pour être entendus de toute la classe, et ils s'empressaient de réduire au silence celles qui formulaient la moindre critique. Au terme de cette première année, malgré tout, alors qu'Ivy continuait à stagner, la rumeur a peu à peu enflé. Elle représentait un échec ; son profil génétique, trop novateur, avait subi un revers. Allait-on lui demander de partir ? Ça arrivait rarement, cependant c'était du domaine du possible.

Il y avait une certaine délectation chez celles qui envisageaient une issue aussi tragique. Moi-même, je me détestais de trouver ça excitant, en secret. Et si quelqu'un s'était mis à parler de moi dans mon dos ?

Lorsque je me suis inquiétée de ne pas obtenir d'assez bons résultats, Miss Margaret m'a répondu que je n'étais qu'en première année. Nous aurions besoin de temps pour devenir les jeunes filles que nous étions destinées à être, parfois plus longtemps que prévu. Je savais qu'elle faisait allusion à Ivy et continuais pourtant à avoir peur d'entrer dans la même catégorie qu'elle, d'être en échec moi aussi.

Durant les deux premières années, Miss Margaret nous a souvent chargées de veiller sur Ivy, d'être particulièrement gentilles avec elle, de rester convaincues qu'elle réussirait bientôt à laisser ses difficultés derrière elle. Miss Margaret lui accordait aussi une attention extrême, veillant toujours à ce qu'elle ait une place à côté d'elle pour les repas, et sur le canapé pendant l'Heure de Discussion. Ivy se recroquevillait et s'assoupissait souvent, ses boucles brunes lui tombant sur le visage, ses joues, qui avaient conservé un peu de leurs rondeurs, rosies par l'épuisement.

Wren nous a confié qu'Ivy pleurait encore la plupart des nuits et qu'elle devait souvent l'accompagner dans la chambre de Miss Margaret, qui la couchait dans un petit lit de camp à côté du sien – la surveillante avait fini par le laisser déplié, se tenant prête à accueillir Ivy aux environs de minuit.

Quand je repense à cette époque, sachant ce que je sais désormais, j'ai de la peine pour elle. Nous étions si jeunes. Je la revois, avec ses yeux timides sous sa longue frange, son pouce dans sa bouche… Elle n'était absolument pas armée pour Halston. Elle voulait souvent jouer au papa, à la maman et au bébé – jeux que je trouvais ridicules.

En cours, soit son regard se perdait par la fenêtre, soit elle cherchait à perturber la classe, s'emparant de mon portable pour effacer mes réponses, écrabouillant ma figurine en argile d'un coup de poing ou mélangeant les différentes peintures à l'huile sur ma palette pour former un vilain brun, qu'elle essayait ensuite d'étaler sur mes vêtements. Lorsque je savais que personne ne risquait de me surprendre, il m'arrivait de la pincer, d'attraper sa peau entre mon pouce et mon index et d'appuyer jusqu'à ce qu'elle hurle. Puis je faisais semblant de la consoler, et mes professeurs me félicitaient pour ma gentillesse.

Je n'étais pas gentille, mais, à ma décharge, j'étais comme Ivy, en un sens : débordée par cet endroit. J'ai passé mes premières années à m'efforcer de suivre le mouvement – même si, pour garder la tête hors de l'eau, je devais parfois faire boire la tasse à une autre.

Certaines nuits, quand je n'arrive pas à dormir, je m'assieds devant ma fenêtre avec l'espoir qu'un souffle d'air m'apportera un peu de fraîcheur. Ça n'arrive jamais. Ce n'est pas un territoire de BioPerfect, avec un microclimat contrôlé à la perfection, un ciel limpide et des brises plaisantes. Non, c'est un centre de tri ReCorp, qui récupère le bas de la chaîne alimentaire, où les gens font la queue, tous les matins, pour un travail qui leur rapportera tout juste assez de données pour tenir jusqu'au lendemain – s'ils ont de la chance.

Un cadre dirigeant de ReCorp nous rend occasionnellement visite. Il se déplace en véhicule blindé depuis son domaine – le genre d'endroit où les gens paient pour que BioPerfect recrée un environnement qui ne va pas sans rappeler celui de Halston. Cet homme, ou cette femme, porte toujours une combinaison pour se protéger de la chaleur accablante et de la poussière.

Je les envie, ils peuvent repartir du camp, eux. Certains jours, pendant que je trie les ordures qui défilent sur le tapis roulant, le grincement des machines est si bruyant, la puanteur si aigre et impossible à ignorer… J'essaie de me transporter, par la pensée, dans les jardins de Halston. Si seulement ce souvenir avait le pouvoir de faire disparaître le camp… Je voudrais tellement retourner là-bas.

À Halston, depuis la véranda, qui courait le long de la façade avant du bâtiment, on apercevait des hectares de terre, des terrains de sport, des potagers et, sinuant à travers ce patchwork, une rivière d'eau pure et translucide. Je n'avais jamais vu un tel spectacle sauf dans les publicités vantant un monde meilleur, qui se trouvait, on nous l'assurait, à notre portée. Notre nourriture provenait de là, voilà ce que disait BioPerfect. La source de notre eau aussi, affirmait PureAqua. Un lieu où nous pourrions prendre notre retraite si nous travaillions un tout petit peu plus dur et un tout petit peu plus longtemps. Je l'avais vu si souvent, ce décor, cette toile de fond projetée en permanence, constante mais inconsistante. Et pourtant, je crois que je n'y avais jamais cru avant de voir cette réalité de mes propres yeux.

Je me suis liée d'amitié avec Marcus, un jardinier que Miss Margaret m'avait emmenée voir à la suite de mes questions incessantes sur les parterres de fleurs, les arbres, les serres et les pelouses. « Je sais à qui tu devrais parler », m'avait-elle dit alors que je venais de lui demander, pour la énième fois, comment une plante pouvait pousser à partir d'une graine et pourquoi, dans ce cas-là, BioPerfect reconstituait une telle proportion de notre environnement, et l'essentiel de notre nourriture.

Marcus m'a expliqué que la nature était à l'origine de tout.

— BioPerfect s'en inspire pour la totalité de ses produits.

Il m'a montré une poignée de graines. Ses manches étaient retroussées sur ses bras basanés.

— Malheureusement, nous avons fait tellement de mal au monde que nous avons dû nous appuyer sur la science, bien plus qu'autrefois.

Il a retiré ses gants et s'est assis un moment.

— Beaucoup diront que la science a amélioré la nature, et elle est sans aucun doute essentielle à notre survie, mais regarde ça...

Il a brandi un petit plant.

— C'est beau, non ? Il provient d'une graine naturelle. Bien sûr, il n'aurait pas poussé sans cet environnement, alors ce serait idiot de dire que la science n'y est pour rien. Et pourtant, le goût de cette tomate... est incomparable.

Il a accompagné sa déclaration d'un clin d'œil.

— Enfin, à ta place, je ne répèterais pas ça en cours. Je ne suis qu'un vulgaire jardinier, ne l'oublie pas...

J'ai tenu la minuscule plante entre mes mains, sa feuille unique se déployait.

— Je peux vous aider ? ai-je demandé, ayant aussitôt envie de faire partie de ce monde étrange et fascinant dans lequel il évoluait.

Marcus m'a répondu qu'il faudrait que je me salisse les mains, et il m'a montré ses propres paumes. Le moindre pli de sa peau contenait des restes de cette terre riche au parfum de caramel. Ma peau paraissait pâle et inaltérée à côté de la sienne.

— Commençons par les concombres, a-t-il proposé en me tendant un déplantoir.

Au début, l'outil pesait lourd dans ma main. Je l'ai enfoncé dans le sol pour transférer des plants fragiles, suivant ses instructions à la lettre, posant des questions, désireuse d'apprendre.

— Je pourrai revenir ? lui ai-je lancé à la fin de la journée.

— Bien sûr, m'a-t-il répondu avec un sourire. Quand tu veux.

Depuis mon arrivée à Halston, je n'avais jamais été aussi heureuse que ce jour-là, et je fredonnais en remontant la colline sous un ciel mauve.

À mesure que j'apprenais à connaître Marcus, je devenais de plus en plus attentive aux détails de mon environnement. Je me souviens de l'aspect de la pelouse à la lumière du petit matin, je me souviens que je prenais souvent le temps de la regarder avant d'aller en cours. Après avoir vérifié qu'il n'y avait aucun témoin, je m'asseyais au bord de la terrasse et je tendais les mains vers l'herbe, vivante sous mes doigts. Je cueillais quelques brins pour les frotter entre mes paumes et respirer leur odeur sucrée puis je les rangeais dans ma poche. Ainsi, je la conservais avec moi toute la journée.

Un jour, Lark m'a surprise. On s'est avoué qu'on adorait cette odeur, et on a ri ensemble.

— Je n'avais pas pensé à la garder sur moi, a ajouté Lark en se baissant pour attraper quelques brins d'herbe à son tour. Mais tu me donnes une idée !

Elle était toujours gentille, elle ne jugeait personne, ne cherchait pas les défauts, et sa présence m'apaisait.

Je choisissais toujours mes activités en fonction d'elle, même si elles ne correspondaient pas à mes centres d'intérêt. Lark aimait danser et se mouvait avec une grâce et une légèreté qui me faisaient défaut. J'ai enduré des cours pendant des trimestres et des trimestres, riant avec elle de ma maladresse – elle essayait souvent de me convaincre que je n'étais pas aussi mauvaise que je le pensais.

Wren ne suivait jamais ces cours avec nous. Je crois que, pour s'évader, elle avait besoin d'activités plus physiques. Elle courait des marathons, boxait, montait à cheval… Son corps était compact, ses muscles, en acier. Elle portait ses cheveux courts et ressemblait davantage à un garçon athlétique qu'à une fille.

— Attaque ! Attaque ! me répétait-elle sans arrêt en se dressant sur la pointe des pieds.

Elle m'énervait tellement qu'on se serait probablement battues pour de bon si Lark n'avait pas toujours été là pour se moquer de nous.

Le dimanche, on avait une longue plage de temps libre. Les enseignants nous encourageaient à regarder les heures défiler, car « rien n'affûte l'esprit comme le néant », avait décrété Miss Margaret lors d'une Discussion.

On descendait toutes les trois sur les rives sablonneuses de la rivière où les arbres fournissaient de l'ombre. Ivy se joignait rarement à nous, préférant rester à l'intérieur avec la surveillante. Wren, Lark et moi adorions ce moment de la semaine.

Les premières années, on se servait de galets et de sable mouillé pour construire des maisons, reliées entre elles par des brindilles. Celles dans lesquelles on vivrait, plus tard, leur ressembleraient. Je serais productrice de contenus médiatiques. Lark, musicienne, se produirait devant les cadres de BioPerfect. Quant à Wren, elle aurait un poste de direction important dans l'une de leurs filiales.

Si, avec le temps, on s'est peu à peu désintéressées de la construction de ces maisons miniatures, on ne s'est jamais lassées d'évoquer notre avenir, et la conversation dérivait souvent sur la question de l'amour.

— On aura de beaux maris, disait Lark en souriant et en exécutant une pirouette sur demi-pointes, une main décrivant un arc dans le ciel. Ils seront intelligents, gentils et divertissants. Je veux que le mien ait le sens de l'humour.

— Est-ce qu'on voudrait des cadres de chez BioPerfect ? me suis-je interrogée. Ou alors est-ce qu'il vaudrait mieux des pères au foyer qui s'occuperaient de tout pendant qu'on mènerait des vies palpitantes ?

Wren a fait la grimace.

— Je ne veux pas de mari, moi.

— Et les enfants ? a lancé Lark.

— J'adopterai ceux des pauvres qui bossent pour ReCorp.

Ses parents étaient plus riches que les nôtres – elle s'en était vantée devant nous, c'étaient des cadres moyens employés par DataMap.

— Mais j'aurai des nounous pour s'occuper d'eux, des nounous aussi gentilles que Miss Margaret… et je n'aurai pas à lever le petit doigt. De toute façon, je serai trop occupée à faire de mon entreprise la filiale la plus rentable du groupe BioPerfect.

Après avoir considéré son avenir un moment, elle a repris :

— J'ai changé d'avis. Je ne veux pas de ces enfants crasseux de ReCorp. Ils mettront le bazar chez moi, ils ne sauront pas bien se tenir. Je resterai seule.

Elle a hoché la tête.

— Oui, complètement seule.

Lark l'a foudroyée du regard.

— Tu es égoïste. Tout l'intérêt d'avoir un don, c'est de rendre le monde meilleur. Pas de mépriser les autres.

On avait eu le même débat pendant l'Heure de Discussion, quelques jours plus tôt : est-ce qu'en s'améliorant soi-même on contribuait à l'amélioration de l'existence des autres ? Lark avait été particulièrement éloquente ce soir-là, son altruisme était sincère.

Je savais que sa famille travaillait pour NewMatter, une entreprise à peine plus lucrative que ReCorp. Elle s'occupait du recyclage des déchets triés. Les parents de Lark avaient dû vivre toute leur vie sous un ciel à peu près aussi sale et gris que celui au-dessus de ma tête à cet instant. J'avais beau avoir grandi à PureAqua, une meilleure entreprise, mes parents occupaient des postes si modestes que je venais quasiment du même milieu que Lark. Pourtant, contrairement à moi, elle n'avait pas honte de son passé. Elle a d'ailleurs relevé fièrement le menton.

Wren s'est levée, furieuse. Elle était peut-être plus petite que Lark, mais elle était la plus forte.

— Je ne suis pas égoïste. Et je vais le répéter à Miss Margaret.

J'ai légèrement frémi devant son immaturité, je m'apprêtais d'ailleurs à lui dire de grandir un peu, quand Lark lui a rétorqué, en croisant les bras, qu'elle n'avait qu'à y aller, que ça lui était bien égal.

J'ai regardé Wren courir vers nos chambres. Le son aigu de ses pleurs résonnait dans le silence. Je me suis retournée vers Lark, elle avait les yeux brillants de larmes. J'étais abasourdie qu'elle se mette dans un état pareil.

— C'est injuste, Fern. On a tout ça alors que des tas de gens n'ont rien. Ils croient qu'on oublie comment c'était chez nous, comment c'est en dehors...

En vérité, j'avais oublié, moi. Je ne le lui ai pas dit, néanmoins.

— Qu'est-ce que tu veux qu'on y fasse ?

Au loin, Miss Margaret venait dans notre direction, flanquée d'Ivy et de Wren. Elle apportait un goûter. Elle s'est assise dans l'herbe et elle a vidé son panier. Son regard était bienveillant, et sa voix, douce, quand elle nous a expliqué combien il était important qu'on se serre les coudes.

— Vous avez une chance extraordinaire. Le monde est ainsi fait qu'il y aura toujours un fossé entre ceux qui ont tout et ceux qui n'ont rien. Mais ça m'attriste de vous voir vous disputer. Vous devriez vous réjouir de vos succès respectifs et vous efforcer d'aider les gens en difficulté.

Lark s'est décalée pour faire de la place à Ivy.

— Profitez bien de votre temps ici, a ajouté Miss Margaret. Halston est un endroit unique. Ne gâchez pas cette période de votre vie avec des désaccords mesquins.

Si on n'avait pas été là, si on n'avait pas été les Lotto Girls, on aurait reçu une éducation élémentaire : on aurait appris les rudiments de l'informatique nous permettant de nous repérer dans les données de navigation, nous préparant à une simple répétition de l'existence de nos parents. Halston était notre chance d'échapper à ce destin. Une chance pour nous et nos familles, si on décidait de veiller sur elles.

En se levant pour partir, Miss Margaret nous a encouragées à passer du temps avec d'autres pensionnaires.

— Essayez, ça pourrait vous plaire.

On les voyait, éparpillées par petits groupes sur les pelouses. On avait beau suivre les mêmes cours et partager les mêmes repas, on ne se mêlait jamais vraiment à elles.

On a observé les filles les plus proches. Ivy a secoué la tête et s'est rapprochée de Lark.

— Restons plutôt ici, a suggéré Wren.

— On jouera avec elles demain, a approuvé Lark.

Et on est restées dans notre coin. Les quatre Lotto Girls.

Lark était l'aînée. On a célébré son dixième anniversaire dans la chambre de Miss Margaret, autour d'un dîner de fête. Elle a reçu un message de ses parents, qu'elle s'est repassé en boucle, les yeux brillants. Elle ne se lassait pas de les écouter lui dire combien ils l'aimaient et combien elle leur manquait.

Il était tard quand on a quitté notre surveillante, l'air nocturne était chaud et immobile.

— J'ai un plan, leur ai-je annoncé, voulant changer les idées de Lark.

Ivy était nerveuse. Wren, excitée.

— On ne va pas se coucher tout de suite, ai-je dit, improvisant au fur et à mesure. On pourrait continuer la soirée au bord de la rivière.

— On ne peut pas, a protesté Lark. On n'a pas le droit de sortir la nuit.

— Personne n'en saura rien, lui ai-je promis.

Je rêvais de voir les jardins au clair de lune, mais j'étais trop peureuse pour m'y aventurer seule. Il n'y avait pas vraiment de règlement – Halston ne fonctionnait pas ainsi –, pourtant on avait le sentiment que certaines choses étaient autorisées et d'autres non. Et en tant que Lotto Girls, on était particulièrement attentives à donner l'impression qu'on maîtrisait ce code tacite.

C'était la pleine lune, comme lors de ma première nuit à Halston. Un voile lumineux délicat frémissait sur la rivière, dont l'eau légèrement ondulante semblait respirer sous le ciel noir. Postées sur la rive, on s'est retournées vers le bâtiment sombre. On était si jeunes, on se montrait si sages la plupart du temps. Cette minuscule transgression nous faisait vibrer d'excitation, surtout Lark.

— C'est beau, a-t-elle dit.

Je voulais qu'elle aime Halston autant que moi. J'avais apporté mon portable, et le ciel étoilé se réfléchissait dans l'écran. Je l'ai fait pivoter et j'ai branché la caméra.

— Qu'est-ce que tu fabriques ? m'a demandé Ivy. Si quelqu'un nous voit, on aura des ennuis.

— Allons dans l'eau, ai-je dit en leur laissant croire que je ne filmais plus.

Elles avaient tellement envie de profiter de la rivière et de la nuit, de l'air doux, des feuilles qui murmuraient au clair de lune, qu'elles n'ont rien remarqué. Je me suis assurée que le cadrage correspondait à ce que je voulais, et j'ai choisi un réseau relativement discret mais suffisamment populaire pour que ces images aient une chance d'être appréciées, et retransmises par certains.

Wren a été la première. Prudemment, elle s'est avancée pour que l'eau lui lappe les pieds. Au moment où elle se retournait vers nous, un immense sourire lui a fendu le visage ; un éclat rieur a illuminé ses yeux alors qu'elle levait les bras et poussait un cri de plaisir, projetant d'immenses arcs d'eau vers le ciel. Elle nous a toutes éclaboussées.

— Attendez ! a crié Lark.

Rejetant la tête en arrière, elle s'est mise à chanter d'une voix douce et retenue, les notes s'envolant très haut dans la nuit paisible.

La vidéo a rencontré un grand succès. Elle s'est même sans doute échappée des réseaux traditionnels pour être diffusée dans les Souterrains, qui apparaissent, disparaissent et réapparaissent à une vitesse étourdissante. C'était à cause de Lark et de son chant : la pâleur de sa peau baignée par le clair de lune, sa voix émouvante et belle, ont sans doute poussé les gens à regarder et diffuser. Ces images ont pu arriver dans des camps comme celui où je vis maintenant, les plus cyniques se demandant si un tel endroit existait réellement ou si c'était une création de BioPerfect, les rêveurs aspirant à connaître un lieu pareil, même s'ils avaient conscience qu'ils ne détiendraient jamais assez de données pour cela.

J'ai revu ces images le lendemain, dans la chambre de Miss Margaret.

— Ferais-je erreur en supposant que tu en es l'auteure ? m'a-t-elle demandé, un sourcil haussé.

J'ai hoché la tête d'un air coupable.

Elle m'a ensuite montré un message de la direction des médias, alertant les cadres importants de BioPerfect sur l'existence d'une campagne virale, sur les réseaux, exploitant un décor bucolique leur appartenant. Le nombre de vues ne cessait d'augmenter.

— Ils vont garder un œil sur toi, m'a-t-elle dit.

Puis, en essayant de prendre un air sévère, elle a ajouté :

— Et moi aussi.

Miss Margaret nous a un jour expliqué qu'on était, chacune, le fruit d'une alliance unique de science et d'art. Se tournant vers moi, elle a ajouté :

— Comment définirais-tu un bon communicant ? Et la créativité ? Faut-il de l'empathie ? De la souplesse ? Une ouverture aux stimuli extérieurs ? Quel est le risque d'une trop grande ouverture ? La folie constitue-t-elle une menace ?

Toujours désireuse de participer et d'obtenir son approbation, j'ai voulu lui répondre. Elle m'a souri.

— Tu t'inscris dans un long débat, Fern. Tu n'es qu'une illustration particulière de ce qui, à nos yeux, constitue la créativité, la capacité à communiquer.

Je me voyais, à cette époque, comme un gigantesque standard téléphonique, dont certaines fonctions avaient été activées, et d'autres non, suivant un magnifique schéma cosmique conçu pour Fern Marlow. Il m'arrivait même d'envisager les choses à une échelle encore plus grande, d'imaginer un paysage citadin qui se déployait devant moi, composé de lumières clignotantes et dansantes qui constituaient un motif subtil à la perfection scintillante. Je m'observais avec émerveillement, éblouie par ma propre complexité, par les nuances incroyablement raffinées de ma personnalité. En bref, j'étais fascinée par moi-même. Aujourd'hui, j'ai l'impression que quelqu'un a éteint toutes les lumières, que le standard téléphonique n'est plus qu'un tas de fils cassés et emmêlés.

C'est Rani qui m'a expliqué quelle fonction remplissaient les Lotto Girls et les Lotto Boys. J'avais douze ans à l'époque, elle, presque dix-neuf. Elle s'apprêtait à quitter Halston pour recevoir une formation d'enseignante. Ensuite, elle reviendrait ici, ou elle irait dans un autre établissement de BioPerfect. Elle ne savait pas encore.

J'ai récupéré sa chambre pour la fin de ma scolarité. Je n'avais que très peu d'affaires, une poignée de vêtements que j'avais pu acheter grâce à la bourse de Halston, mon portable et les œuvres en trois dimensions que j'avais commencé à façonner – des scènes miniatures composées de feuilles, de brindilles, de brins d'herbe, minuscules scènes bucoliques enfermées dans des boîtes que je fabriquais dans l'atelier de menuiserie. Ma dernière création représentait la rivière, constituée de pétales violets superposés, dont les bords formaient de légers reliefs rappelant les crêtes discrètes des vaguelettes. C'étaient des travaux manuels à l'ancienne, j'en avais bien conscience, mais j'y prenais plaisir. Quand Rani m'a demandé si elle pouvait emporter une de mes boîtes, j'ai été très flattée. Le léger embarras que m'inspirait cette activité puérile s'est dissipé devant la sincérité de ses compliments. Elle avait toujours été gentille avec moi, m'encourageant à prendre la parole pendant l'Heure de Discussion, encensant les émissions que je préparais pendant mon option média.

— Halston va me manquer, m'a-t-elle dit. Je ne connais rien d'autre.

Comme la plupart des Lotto Girls, elle rentrait rarement chez elle. Elle était assise au bord de son lit, sa valise était posée à ses pieds. Elle ne possédait pas grand-chose, elle non plus.

— Farnsworth ne sera pas très différent, l'ai-je rassurée. Je suis sûre que c'est aussi beau qu'ici.

Elle a glissé ses cheveux derrière ses oreilles.

— Ça explique sans doute pourquoi je me sens aussi vide. J'ai peut-être besoin de changement.

En posant les yeux sur moi, elle a ajouté :

— J'éprouve une sorte d'impatience étrange, une envie de tout mettre par terre, de tout renverser. Ça t'arrive aussi ?

Je n'éprouvais jamais ce sentiment, mais je venais d'entrer au collège et j'étais encore sous le charme de ma vie à Halston.

— On m'a toujours dit que je deviendrais enseignante, a poursuivi Rani. J'ai été conçue pour ce métier. C'est pour ça que je suis douée.

— Je suis certaine que tu pourrais faire autre chose, si tu voulais. Tu as de nombreux talents.

Elle a haussé les épaules.

— Je suis une Lotto Girl. Ils nous utilisent. Parfois pour combler un manque dans le marché du travail, parfois pour tester un nouveau profil. Ils voudront peut-être voir ce que donnera une enseignante avec davantage d'imagination. Ils se servent de nous pour les réglages, pour affiner un modèle. Nous ne sommes que des prototypes de travail. Ils encouragent nos parents, ou les soudoient. Les miens se sont entendus dire que je serais belle s'ils choisissaient l'option préconisée par BioPerfect.

Je l'ai dévisagée. Je n'avais jamais envisagé qu'on puisse être autre chose que des chanceuses.

— Et si tu disais que tu n'as pas envie d'aller à Farnsworth ?

Elle ne m'a pas répondu. La lumière qui entrait par la fenêtre donnait à ses cheveux noirs un éclat qui me rappelait le ciel éclairé par la pleine lune. J'ai posé ma boîte avec la rivière sur sa valise.

— Celle-ci te plaît ? lui ai-je demandé.

Elle m'a souri avant de la soulever puis de la reposer sur sa pile de vêtements soigneusement pliés.

— Au moins, je ne suis pas Miss Margaret, a-t-elle conclu.

Je me suis renfrognée, pas sûre de comprendre.

— Tu ne savais pas ? C'est l'une des premières Lotto Girls.

J'ai secoué la tête.

— Elle a été conçue pour être surveillante. Ils en créaient beaucoup à l'époque. Ça doit être pire que prof, non ? Tu imagines ? Il faut toujours être maternelle et gentille… Miss Margaret ne se détourne jamais de nous, même quand on est infectes.

— Peut-être qu'elle a choisi d'être comme ça.

Rani a levé les yeux au ciel.

— Tu crois vraiment que le libre arbitre a quoi que ce soit à voir avec ce qui se passe ici ? Miss Margaret n'a même pas pu…

Elle s'est interrompue, sa peau mate rougissait légèrement. Postée sur le seuil de la chambre, Miss Margaret lui a demandé si elle était prête à partir. La surveillante ne laissait transparaître aucune émotion. Elle a aidé Rani à boucler sa valise et nous a demandé de nous dire au revoir.

— Merci pour la boîte, Fern. Je veillerai bien sur elle. Elle me rappellera Halston.

Je n'ai pas refait un seul de ces décors miniatures depuis que j'ai quitté Halston mais je me suis rendu compte, avec surprise, que j'avais récolté le matériel nécessaire. Un fragment d'aluminium, une plume, des boutons, des morceaux de papier. Ce matin, alors que je séparais le plastique du métal, le papier du verre, les déchets biodégradables de ceux chimiques, un petit cadre en bois est apparu sous une pile de matière végétale en décomposition. Il avait dû contenir une peinture à une époque, et je me suis demandé à qui il avait appartenu et comment il avait atterri dans le centre de tri ReCorp 279. Après m'être assurée qu'aucun des contremaîtres ne me regardait, je l'ai laissé tomber et l'ai poussé sous le tapis roulant pour le récupérer à la fin de ma journée de travail.

— Qui occupait ma chambre avant ?

Je pose la question à Chimo sur le chemin du retour au camp. Plusieurs semaines se sont écoulées depuis le premier repas que j'ai partagé avec ses amis et lui, et, même si je ne mange pas avec lui tous les soirs, je passe de plus en plus de temps en sa compagnie. J'essaie de résister, d'éviter qu'une proximité trop grande s'installe entre nous… et je n'y arrive pas. Je le sais.

Il hausse les épaules.

— Les gens vont et viennent. J'en connais certains, d'autres pas.

Sala est derrière nous, elle discute avec Jiminy – j'identifie sans mal sa voix, douce et voilée. Elle se fraie un chemin à travers la foule qui nous entoure, les chariots, les vendeurs. Elle rit avec Jiminy, ils se moquent d'une connaissance commune.

Chimo me jette un regard en coin.

— Pourquoi ?

Je m'apprête à lui répondre que je suis une communicante, mais je me retiens à temps. Je souris, réalisant combien j'ai encore le réflexe de me définir selon les catégories de BioPerfect et à quel point je suis ridicule. C'est un concept biscornu, provenant d'un monde très différent de celui-ci.

— Ah, elle sourit !

Le sourire de Chimo est contagieux. Je le frappe à l'épaule, brandissant mes poings comme Wren quand elle faisait semblant de boxer.

— Il y a un fauteuil dans la chambre, dis-je. Il a été décoré.

Ma remarque le déconcerte.

— Et ?

— C'est inhabituel, réponds-je en agitant la main autour de nous. Il y a si peu de beauté, ici...

Il fait halte pour me dévisager.

— Tu es déjà entrée dans la chambre de quelqu'un d'autre ?

Je secoue la tête.

— Tu as déjà vu autre chose que le centre de tri, la cour du camp et tes quatre murs ?

Je secoue à nouveau la tête.

— Tu pourrais bien être surprise de ce que tu découvrirais.

— Peut-être...

— Vivre ici n'empêche pas d'avoir de l'imagination. Et je ne parle pas de balancer des conneries dans le Désert.

Je l'observe à la dérobée, repense à tous les mots que j'ai confiés au Désert, justement. Mon histoire.

— Être une princesse ne fait pas automatiquement de toi la seule détentrice de la créativité.

Autour de nous, le flux vidéo vacille constamment, des taches de couleur se réfléchissent sur la peau et sur le tee-shirt de Chimo. Un instant, son visage est éclairé par une chute d'eau. « PureAqua », pensé-je avec l'habituel mépris que m'inspirent leurs images. Elles sont toujours si ennuyeuses. Derrière Chimo, un nuage de poussière danse, des particules tourbillonnent dans le crépuscule, c'est la seule portion de ciel qui ne soit pas inondée d'images et de texte. Mais ça ne dure pas. Une petite fille apparaît, elle plonge les mains dans la terre. Une publicité pour BioPerfect ? Non, l'un de ses concurrents : LifeCo.

Chimo suit mon regard, tourné vers le ciel.

— Ne me dis pas que tu mates toute cette saloperie, si ?

— Difficile d'y échapper... Je n'ai pas les moyens de m'offrir des bloqueurs de médias.

— Tu peux t'entraîner à ignorer le flux par toi-même. C'est simple, en fait. Il suffit de se concentrer sur autre chose, par exemple une personne qui a l'air assez unique, pas seulement parce qu'elle a un talent artistique mais aussi parce qu'elle est d'une grande beauté, rétorque-t-il avec un clin d'œil. À force de regarder cette personne droit dans les yeux, tu verras que tout le reste, toute cette pourriture, se transforme en énorme tourbillon de couleurs. Ça n'est rien d'autre.

Je surjoue l'exaspération.

— Et tu veux que je me concentre sur quoi ?

Il éclate de rire et pointe un index sur son propre torse. Je suis sur le point de le repousser lorsqu'une femme assise sur la route devant nous se met à hurler. J'en ai déjà vu d'autres comme elle. En état de choc, leur expression hésite entre la panique, la confusion et l'hystérie. Ce sont ceux dont les données viennent d'être effacées et qui se retrouvent transplantés ici avec une nouvelle identité, construite de toutes pièces, et qu'ils ne peuvent rectifier, malgré leurs protestations. On les appelle les Perdus.

Voilà comment on punit les fauteurs de trouble : la sévérité de la peine – le degré de destruction des données – est censée répondre à la sévérité du crime. Certains se voient seulement privés de l'accès à des privilèges, pour d'autres, c'est bien plus grave : un déménagement et une nouvelle identité. Les différentes sociétés négocient entre elles, proposent des remises commerciales à celles qui acceptent ces « Effacés ». Se retrouver dans une décharge de ReCorp avec un minimum de données, c'est déjà mauvais. Y atterrir sans la moindre donnée, c'est quasiment la mort garantie, à moins d'apprendre – et vite – à vivre aux crochets des autres et à se faire une place sur le marché noir.

Je me souviens qu'en cours d'histoire, à Halston, on m'a parlé de l'époque où il existait des prisons. J'avais pensé qu'on avait mis au point un système de sanctions bien meilleur. Aujourd'hui, j'en suis moins sûre.

Mon effacement était volontaire, il m'a permis de disparaître. Au moins je m'étais préparée à cette idée, et l'on m'avait certifié que ce ne serait que temporaire. Cette femme, elle, a été placée devant le fait accompli.

J'essaie de l'ignorer. Qu'est-ce que je pourrais faire d'autre ? Pourtant, au moment où je la dépasse, elle s'agrippe à ma jambe d'une main moite et brûlante, elle m'enserre le mollet.

— Ce n'est pas moi, hurle-t-elle, les yeux rivés sur mon visage tandis qu'elle m'attire vers elle. Tu dois m'aider ! Tu dois leur expliquer !

Elle brandit son portable de l'autre main, l'agite dans ma direction.

— Ce sont des mensonges ! insiste-t-elle. Un tissu de mensonges…

J'essaie de me dégager. Sala intervient et saisit le bras de la femme pour qu'elle me lâche.

— Tu ne peux pas rester assise ici, lui dit-elle en l'aidant à se lever. Tu vas finir par être blessée. Ou quelqu'un te piquera ton portable… Où vis-tu ?

Face au silence obstiné de la femme qui la dévisage, Sala lui prend son portable et consulte ses informations.

— Ton camp est là.

Elle indique le mur derrière nous.

Des enfants jouent de l'autre côté de la grille, ils poussent des ordures entre les barreaux et tirent la langue aux passants.

La femme reste clouée sur place. Elle s'accroche au bras de Sala, la bouche ouverte, les joues mouillées de larmes. Elle doit avoir la soixantaine – c'est vieux pour un effacement aussi radical.

— Tu peux me raccompagner ? murmure-t-elle.

Avec beaucoup de douceur, Sala lui essuie les joues.

— Je peux te conduire à ta chambre, répond-elle tout bas.

La femme secoue la tête.

— Je ne veux pas y aller.

Elle s'est calmée, à présent, on dirait presque une enfant. Je me rappelle mes premiers mois ici, la confusion, l'acidité de la peur dans mon estomac. Je me suis souvent plainte, intérieurement, du peu de temps dont j'avais disposé pour apprendre ce que je devais savoir. Pourtant, tout au fond de moi, je sais que rien ou presque n'aurait pu me préparer à ReCorp. À de nombreuses occasions j'aurais pu pleurer, aborder des inconnus et les supplier de m'aider. Mais la peur d'être démasquée, de trahir ma véritable identité, m'a permis de tenir. Même si cette période d'adaptation demeure floue dans ma mémoire et qu'il m'arrive de me demander si ce n'est pas ce que j'ai fait, en réalité.

Sala se tourne vers nous.

— À tout à l'heure, dit-elle à Chimo.

Chassant les enfants agglutinés contre la grille, elle utilise le portable de la femme pour l'ouvrir. Le portail n'aurait sans doute pas résisté de toute façon :

la plupart des portes ici sont cassées – leurs serrures ne servent plus à rien.

Incapable de reprendre la conversation avec Chimo comme je le voudrais pourtant, je me détourne : je suis au bord des larmes.

— Fais-nous confiance, me chuchote-t-il à l'oreille, d'une voix grave.

Je continue à marcher.

J'étale mon butin du jour sur le sol de ma chambre. Ma minuscule fenêtre entrouverte laisse entrer une chaleur accablante. Je brûle d'envie de descendre rejoindre Chimo, sans doute encore sous l'auvent, en pleine discussion avec Sala et Jiminy. À moins qu'ils n'aient déjà installé leurs hamacs pour la nuit, préférant la relative fraîcheur extérieure à nos chambres étouffantes. Ils dorment côte à côte. Certains soirs, j'entends Sala chanter, sa voix aussi remarquable que lorsqu'elle parle : grave, hypnotisante et apaisante. J'ai pensé à les rejoindre, quand l'électricité serait coupée et que l'obscurité s'abattrait sur nous, pour leur raconter mon histoire, leur demander de l'aide.

Mais je ne peux pas.

« Ne te fie à personne », m'a-t-elle dit. Et pourtant... Pourquoi m'ont-ils fait attendre aussi longtemps ? Assise en tailleur, je lève les yeux vers le plafond et respire profondément. « Je suis forte », me répété-je.

J'avais prévu de recréer une version miniature de Halston. Les déchets que j'ai récupérés m'auraient servi pour le salon de Miss Margaret, avec son tapis prune et ses rideaux bleu argenté. Il y avait des sièges pour chacune d'entre nous – un grand canapé à partager et des fauteuils profonds, autour d'une table basse ronde en bois. Maintenant que j'ai un cadre et une feuille de plastique pour créer la base de la boîte, je suis prête à commencer.

Je dispose tout mon matériel devant moi. Mais j'entreprends plutôt de recréer mon premier chez-moi : un petit deux-pièces à PureAqua, où je vivais avec mon père, ma mère et mon frère.

C'est étrange, nos points forts ont toujours été qualifiés de « dons », comme si la meilleure part de nous-mêmes était une bénédiction tombée du ciel. La plupart des gens qui conçoivent leurs enfants avec l'aide de BioPerfect ne reçoivent pas de don. Ils achètent des produits – très chers, sélectionnés avec soin et garantis. Dans le cas des Lotto Girls ou des Lotto Boys, rien n'est monnayé. Mais les dons désintéressés n'existent pas.

Pour les enfants de la loterie, les choix des parents sont scrupuleusement guidés par BioPerfect, qui leur propose une gamme d'options. Suivent de longues discussions sur le contenu de celles-ci et des « suppléments » qui accompagnent chacune d'elles – destinés à influencer le choix, bien sûr. Un parent peut toujours sélectionner, en bonus, une belle peau ou une certaine couleur d'yeux. Et quand on a la chance d'avoir les moyens nécessaires pour s'offrir un extra, les possibilités sont infinies : des poumons exceptionnels, des jambes fuselées, une chevelure abondante jusqu'à un âge avancé... On peut même sélectionner ses gènes, si on le désire.

Mes parents m'ont toujours répété que j'étais le produit de leurs deux ADN.

— Le fin du fin de chacun d'entre nous, me disait fièrement mon père en ébouriffant mes cheveux, hirsutes comme ceux de ma mère. On n'a pas voulu de bonus prélevés à des inconnus.

Et ce sont nos dons qui comptent vraiment, pas ces suppléments. Nos atouts, ces « cadeaux du ciel », nous permettent d'échapper à l'existence que nous aurions menée sinon. Grâce à eux, nous pourrons travailler pour BioPerfect et ses nombreuses filiales, voire occuper un poste généreusement rémunéré auprès d'un autre parent, de substitution. Ces emplois s'accompagnent d'un logement, de nourriture, d'air pur et d'une chance, pour la famille entière et les générations futures, de bénéficier d'une vie d'abondance.

Faire un choix judicieux. Sélectionner un don que BioPerfect a mis en avant. Penser au long terme.

Les parents fortunés qui paient pour concevoir un profil génétique de bout en bout peuvent prendre les options qu'ils souhaitent. Ils apprennent par cœur des catalogues qui promettent toutes sortes de merveilles, se persuadent de jouir d'une plus grande liberté. Naturellement, ils arrêtent leurs choix sur l'intelligence, la beauté et la santé, mais si leur fortune le leur permet, pourquoi ne pas s'amuser un peu au passage ?

Pourquoi ne pas ajouter une option dont ils pourront se vanter auprès de leurs amis, quelque chose d'inédit et de fantasque ?

À Halston, Gita, qui avait deux ans de plus que moi, n'était pas seulement grande, élégante et brillante, elle était aussi dotée d'une capacité exceptionnelle pour communiquer avec les animaux. Elle passait tout son temps libre dans les écuries et les cours de ferme, avec les vaches, les moutons, les chèvres, les cochons et les poules élevés par BioPerfect pour servir d'éléments décoratifs dans des maisons bucoliques. Avec Lark, on aimait dire, en plaisantant, que Gita ressemblait un peu à un cheval, avec ses yeux d'un brun sombre et sa frange touffue. On la surnommait Dada-Gita, et au début on s'interrogeait sur ce choix spécifique de ses parents.

— Ils doivent être pleins aux as, nous a dit Rani, un jour. Elle n'aura jamais à travailler, ils n'avaient pas besoin de lui fournir le genre de qualités qui intéressent les entreprises... Enfin, bien sûr, elle les possède aussi.

Et les animaux semblaient l'adorer, comme les autres élèves, qui l'accompagnaient partout, curieuses d'apprendre à interpréter le comportement d'un chien ou d'un cheval.

LiLi possédait, elle, un sixième sens, ce qui nous faisait aussi rire.

— Ses parents devaient être saouls quand ils ont composé son profil, observais-je. Et BioPerfect trop content de leur piquer leur argent.

On aimait se moquer des filles riches, pour se convaincre qu'elles ne nous étaient en rien supérieures. Je me souviens que, un jour, LiLi a annoncé à Lark que sa mauvaise santé causerait sa perte. Elle est venue la trouver à l'heure du goûter, l'a prise gentiment par le bras et lui a dit :

– Je vois un nuage de fragilité autour de toi, un défi physique insurmontable.

– C'est vague, me suis-je moquée, ne voulant pas que Lark soit contrariée. Elle aurait pu raconter la même chose à n'importe qui.

Je suis sûre que BioPerfect avait fixé des limites, même si son catalogue ne cessait de se développer à mesure que les innovations génétiques se multipliaient. Et puis l'entreprise voulait se protéger, bien sûr. Tous les clients avaient droit à une mise en garde : la prise en charge était totale, mais aucune responsabilité ne pouvait incomber à BioPerfect. La manipulation génétique n'était qu'une petite partie du processus – BioPerfect le reconnaissait, même si cela constituait le fondement de leur œuvre. Le reste était un échafaudage qui soutenait l'ensemble de l'édifice, potentiellement destructeur sans contrôle strict. Et si l'enfant ne se révélait pas conforme aux espoirs de ses parents, on pouvait toujours imputer ce dysfonctionnement à un élément de cet échafaudage.

Ivy a continué à accumuler les échecs pendant ces années-là, ou, pour reprendre le langage de Halston, à « rencontrer des difficultés dans la conquête de son plein potentiel ». Son don devait s'exercer dans le monde de l'ingénierie, et pourtant, elle avait toujours des difficultés à résoudre les équations les plus simples. Ivy n'en parlait pas, mais nous le savions toutes.

Miss Margaret a demandé à Lark d'aider notre camarade. Elle n'était pas seulement plus portée sur les mathématiques que Wren ou moi, elle était aussi la plus gentille de nous trois.

— Elle donne l'impression de ne rien comprendre, m'a-t-elle confié à l'issue d'une longue séance de travail avec Ivy. Elle prétend que si, mais je sens bien, moi, que c'est faux.

En cours, Ivy s'asseyait près de la fenêtre, et regardait le ciel sans toucher à son portable. Les professeurs arpentaient la salle d'étude, s'arrêtaient pour nous parler et survoler les exercices que nous venions de compléter. Quand ils allaient trouver Ivy, je jetais un coup d'œil, poussée par la curiosité, ou espérant peut-être une scène, tant ils semblaient impuissants face à son apparent manque d'aptitude.

Miss Tara était la nouvelle enseignante de mathématiques. Plus jeune que les autres, elle venait de finir ses études supérieures et manquait de patience.

— Peux-tu me dire ce qui a retenu à ce point ton attention pour que tu n'aies même pas commencé à résoudre le problème ? a-t-elle demandé à Ivy lors de son premier cours.

Celle-ci n'a même pas croisé son regard.

— Ça m'ennuie, a-t-elle murmuré, les yeux fixés sur la surface lisse de la grande table qu'on partageait.

— C'est trop facile pour toi ?

Miss Tara a reculé de quelques pas, bras croisés. Ivy ne lui a pas répondu.

— Veux-tu que je te donne un exercice plus compliqué ?

Ivy a secoué la tête. Lark s'est approchée d'elle.

— On travaillait ensemble, a-t-elle dit à Miss Tara. Ivy attendait que j'aie terminé la première question avant de passer à la suivante.

Ses joues se sont légèrement colorées. Dès que l'enseignante a eu le dos tourné, Lark a poussé son portable vers Ivy et lui a tapoté le bras. Elle la laissait souvent recopier ses devoirs. Elle nous aidait aussi, Wren et moi – et je leur rendais la pareille dans d'autres matières. Entre Lotto Girls, on se serrait les coudes : un échec aurait été tout particulièrement humiliant.

Sauf que ce jour-là, Ivy n'a pas compris le message. De rage, elle a rendu son coup à Lark, si violemment que le portable est tombé par terre. Miss Tara n'a rien dit. Elle s'est contentée de poser les yeux sur notre table, puis sur le sol, où se trouvait l'appareil.

Pendant un moment, j'ai cru qu'Ivy allait s'excuser et le ramasser. Mais la peur et le désarroi qui se lisaient sur ses traits ont vite été remplacés par l'humiliation. Elle a repoussé sa chaise et s'est levée, rouge de colère.

— J'en ai rien à faire ! a-t-elle hurlé.

Le silence qui nous entourait était aussi fragile que du verre.

— Vos maths, votre musique, vos cours de sciences, votre Heure de Discussion... vous pouvez vous les garder !

Elle a donné un coup de pied dans le portable par terre.

— Allez au diable !

Le bruit de ses pas a résonné dans le couloir. Tout au bout, une porte a claqué. C'est Lark qui a fini par rompre le silence.

— Est-ce que je devrais la rattraper ?

Miss Tara a secoué la tête. Elle était en train d'écrire un message, sans doute à Miss Margaret. Puis elle a relevé les yeux vers nous.

— Nous devons nous remettre au travail.

Il y avait un léger tremblement dans sa voix.

— Quelqu'un va s'occuper d'Ivy, nous a-t-elle rassurées. Nous devons rester concentrées.

Bien trop abasourdies pour protester, on a toutes obtempéré, les yeux rivés à nos portables, démontrant une attitude exemplaire.

Ivy n'était pas là au déjeuner.

La nouvelle circulait déjà. Avec Wren et Lark, on occupait notre table habituelle, celle de Miss Margaret, absente elle aussi. On savait que tous les regards étaient braqués sur nous. Wren était décidée à ignorer les autres, à feindre l'indifférence. Elle était devenue obsédée par les garçons, dernièrement, et parlait très fort de la future soirée avec l'école voisine.

— On n'a aucune chance de pouvoir les battre sur le plan vestimentaire, a-t-elle dit en référence aux autres filles, alors je suis d'avis de nous distinguer dans le sens inverse, en ne faisant aucun effort particulier.

Lark a haussé les épaules. Elle n'était pas du genre à se comparer aux autres. Alice, qui avait un an de plus que nous, s'est assise à la place de Miss Margaret et a fait circuler les plats – sandwiches au poulet et au fromage, accompagnés de salade. En servant à Lark un verre de VitaPure, elle lui a dit :

— J'ai appris que tu répétais avec la nouvelle prof de chant. Elle a fait un travail extraordinaire avec des tas de grands chanteurs. BioPerfect a passé des années à essayer de l'attirer ici.

Alice a avalé une feuille de salade avant de conclure :

— Tu as de la chance.

Lark s'est penchée vers elle et lui a demandé, d'une voix douce mais insistante :

— Où sont-elles ?

— Apparemment, je vais venir avec vous au prochain concours de chant, a poursuivi Alice, ignorant la question de Lark. Ils ont modifié nos emplois du temps pour qu'on puisse s'entraîner ensemble. C'est une première pour toi, non ?

Lark a hoché la tête.

— Ça peut être super angoissant quand on n'a pas l'habitude.

— Elle va bien ? ai-je insisté.

Alice m'a dévisagée sans expression.

— Ivy... ai-je ajouté, même si elle savait très bien de qui je parlais.

Elle a repris un sandwich en triangle, l'a étudié sous toutes les coutures avant d'en prélever un coin et de mordre dedans. Le réfectoire bruissait de l'habituelle rumeur des conversations et du cliquetis de la vaisselle, ponctués de temps en temps par un éclat de rire ou une chanson à l'autre bout de la salle, quelques notes de musique subites qui s'évanouissaient presque aussitôt.

— Le talent est parfois un fardeau, a décrété Alice. À une époque, Halston a accueilli sur ses bancs l'une des plus brillantes mathématiciennes jamais créées.

Après avoir posé sa fourchette, elle a poursuivi :

— Je me souviens d'elle. Elle terminait sa scolarité l'année où je suis arrivée. Elle avait remporté de nombreux prix à cette époque, et ses travaux de recherche, renommés, intéressaient déjà plusieurs entreprises.

On était suspendues à ses lèvres.

— Je ne la connaissais pas personnellement, bien sûr, mais j'ai entendu dire que c'était l'une des élèves les plus difficiles au début de sa scolarité. Elle refusait d'obéir aux professeurs. Elle était mal élevée, n'avait pas d'amis, ne faisait pas ses devoirs. Je crois que Miss Margaret parlait d'elle comme de son « plus grand défi ».

Un sourire joyeux a éclairé le visage d'Alice.

— Mieux vaut se concentrer sur nos succès plutôt que sur nos échecs.

J'avais du mal à imaginer qu'un jour Ivy pourrait accéder à la renommée, sans parler de retenir l'intérêt de plusieurs entreprises, pourtant, j'ai gardé le silence. Comme les autres. Alice a reporté son attention sur Lark.

— Tu as déjà choisi ce que tu vas chanter ?

Lark a secoué la tête. Avec un sourire, Alice lui a dit qu'elle lui apporterait volontiers son aide.

Plus tard, dans les jardins, on a parlé, Lark, Wren et moi. On chuchotait.

— Vous croyez qu'Ivy a été renvoyée chez elle ?

Wren se rongeait un ongle et elle a arraché un petit bout de peau.

— À votre avis, jusqu'où on peut aller avant qu'ils ne baissent les bras ?

— Aucune idée, lui ai-je répondu.

Lark se montrait plus mesurée.

— Ils ne vont pas baisser les bras. Ça serait un aveu d'échec de leur part.

Elle voulait partir à la recherche d'Ivy et s'assurer qu'elle allait bien. On s'était assises au soleil, la chaleur de cette journée était comme une caresse sur notre peau. Il avait plu la veille et l'air scintillait légèrement. La fraîcheur ambiante annonçait le changement de saison. Les dernières récoltes estivales avaient été ramassées, la terre en jachère évoquait des gros morceaux de chocolat.

J'avais envie d'oublier Ivy et de profiter de l'après-midi, mais Lark a insisté. Je savais que Wren partageait mon sentiment, même si elle était plus douée que moi pour le cacher.

— Elle est sans doute dans notre chambre, a-t-elle dit.

Lark a pris la tête de la troupe. On marchait quelques pas derrière elle.

— Tu crois qu'elle a raison ? m'a demandé Wren en me jetant un coup d'œil avant de regarder, à nouveau, le sol.

— Qui ?

— Lark. Quand elle dit qu'ils ne vont pas baisser les bras…

J'ai haussé les épaules.

— Parce que, tu vois, je ne réussis pas si bien que ça, non plus. Mieux qu'Ivy, bien sûr, seulement… pas aussi bien qu'il le faudrait. Vous deux, ça va… tout le monde le sait. Ivy et moi, par contre… On n'est pas tout à fait comme on devrait.

Je l'ai observée à la dérobée. J'étais au courant qu'elle n'était pas l'une des meilleures élèves, pour autant je ne l'aurais jamais rangée dans la même catégorie qu'Ivy. Elle m'avait toujours parue compétente. Je ne m'étais pas doutée qu'elle s'inquiétait autant.

— Tout ira bien, l'ai-je rassurée.

— Tu es sûre ?

J'ai serré sa main.

— Absolument.

Les ennuis de ce genre étaient si inhabituels à Halston qu'on n'avait pas la moindre idée de l'endroit où Ivy pouvait se trouver. Il n'existait pas de système disciplinaire, tout simplement parce que c'était inutile.

La chambre d'Ivy était vide, son lit défait et ses vêtements éparpillés par terre. Au bout du couloir, la porte de Miss Margaret était close. Elle restait presque toujours ouverte, et la règle tacite était de ne pas la déranger dans le cas contraire. Lark a pourtant frappé discrètement, sans obtenir de réponse.

— Je suis sûre qu'Ivy va bien, ai-je dit. Elles ont dû sortir un moment.

Je me leurrais, j'en avais bien conscience. Personne ne « sortait » de Halston sans une bonne raison – une excursion prévue de longue date, un concert ou une autre activité. À ces exceptions près, l'accord tacite était simple : tout ce dont on pouvait avoir besoin, tout ce qu'on pouvait désirer se trouvait à Halston.

— Elle a peut-être été renvoyée chez elle.

Wren grattait une petite plaie sur son poignet.

— Enfin, je veux dire, a-t-elle repris, c'est de plus en plus évident qu'elle n'a rien à faire ici. Soutenir le contraire serait un mensonge. On le sait.

— Pas du tout, a asséné Lark.

— Wren a raison, ai-je rétorqué. Ça ne sert à rien de se bercer d'illusions.

Cet après-midi-là, on avait cours chacune de son côté. Lark dans les salles de musique, Wren au gymnase, et moi dans le laboratoire des médias. Je préparais un reportage sur une mante religieuse que j'avais découverte dans un parterre de légumes. Je l'avais filmée tout un après-midi, fascinée de la voir tourner sa tête triangulaire à cent quatre-vingts degrés – ce qui lui permettait de scruter son environnement dans toutes les directions, avec ses innombrables yeux. Elle attrapait des insectes si vite que l'œil humain ne pouvait pas suivre l'action. En me servant du ralenti, j'avais décomposé les mouvements image par image et me les repassais en boucle... J'avais imaginé des explosions colorées pour mettre en valeur la beauté de ce prédateur qui capturait, immobilisait et dévorait, avant d'en revenir à son étrange beauté cruelle, à ce vert qui se fondait avec celui de la nature.

Miss Lani est venue s'asseoir à côté de moi.

— Miss Margaret aimerait que tu ailles dans sa chambre à la fin du cours.

Elle parlait si bas qu'aucune des autres filles n'aurait pu l'entendre.

— Quelque chose ne va pas ?

Elle a secoué la tête.

— Elle aimerait simplement discuter avec toi.

Wren et Lark étaient déjà là à mon arrivée, assises dans des fauteuils. Miss Margaret nous a servi à boire de la SoieLiquide. Elle semblait calme, pourtant au moment d'attraper la troisième tasse, son bras a effleuré la théière et elle a eu un vif mouvement de recul. Elle a pris une inspiration bruyante et des mots cinglants lui ont échappé :

— La tasse était juste devant toi, Wren. Tu aurais pu m'aider.

Après s'être assise, elle s'est excusée.

— La journée a été longue…

Wren a fait passer la coupelle de sucre filé. Elle avait les joues roses et les yeux brillants.

— Je vous ai réunies pour vous parler d'Ivy, a poursuivi Miss Margaret. Je sais que vous avez toutes assisté à l'esclandre de ce matin.

Elle a secoué la tête d'un air triste.

— Pauvre petite… Je suis au regret de vous annoncer que le conseil d'administration de Halston a insisté pour que Ivy soit soumise à des examens.

Aucune de nous n'a prononcé le moindre mot. Dans un coin de la pièce, le portable de Miss Margaret a sonné. Elle a demandé à Lark de le mettre sur silencieux.

— Ils ont peur qu'une erreur ait été commise.

Elle a avalé une gorgée, puis a reposé délicatement sa tasse devant elle.

— Ça arrive, les erreurs ? ai-je demandé, ne parvenant pas à croire une telle chose.

Miss Margaret ne m'a pas répondu.

— Certaines d'entre vous le savent peut-être déjà, j'ai été l'une des premières Lotto Girls.

Sa voix trahissait une forme de lassitude, et même si son regard n'était pas posé sur moi, j'ai veillé à ne pas prendre le risque de le croiser.

— Pour cette raison, a-t-elle continué, nous devions travailler très dur afin de faire nos preuves. Aujourd'hui, Halston s'enorgueillit d'accepter toutes les filles, peu importent leurs origines. Mais à l'époque, être une Lotto Girl était considéré comme honteux. Nous passions toujours pour inférieures.

J'ai relevé la tête à ces mots. Deux ronds rouges étaient apparus sur ses joues, et elle se tordait les mains.

— Je vous le raconte pour que vous puissiez mesurer à quel point la vie est devenue plus facile à Halston. À mon arrivée ici, nous faisions tout dans notre coin, à l'écart des autres : cours, repas, jeux… Nous étions souvent examinées avec beaucoup de rigueur. Je sais que vous restez souvent entre vous, mais c'est dû, en grande partie, au fait que vous êtes arrivées en même temps. L'objectif était de vous aider à vous sentir plus à l'aise. Vous avez l'opportunité de vous intégrer, bien plus que nous.

Elle s'est levée pour se diriger vers la fenêtre du salon. Les rideaux étaient ouverts pour permettre à la lumière de cette fin d'après-midi d'entrer, et elle dorait l'atmosphère de son éclat fugace. J'estimais que Miss Margaret avait une soixantaine d'années, même si c'était difficile à affirmer. On était sans doute ses dernières Lotto Girls. La promotion suivante avait été confiée aux bons soins de Miss Elizabeth, une surveillante plus jeune. Les nouvelles arriveraient lorsqu'on finirait nos études, et Miss Margaret serait trop âgée pour s'en occuper. Je me suis demandé, pour la première fois, ce qu'elle allait devenir. Où se rendrait-elle après avoir quitté Halston ?

On ne savait rien d'elle, à l'exception de ce qu'elle venait de nous apprendre. Et, il faut bien le reconnaître, on ne s'était jamais vraiment intéressées à sa vie en dehors de son rôle de surveillante. Miss Margaret n'existait que pour nous. C'était son rôle, son don : nous procurer le sentiment d'être uniques, et aimées.

Se détournant de la fenêtre, la surveillante a posé les yeux sur chacune d'entre nous, à tour de rôle.

— Ils ont envisagé de vous soumettre, toutes les trois, aux mêmes examens qu'Ivy.

— Pourquoi ? a demandé Wren.

— Je suppose qu'ils craignaient un problème plus général, nécessitant une enquête élargie.

Elle s'est rassise.

— Vous êtes tranquilles, pour le moment, nous a-t-elle rassurées. Vous avez toutes reçu d'excellents bulletins et le conseil n'a pas jugé utile de prendre des mesures à ce stade.

Je me suis penchée en avant.

— Alors pourquoi vous nous racontez ça ?

— Excellente question, a-t-elle dit en inclinant la tête vers moi. Je vous le raconte parce que je veux que vous soyez conscientes que vous pourriez être observées d'un peu plus près que de coutume. Je sais que vous aurez une conduite exemplaire. Je sais que vous n'avez aucune envie qu'on puisse douter de la valeur des Lotto Girls.

Elle a allumé la lampe à côté du canapé et a rassemblé nos tasses à thé sur un plateau. La réunion était terminée et elle nous congédiait. On était censées faire nos devoirs avant de se retrouver pour le dîner, puis pour l'Heure de Discussion dans sa chambre. Au moment du départ, Lark a été la seule à penser à Ivy.

— Qu'est-ce qui va lui arriver ?... Si elle ne réussit pas les examens ?

Miss Margaret a souri, les mains crispées sur le bord du plateau.

— Tout ira bien pour elle.

Au fil des ans, j'ai passé de nombreux après-midis avec Marcus. Les seules autres élèves à venir voir les serres et les potagers étaient celles inscrites en option biologie. Marcus et les autres jardiniers n'étaient pas professeurs, mais ils nous expliquaient volontiers certaines choses. Ils étaient surtout là pour veiller à ce que les jardins soient prospères et beaux. Rares étaient les légumes et fruits produits dans les jardins de Halston à atterrir dans nos assiettes, ce qui n'empêchait pas Marcus de m'encourager à goûter un peu de tout : herbes aromatiques, fruits, salades. Parfois, je me contentais de frotter les feuilles entre mes paumes pour sentir leur parfum : l'estragon qui me rappelait la réglisse, la sauge aux effluves sucrés.

Je m'y suis rendue dès que nous avons quitté Miss Margaret. La nuit était presque tombée, et Marcus terminait sa journée.

— Ça ne va pas ? m'a-t-il demandé, devinant, comme si souvent, mon humeur.

Je lui ai répondu d'un hochement de tête, je lui ai dit qu'il n'avait pas besoin de rester, que je pouvais revenir le lendemain. Il m'a fait entrer.

— J'ai mis quelque chose de côté pour toi.

C'était une salade de la récolte précédente.

— Et j'ai de la véritable huile d'olive pour l'assaisonner, a-t-il ajouté.

C'était délicieux : la salade avait un goût franc, poivré, très différent de celles qu'on m'avait servies à la cantine. J'ai passé mon index sur l'assiette pour ne pas perdre une goutte d'huile.

— Qu'est-ce qui nous arrive, si on échoue ?

Mon hésitation était perceptible et il a pris un moment pour me répondre.

— Qu'entends-tu par « échouer », Fern ?

— Si je ne suis pas douée pour communiquer, si Lark n'arrive pas à chanter juste ou à composer de jolis airs, si Ivy n'est pas…

Je me suis agitée sur ma chaise.

— On retourne vivre chez nos parents et on mène une vie ordinaire ?

Son regard était perçant.

— D'où vient cette question ?

Je lui ai raconté les événements de la journée, m'interrompant à plusieurs reprises pour clarifier certains détails de l'esclandre d'Ivy et de notre échange avec Miss Margaret. Marcus s'était toujours montré calme, laissant parler les autres à leur rythme. Sa réaction m'a donc surprise.

— Margaret semblait certaine que vous ne passeriez pas d'examens.

Je ne savais pas s'il s'agissait d'une déclaration ou d'une question, et j'ai donc hoché la tête.

— On ne va pas en passer, si ?

— Bien sûr que non, s'est-il empressé de me répondre. Et s'ils te soumettaient à des tests, que découvriraient-ils ? Que tu es une jeune fille unique.

— Et dans le cas contraire ?

Il m'a ébouriffé les cheveux.

— À l'exception de tous ces nœuds, tu m'as tout l'air d'une Lotto Girl exemplaire.

Il a ajouté qu'il était temps de rentrer, que l'heure du dîner approchait.

— Ne t'en fais pas, Fern. Je suis sûr que ton amie va très bien.

En partant, je me suis demandé qui il cherchait à rassurer, lui ou moi…

Je me réveille de bonne heure le matin. À travers ma fenêtre, j'aperçois une fine lanière de ciel, aussi clair que du thé peu infusé et qui jaunit à mesure que le jour croît. Dans la cour, des familles font bouillir leurs rations d'eau, les plus jeunes et les plus forts mangent en premier, pour pouvoir aller se mettre dans la queue devant la déchetterie. Les plus âgés et les malades restent au camp, ils comptent sur la charité des autres pour se nourrir ou, pour les plus dynamiques, ils proposent des services – cuisine, garde d'enfants, reprisage de vêtements ou échange de données.

Chimo réchauffe une galette sur un morceau de métal. Il enferme ce précieux ustensile chez lui, avec son wok, avant de partir travailler. Il vit au rez-de-chaussée. Il ne m'y a jamais invitée, mais je sais où sa chambre se trouve. Petite, sombre et sans fenêtre, elle ne peut accueillir l'air et la lumière que s'il laisse sa porte ouverte, courant ainsi le risque de se faire dérober ses rares affaires dans la nuit. Il n'y dort qu'au pire de la mousson, saison implacable et terrifiante – si je me fie à la seule que j'ai connue.

Ces derniers temps, il a pris l'habitude de me réserver un morceau de pain, qu'il me tend quand je descends de ma chambre. Je partage ce que j'ai, des PseudoFruits, du RizVeg ou des DosesProtéinées. J'ouvre un paquet de RepasPoisson pour ajouter au wok et un éclat de rire m'échappe.

— Qu'est-ce qu'il y a de si drôle ? me lance Sala, en me dévisageant.

C'est si différent de ce qu'on mangeait à Halston – ni la couleur ni la texture ne m'inspirent rien qui vaille... Je ne peux pas le lui dire, alors je me contente de secouer la tête.

— Rien.

Je me force à sourire alors que les larmes montent. Je m'assieds par terre, les jambes flageolantes, et leur répète, à Chimo et elle, que je vais bien. C'est Sala qui se penche vers moi pour poser sa main sur mon front.

— Tu es brûlante, constate-t-elle.

Sa paume calleuse me procure une sensation de fraîcheur.

— Il fait une chaleur à crever, marmonné-je.

C'est tout le temps comme ça. Une chaleur épaisse et étouffante qui s'infiltre dans les pores et les poumons, rendant chaque respiration difficile.

Chimo m'offre une gorgée d'eau et m'observe pendant que je l'avale. J'essaie de me lever pour lui tendre le gobelet, mais malheureusement je chancelle.

— Tu as tenu longtemps sans être malade, me dit-il. La plupart des Effacés s'écroulent le premier mois ou, en tout cas, pendant leur première mousson. Ça fait presque un an que tu es là, mais ça ressemble quand même au mal de l'acclimatation.

Je m'apprête à protester lorsqu'une vague de nausée m'assaille. Je me plie en deux avant de m'effondrer par terre.

— Je vais te raccompagner à ta chambre, dit-il.

Je secoue la tête : la simple pensée de cet espace clos redouble mon malaise. Il me propose alors son hamac. Il m'aide à m'y installer, s'approche suffisamment de moi pour que je sente l'odeur citronnée de sa transpiration et que je distingue les poils fins de ses avant-bras brunis. J'ai beau savoir que c'est la fièvre qui parle, j'ai envie de l'attirer vers moi, de lui demander de me serrer, de me protéger. J'ouvre la bouche, pourtant je n'ai pas la force de former les mots.

Il me sourit tout en écartant les cheveux collés sur mon front avec une tendresse qui manque de me faire pleurer.

Dans son autre main, il tient une fiole d'AntiFièvre de chez BioPerfect. Je me demande où il se l'est procurée. J'essaie de lire la date sur le côté, mais les lettres sont imprimées trop petit. Il hésite en me la tendant. Ça doit être la seule dont il dispose.

— Avale, finit-il par me lancer. La fièvre va tomber, et tu auras envie de dormir.

Je bois le remède goulûment. Il me glisse une petite bouteille d'eau sous le bras.

— Prends-en aussi souvent que nécessaire. On se revoit ce soir.

Je me souviens qu'il s'est penché vers moi. Je me souviens que je lui ai effleuré la joue, que sa peau était soyeuse sous mes doigts brûlants. Je me souviens que je l'ai remercié, et qu'ensuite il est parti.

À mon réveil, j'ai l'impression d'avoir dérivé au large, tout ce que je connais se brouille sous mes yeux, minuscules petits points qui dansent puis disparaissent tandis que je navigue entre le sommeil et la veille. Je reprends connaissance à l'heure la plus chaude de l'après-midi. Ma température a baissé, ma tête est plus légère, mes idées, plus claires. Allongée dans le rectangle de toile qui oscille lentement, je fixe le ciel, les images et les messages qui y défilent. Je me demande si cet oiseau qui descend en piqué appartient à mon propre flux numérique – celui que j'ai créé avant de quitter Halston –, une fillette essaie d'imiter ses mouvements fluides, rit de son échec, le visage éclairé d'un large sourire de satisfaction. Le monde qui l'entoure est si différent de celui que je connais. J'étais si naïve, je croyais à ces films que je tournais. La beauté était réelle à mes yeux, et je l'aimais pour ce qu'elle était, ni plus, ni moins. Je ne m'interrogeais jamais sur le fait que je vendais une chose à laquelle la plupart des gens n'avaient pas droit.

Alors que je laisse mon regard vagabonder dans la cour puis vers la rue, je l'aperçois à nouveau. Je me redresse et fais basculer mes jambes vers le sol. Hésitante, je tends les mains devant moi, je veux la toucher.

— Lark…

Je murmure son nom, sans me rendre compte que j'attire l'attention des gens de retour de la déchetterie, et je me dirige, vacillante, vers le portail. Je la vois, juste de l'autre côté, projetée sur le bâtiment d'en face, une fillette dans la rivière, la bouche ouverte, prête à chanter de cette voix cristalline que je n'oublie pas. Je répète son nom.

C'est Chimo qui m'arrête. Une main sur ma taille, il me pousse gentiment vers le fond de la cour, me demande en riant comment j'ai réussi à rentrer avant lui.

— Tu es pourtant partie en même temps que nous, ce matin, dit-il trop fort, en me détaillant de la tête aux pieds. C'est parce que tu n'as pas acheté à manger. Et que tu n'as pas travaillé aussi dur que moi. J'ai trié vingt kilos de déchets aujourd'hui, se vante-t-il. Je t'ai bien vue, toi, tu n'as pas fait plus de quinze kilos. Et tu prétends que tu es une pro…

Je n'ai pas la moindre idée de ce qu'il raconte. Je me demande si j'ai à nouveau de la fièvre. Peut-être que je délire, peut-être que rien de tout ça n'existe.

Je sens ses doigts s'enfoncer dans mon bras, et il me glisse soudain à l'oreille, d'une voix très assurée :

— Tu étais au travail, aujourd'hui.

— Ce n'est pas seulement le poids qui compte, je lui dis. C'est le volume. Je m'occupais des bouchons de bouteilles et il y en avait tellement... Tu n'en reviendrais pas.

J'aperçois une lueur d'approbation dans son regard. Il poursuit sur la même tonalité avant de se tourner vers le groupe le plus proche pour lui demander son avis.

— Elle prétend qu'elle est meilleure que moi ! s'esclaffe-t-il. Elle pense que son expérience au centre de tri ReCorp 591 la rend supérieure à nous. On sait tous que les travailleurs sont des bons à rien, là-bas ! Qui nous a observés aujourd'hui ?

Deux adolescents lèvent la main. Les gens voient ce qu'on leur suggère de voir.

— Les travailleurs du 591 sont des nuls, lance l'un d'eux. On est meilleurs !

— Je ne pourrais pas être plus d'accord, approuve Chimo. Je veux bien, moi, qu'elle soit restée des années et des années au 591, ça n'en est pas moins une vraie limace.

Ce n'est qu'une fois arrivés sous l'auvent, à l'écart de la foule, qu'il me conseille de filer dans ma chambre.

— Je viens te voir dans pas longtemps, me murmure-t-il.

J'entends son pas sur le palier quelques minutes plus tard. Il cogne discrètement à la porte.

Il m'observe avec inquiétude et me demande si la fièvre est retombée, pressant une main sur mon front pour vérifier.

– Le remède devrait continuer à agir le temps de l'acclimatation. C'est bizarre que ça ne t'arrive que maintenant.

Je ne lui explique pas que, avant notre départ, Miss Margaret nous a remis à chacune une quantité de médicaments BioPerfect qui provoqueraient la jalousie de n'importe qui ici.

– Ces comprimés devraient vous permettre de contrer les pires effets du changement, nous a-t-elle dit. Les gens reçoivent habituellement une dose de rappel au bout d'un an, mais elle est nettement plus faible, et si vous êtes à court de médicaments à ce moment-là, vous ne devriez pas rencontrer de gros problème.

Voyant la panique se peindre sur nos visages, elle a ajouté :

– Enfin, évidemment, vous n'y resterez pas aussi longtemps.

Sans ce traitement, je n'aurais peut-être pas survécu à la période de transition. L'effacement de données que j'ai subi était si extrême que beaucoup y auraient succombé. Et je dois m'en rappeler, je ne dois pas céder face à Chimo. Je suis forte. Si je tiens bon, ils viendront me chercher et tout ira bien.

– Pourquoi tu as fait ça, tout à l'heure ? Pourquoi tu as raconté que j'étais à la déchetterie ?

Il observe ma chambre, le fauteuil retient son regard. Il s'en approche, laisse courir ses doigts sur le velours bleu canard puis effleure le ruban en satin pâle. Il se tourne vers la boîte que j'ai terminée. Le cadre figure les murs de notre habitation à PureAqua, le peu de mobilier que possédaient mes parents paraît petit dans les deux minuscules pièces. Il se baisse pour le ramasser, et je l'arrête. Je veux une réponse.

— Pour te protéger, me répond-il tout bas, en posant les yeux sur moi.

— Je n'ai pas besoin d'être protégée.

— Il y avait des visiteurs aujourd'hui. Dans presque toutes les déchetteries.

— Et ?

— Ils ont posé des questions, ils voulaient des informations sur les Effacés : qui avaient souffert de la phase d'acclimatation, surtout parmi ceux qui ont reçu la dose de rappel. Non que tu aies jamais reçu la première…

Il attend que je proteste.

— Et puis il y a ce nom que tu as appelé.

Je me raidis légèrement.

— Lequel, déjà ?

Je ne lui réponds pas.

— Lark ?

Je prétends qu'il a mal entendu, que la fièvre m'a fait délirer.

— Je ne comprends pas, dis-je, détournant aussitôt la conversation. Les Effacés sont faciles à trouver.

Il suffit de consulter les données, de voir qui a été déplacé, où et quand. Il n'y a pas besoin de poser des questions. Et tu l'as dit toi-même, si j'étais une Effacée, j'aurais été malade beaucoup plus tôt, et dans des proportions bien pires.

Même dans la faible lueur de la fin d'après-midi je peux discerner ses traits, la fine ligne que forme sa bouche, ses pommettes hautes alors qu'il se fige entièrement à quelques pas de moi.

— Les Effacés ne figurent pas toujours dans les registres officiels. Certains utilisent les Souterrains.

Il se rapproche.

— Ça arrive constamment, regarde autour de toi, poursuit-il en m'indiquant la fenêtre. C'est un endroit idéal pour se cacher, où personne ne pose de questions.

J'entends les cris des enfants qui jouent, le cliquetis des casseroles où un dîner va bientôt mijoter. Une bagarre éclate dans la cour, une femme hurle, puis la voix d'un homme couvre la dispute, lui dit de partir. Dans le ciel défile une succession constante d'images.

— Quand on a besoin de s'échapper, ou de disparaître, dit Chimo en me prenant la main, on atterrit ici.

Dans l'espace exigu de ma chambre, il est trop près de moi. Je recule d'un pas, m'adosse aux barreaux de la fenêtre. Je respire lentement, essaie de le jauger. Mes idées sont trop embrumées pour ça.

— Pourquoi est-ce que je devrais te faire confiance ? finis-je par lâcher.

Il avance à nouveau vers moi.

— Je t'écoute, insisté-je.

Il s'arrête. Il m'invite, d'un geste, à m'asseoir dans le fauteuil, mais je reste debout, faisant mine d'être plus assurée sur mes pieds que je ne le suis en réalité, attendant sa réponse.

— Lewis.

Il m'a prise au dépourvu. Plantée là, les pieds enracinés dans le sol, je m'efforce de ne pas trahir mon émotion, immense. Je n'ai pas entendu le prénom de mon frère depuis des années.

Mes parents avaient beau être des employés de PureAqua, le camp dans lequel on vivait était à peine mieux que celui de ReCorp. Ils occupaient des postes modestes, et on avait tout juste assez de données pour vivre.

J'ai acquis une conscience aiguë de notre pauvreté dès mon arrivée à Halston. Je parlais rarement de ma famille, ne voulant pas que les autres filles sachent d'où je venais. Aucune de nous n'est rentrée chez elle avant la fin de l'école primaire – on nous avait dit que ce serait une source de perturbation et que ça nuirait à notre évolution. Quand le jour de retrouver nos parents est arrivé, Lark était surexcitée. Moi, je redoutais ce moment plus que tout.

À peine débarquée au camp, dans ma combinaison bien hermétique pour me protéger du climat non régulé, j'ai été épouvantée par la poussière et le chaos ambiant. Je me plaignais de tout la journée, et, la nuit, je pleurais sur ma vie à Halston.

Mon frère me considérait avec haine. Il portait les cheveux longs pour cacher sa minuscule boucle d'oreille – une gouttelette rouge sang, marque de protestation contre PureAqua, arborée par les jeunes les plus rebelles du camp.

— Si ça n'est pas assez bien pour toi ici, pourquoi tu restes, Miss Unique ? me lançait-il d'un ton cinglant.

Je ne flanchais pas.

— Je préfère être Miss Unique plutôt que Mister Ordinaire.

Je levais les yeux au ciel lorsque je regardais ses devoirs.

— Tu es tellement lent...

Un jour, je lui ai pris son portable et j'ai répondu aux questions à sa place, sans avoir besoin de réfléchir.

— Et ? a-t-il rétorqué en me considérant avec mépris.

Je l'ai foudroyé du regard, les bras croisés.

— Comment ça, *et* ?

— Tu es unique, et alors ? Ce n'est pas comme si tu avais fait quoi que ce soit pour le mériter. C'était un tirage au sort. Un pur hasard. Ça ne te rend pas meilleure que moi.

Je lui ai repris son portable pour effacer tout son travail. J'ai décrété que je le détestais, et que je détestais cet endroit, tout en ayant honte de mon comportement puérile, qui me rappelait les crises d'Ivy.

Je ne suis pas retournée chez mes parents depuis. En passant ma première nuit au camp de ReCorp, c'est ce petit appartement à PureAqua qui m'est revenu en mémoire. J'imagine que la similitude entre les deux endroits était suffisante pour me faire repenser à la maison de mon enfance avec une nostalgie inédite. Je revoyais nos matelas à même le sol, la petite chambre dans laquelle on s'entassait à quatre, la fenêtre ouverte sur la nuit. Je revoyais le séjour avec le bec Bunsen, l'évier et les robinets que mon père avait pu récupérer – ce qui faisait sa fierté. Ma mère avait accroché un rideau pour qu'on puisse se laver en toute intimité, un luxe que les autres résidents ne pouvaient pas s'offrir…

On m'avait expressément dit de ne contacter personne.

– Tous ceux que vous connaissez seront surveillés, nous avait informées Miss Margaret. Vous ne pourrez pas savoir si l'une d'entre vous a été repérée. Alors n'essayez surtout pas de vous manifester. Nous vous retrouverons.

Cette première nuit, la nuit de ma disparition, j'ai passé mon index sur mon portable pour en apprendre davantage sur celle que j'étais devenue : Delia Greene, 17 ans. Je disposais d'une petite quantité de données, le strict nécessaire en cas d'urgence. J'avais une chambre et un travail dans un centre de tri de ReCorp. J'aurais pu approfondir mon enquête, me renseigner sur la musique que j'écoutais, les textes que je lisais, les jeux auxquels je jouais, les émissions que je regardais, les sociétés que j'encourageais. Tout un ensemble de souvenirs avaient été recréées et intégrés dans l'historique de Delia Greene.

J'avais envie de taper le nom de Lark, les doigts suspendus à quelques centimètres de l'écran. Je ne l'ai pas fait, bien sûr. Ça n'aurait servi à rien – toutes ses traces avaient dû être effacées, comme celles de Fern Marlow.

Le sentiment de solitude était accablant.

Miss Margaret nous y avait préparées : elle nous avait fourni des images mentales pour nous aider à retrouver notre calme, des exercices de respiration pour apaiser la panique.

– Analysez vos données, nous avait-elle dit. Lisez, jouez, occupez-vous à votre guise. Liez-vous avec d'autres gens. Vous n'avez pas besoin d'entretenir des relations très intimes, vous devez simplement trouver une place. Et surtout, surtout, n'oubliez pas que la situation est temporaire.

En promenant mon regard sur la minuscule chambre, j'ai été envahie par l'envie de contacter mes parents et mon frère, eux que j'avais oubliés depuis des années. Tout le temps où j'étais à Halston, mes origines ne m'avaient inspiré que de la honte, et les rares souvenirs que je conservais de ma famille étaient entachés de cette honte, si bien que j'avais, désormais, l'impression de ne plus la connaître.

Je savais qu'ils travaillaient d'arrache-pied pour gagner tout juste de quoi nous nourrir et nous habiller, mon frère et moi. Les pièces de notre appartement n'étaient pas aussi sinistres que la chambre où je suis logée aujourd'hui, mais elles étaient simples. On dormait au fond, et on passait notre temps dans la pièce principale. On partageait nos toilettes avec la famille de l'appartement voisin.

On avait un balcon, une bande étroite de ciment fissuré, qui donnait sur la rue. La rambarde était rouillée, et on avait appris à ne pas s'approcher trop près du bord. Ma mère faisait pousser des plantes, qu'elle arrosait avec des rations d'eau grappillées en douce. Elle les rentrait au moment de la mousson. Elle les adorait.

— Regarde, me disait-elle quand l'une d'elles était en fleur.

En y repensant, je me demande où elle se procurait les semences. BioPerfect exerçait un contrôle strict sur les plants, comme PureAqua punissait tout détournement d'eau à des fins personnelles. Enfin, je suppose qu'il y a des moyens de contourner ces interdictions.

Mon père aimait cuisiner. Voilà ce que j'ai retenu de lui. Il préparait les repas avec joie et exubérance, tout en essayant de nous enseigner les rudiments de cet art. C'était un homme débordant d'énergie, bruyant et passionné. Et il se montrait toujours très fier de moi.

— C'est fou les progrès que tu as déjà faits en lecture ! s'exclamait-il en me tenant le visage à deux mains avant de m'embrasser sur les joues. Un génie, voilà ce que tu es ! Un rayon de soleil éclatant !

Je me demande si mes parents savent que j'ai disparu.

Je n'ai aucune envie de pleurer. Pourtant, quand Chimo prononce le prénom de mon frère, je sens toute ma force me déserter. Il est en face de moi, dans le noir, il ne me quitte jamais des yeux.

Je ne sais pas comment réagir, et il me faut puiser dans ce qu'il me reste d'énergie pour soutenir son regard sans trahir mon émotion. Il pourrait s'agir d'un piège. Un piège et rien d'autre.

— Lewis ? répété-je.

Chimo se rapproche et se penche vers moi.

— Il utilise les Souterrains. On est amis. Il est à ta recherche.

Il tend la main vers mon portable, et je lui rétorque de se servir du sien. Il hésite, me dit qu'il va devoir aller en chercher un autre, mais je tiens bon.

— Si tu veux te connecter aux Souterrains, c'est à toi de prendre le risque. Pas à moi.

Je me retrouve seule. Je m'empare de mon portable, prête à tout pour retrouver Miss Margaret… Rapidement, je me rends compte que mon comportement m'est dicté par la panique. Mon cœur bat la chamade, je repose mon portable. Rien que taper son nom serait une bêtise, et ça ne servirait à rien.

Qui sait où elle se trouve ? Et l'identité sous laquelle elle se cache…

Je prends une profonde inspiration par la fenêtre entrouverte. J'ai besoin d'y voir plus clair. Chimo revient dix minutes plus tard, une bouteille de BouPoule dans une main, son portable dans l'autre. Il me propose la boisson.

— Tiens. Ça devrait t'aider à faire tomber le reste de fièvre.

Je suis sur le point de refuser, de lui dire que je vais bien mieux déjà et qu'il en a assez fait, mais j'ai faim et ça sent bon.

— Pourquoi tu t'occupes de moi ?

Il ne me répond pas. Assis en tailleur sur le sol de béton, il allume son portable et part à la pêche aux informations. Dehors il y a un souffle d'air asthmatique, la poussière et la fumée dérivent lentement puis retombent. Sur le palier, des gosses jouent. Ils courent dans un sens et dans l'autre, leurs semelles claquent sur le béton. Une fille pousse un cri quand ses camarades la débusquent. Très vite, les portes claquent à nouveau : une autre partie de cache-cache a débuté.

— J'arrive ! hurle un garçon. Je t'ai vu ! Je t'ai vu !

Je n'ai aucun souvenir d'avoir joué avec Lewis. Sans doute parce qu'on ne l'a pas fait. Je n'ai jamais passé beaucoup de temps avec lui. J'étais toujours occupée à des cours d'apprentissage accéléré. Il était formé dans un établissement d'EdCorp et passait ses soirées avec ses copains, dans la cour du camp. Nos rares échanges se limitaient, en général, à des chamailleries ou à des remarques sournoises. Je ne lui ai pas reparlé depuis mon dernier séjour chez mes parents.

Chimo fait signe de venir m'asseoir à côté de lui.

— Ce que je vais te raconter doit rester entre nous.

Il parle tout bas et a retourné son portable pour que je ne puisse pas voir l'écran.

— Tu es au courant pour les Souterrains ?

Je hoche la tête avec impatience. Tout le monde connaît l'existence de ces réseaux officieux. Des lignes de communication qui apparaissent et disparaissent, des lignes clandestines qui permettent aux gens de se retrouver, de discuter, d'échanger des données sans laisser de traces. Certaines sont plus profondes que d'autres. Il faut parfois des années pour y accéder, des années à attendre, dans l'ombre, une invitation, un mot de passe, un signe.

À Halston, on m'a appris à me servir des Souterrains pour injecter des messages « illégaux », des spots de pub prétendûment rebelles, dont il fallait masquer tout lien avec BioPerfect – en d'autres termes, les canaux de communication les plus puissants qui soient, si et quand ils fonctionnaient. On n'avait pas besoin d'accéder aux Souterrains les plus profonds pour ce type de marketing, on se contentait de ceux qui couraient juste en dessous de la surface, où le trafic était dense. Le défaut de ce réseau était son instabilité. On ne savait jamais combien de temps un spot survivrait. Parfois quelques jours, parfois quelques secondes.

— On est nombreux, m'explique Chimo. Des Opposants de toutes les entreprises, qui échangent ensemble.

Il ne m'apprend rien de nouveau.

— Lewis est à ta recherche.

Il retourne son portable pour me montrer l'écran.

— D'habitude, je ne conserve pas ses messages, poursuit-il, je ne peux pas, mais… j'en ai quand même un. Le dernier. Il est arrivé cet après-midi.

À l'écran, un jeune homme me fixe. Ses yeux noisette tirent sur le vert, ses longs cheveux châtain clair lui tombent sur le front, il tape nerveusement la table devant lui. Il parle trop bas pour que je l'entende.

Je regarde l'emplacement de sauvegarde : Chimo a voulu aller trop vite, il n'a pas complètement effacé le lien d'origine. Il a supprimé tout le contenu à l'exception de l'image du visage de ce jeune homme. L'écran se fige sous mes yeux. Je zoome.

— Je ne sais pas qui c'est.

Ces mots, que je finis par prononcer, sont sincères. Je n'ai pas conservé un souvenir assez précis de Lewis. J'ai passé bien trop de temps à essayer de l'oublier.

Chimo referme la vidéo et me dévisage.

— Ton véritable nom est Fern Marlow. Tu as passé les douze dernières années de ta vie à Halston, l'établissement de BioPerfect pour filles génétiquement modifiées. Tu étais avec Lark Enright, qui a aussi disparu. Je ne sais pas pourquoi tu es ici, mais je sais que Lewis veut te retrouver.

Les saisons se suivaient sans heurt à Halston, le passage du temps atténué par le changement progressif de lumière – les jours raccourcissaient ou s'allongeaient lentement autour de nous. Des semaines, puis des mois se sont écoulés après la disparition d'Ivy. Ce n'est pas une façon de dire qu'on l'avait oubliée, mais Halston nous soumettait à une cascade si constante d'exigences qu'on était très occupées. Elle a comme disparu sous la surface.

Lors de nos années de lycée, l'accent a été mis, de plus en plus, sur nos domaines de spécialisation. Lark passait davantage de temps dans les salles de musique. Je travaillais dur, dans les laboratoires dédiés aux médias, sur de courts films vantant la beauté de la vie à Halston. Quant à Wren, elle suivait des stages de management et de leadership éreintants.

Wren n'avait jamais été proche d'Ivy, et pourtant, son absence a semblé la déstabiliser. Elle peinait à trouver sa place dans notre trio. Elle s'est rapprochée d'une autre fille, Laura, et, ensemble, elles sont devenues, en quelque sorte, les rebelles de Halston.

Quand on était plus petites, on disait en plaisantant que Laura avait été conçue en l'honneur du sex-appeal. Tout en courbes voluptueuses et moues boudeuses, elle avait eu un don pour la séduction dès son plus tendre âge. Wren et elle passaient beaucoup de temps à parler des garçons – et à parler avec ceux des écoles voisines. Ils communiquaient grâce aux Souterrains, se servant de réseaux rapides facilement repérables. Si les enseignants de Halston étaient au courant, ils n'ont jamais rien dit.

Le bruit courait qu'elles faisaient le mur, la nuit, pour aller les rejoindre. J'ignore si c'est vrai, je sais seulement que, certains matins, Wren était fatiguée et renfrognée, et que je m'interrogeais.

Si on restait proches, Lark et moi, on s'était aussi ouvertes à d'autres élèves de Halston. Elle parlait musique avec des passionnées, et elles travaillaient ensemble ou écoutaient de nouveaux morceaux.

Je passais du temps avec Mahla, qui avait un an de plus. Elle était obsédée par la poésie moderniste du début du XXe siècle. La déconstruction du langage et la foi dans l'ordre des choses trouvaient davantage d'écho en elle qu'en moi. Ce qui ne m'empêchait pas d'apprécier ses idées, sa façon d'aborder un récit sous un angle inattendu.

Elle provenait d'une famille richissime, et elle me donnait souvent des vêtements et des bijoux dont elle ne voulait plus. Si je la complimentais sur un foulard, elle insistait pour que je le prenne.

— J'en ai déjà tellement, se plaignait-elle. Ma mère m'envoie sans arrêt des cadeaux… Je crois que c'est sa façon de lutter contre l'ennui. Elle achète, achète, achète. Ça me soulagerait que tu acceptes. Je n'ai plus de place dans ma penderie, et elle se vexe dès que je lui demande d'arrêter.

Wren admirait mes nouvelles affaires avec un œil critique. Comme moi, elle était particulièrement sensible aux signes extérieurs de richesse. Lark, en revanche, n'y prêtait pas la moindre attention. Je lui léguais une partie des cadeaux de Mahla dans l'espoir qu'elle remplacerait un vêtement fatigué par un de ceux dont j'avais hérité, mais elle ne semblait pas voir quel problème il y avait à porter une chemise élimée ou des chaussures éraflées.

En dépit de nos tentatives pour nous lier d'amitié avec d'autres filles, on n'a jamais réussi à développer une vraie intimité avec elles, originaires d'un monde différent du nôtre. Elles venaient des banlieues résidentielles aisées de BioPerfect, établies dans des champs verts qui se déroulaient à perte de vue… En un mot, un monde sublime et scintillant. Elles vivaient dans des résidences closes peuplées de magnifiques arbres et de lacs miniatures à la surface aussi lisse qu'un miroir, à proximité de fermes qui produisaient fruits, légumes, lait et fromages crémeux, vendus dans la basse-cour. Quant aux maisons…

je devais me contenter de les imaginer. Je me figurais de jolies chaumières tout droit sorties des albums de mon enfance, avec toit de chaume, rosier grimpant, cheminée et chemin de dalles blanches menant à une porte de couleur vive. En réalité, elles étaient souvent bien plus grandes et imposantes.

Il m'arrivait de me connecter aux flux de ces filles. Je découvrais leurs vies, leurs vacances, leurs magnifiques parents et leurs petits copains séduisants. Alice, qui aidait Lark en chant, était l'une d'elles. La dernière année, elle sortait avec Matthew, de l'établissement voisin. C'était un athlète, capitaine de son équipe, que ses parents avaient aussi doté d'une grande intelligence. Il représentait la perfection aux yeux des filles les plus jeunes. Dès qu'Alice nous montrait des vidéos, j'étais dévorée par la jalousie, même si je lui disais, comme les autres, qu'elle était belle, qu'il était beau, qu'elle avait une maison magnifique...

Elle balayait nos remarques d'un geste impatient.

— Ces images ont été tournées l'an dernier, avant les travaux de transformation dans le jardin.

Passant à l'image suivante, elle ajoutait :

— Beurk ! Matthew est affreux sur celle-là. Il avait manqué l'entraînement plusieurs jours de suite, et ça se voit.

Lorsque je ne travaillais pas, j'étais souvent dans la serre, avec Marcus. Il nous arrivait d'écouter de la musique, ou de regarder des flux en jardinant, mais la plupart du temps on discutait surtout – des plantes, des cours, de mes amies. Si Miss Margaret était devenue une mère de substitution, il était une sorte de père pour moi.

Il m'encourageait à apprécier la beauté du processus biologique par la seule observation.

— Moins de questions, plus d'attention, disait-il pour me taquiner, dès que je commençais à l'interroger sur le comment, le pourquoi ou le quand.

Je me suis un jour émerveillée de la perfection à laquelle les scientifiques de BioPerfect nous donnaient accès.

— Ces plantes n'ont pas d'autre choix que de pousser, tu sais.

Je me souviens de son regard, de son sourire en coin alors qu'il secouait la tête.

— Elles se débrouillaient très bien toutes seules.

Je me suis rappelé ma première visite ; ce jour-là, il m'avait montré l'un des semis obtenu à partir d'une graine non-modifiée.

— Ils ne sont intervenus que parce que les hommes avaient fait n'importe quoi.

On avait parlé, en cours d'histoire, du monde d'autrefois, de l'époque où les hommes se divisaient en nations – au lieu de constituer un réseau d'entreprises dirigées par les Parents qui se contrôlaient mutuellement grâce à un système complexe de filiales (si complexe que rares étaient ceux à essayer de le comprendre). Les concepts de pays et de nationalités me semblaient simplistes, ridicules et impraticables.

— De surcroît, ce n'était qu'une illusion, avait ajouté notre professeur d'histoire. Des entreprises possédaient déjà les pays et leurs dirigeants, à cette époque.

L'objectif d'une société était d'accroître ses profits. C'était une évidence. Mais l'époque de l'argent pour l'argent était révolue. Une compagnie plus riche était devenue synonyme de conditions de vie améliorées pour les employés. Chacun y trouvait son compte, puisque le monde était meilleur et plus stable. Ou, du moins, c'était ce qu'on nous disait à Halston.

Ces mots suscitaient chez moi un léger sentiment de malaise, parce qu'ils réveillaient le souvenir de l'endroit d'où je venais. Mes parents travaillaient dur. Leurs journées étaient interminables. Tout le monde était informé, en permanence, des succès et profits considérables de PureAqua. Et pourtant, ma famille vivait dans des conditions que je n'assumais pas.

Nos professeurs nous ont raconté les débuts de l'Effondrement de l'ancien monde. Il y avait des épidémies, la famine et la sècheresse – ces problèmes, qui subsistent, sont dorénavant pris en charge par les Parents. On a appris les causes à l'origine de l'Effondrement, et je n'ai jamais considéré notre monde contemporain autrement que comme une amélioration évidente par rapport à l'ancien. Marcus était le seul à voir en l'ancien monde un endroit plaisant, un endroit où la vie s'épanouissait en toute liberté.

Je restais rarement longtemps sans le voir, même si, à mesure que j'avançais dans mes études, j'avais de moins en moins de temps à passer dans les jardins.

J'approchais de la fin de mon avant-dernière année et je venais de boucler un important projet personnel. J'ai décidé de prendre ma matinée. Le gel n'était pas encore là, mais l'air était mordant et le ciel changeant. « Je ne verrai plus que deux hivers ici », ai-je pensé ce jour-là. J'ai traversé des prés, étudié les arbres en chemin, enthousiaste à la perspective de ces quelques heures volées, dans la serre.

En entrant, j'ai découvert un homme que je ne connaissais pas.

— Bonjour, je m'appelle Fern. Où est Marcus ?

Il a haussé les épaules.

— J'imagine qu'il était trop vieux. L'heure de la retraite devait avoir sonné.

J'étais dévastée.

— Où est-il allé ?

Je ne comprenais pas pourquoi Marcus ne m'avait pas prévenue, pourquoi il ne m'avait pas au moins envoyé un message d'adieu.

— Comment je le saurais ?

Voyant que je ne partais pas, l'homme m'a demandé ce que je voulais.

— J'ai l'habitude de donner un coup de main ici.

Il a haussé un sourcil.

— Tu es destinée à un trop grand avenir pour ça, a-t-il rétorqué sans chercher à contenir les accents de dérision dans sa voix.

J'ai rougi, gênée par son hostilité.

— Je ne suis pas comme les autres. Je suis une Lotto Girl.

L'homme s'est remis à jardiner.

— Alors tu dois gagner ta croûte ?

J'ai secoué la tête avant de la lever vers l'étendue de ciel clair et les nuages aux contours flous qui dérivaient au-dessus des pelouses.

— On nous encourage à suivre des activités extrascolaires, pour le plaisir.

Ce n'est qu'en prononçant ces mots que je me suis rendu compte de l'image que je renvoyais : celle d'une fille privilégiée, qui attendait qu'on accède à ses caprices.

— Eh bien pour moi, c'est du travail.

— Qu'est-ce que je pourrais faire ? ai-je demandé.

— Ce que tu fais d'habitude. Tant que tu ne me déranges pas.

Avant l'Heure de Discussion, j'ai demandé à Miss Margaret pourquoi Marcus était parti sans un au revoir. Elle m'a appris que son départ était très récent. On lui avait proposé de prendre sa retraite, et il avait saisi cette opportunité.

— Il déteste les adieux, m'a-t-elle dit, mais il m'a chargée de te remettre ceci.

C'était un sachet de graines, accompagné d'une brève note manuscrite sur un petit bout de papier – je n'en avais vu que dans les cours d'histoire. Il me souhaitait tout le meilleur pour l'avenir et espérait que nous nous reverrions un jour.

— Où est-il allé ?

— Il a rejoint sa famille et ses amis.

Je me suis tournée vers la fenêtre et j'ai regardé les serres.

— J'aurais aimé pouvoir lui rendre visite.

Miss Margaret m'a prise par les épaules et m'a serrée contre elle.

Ce soir-là, le sujet avait été choisi par Renata. Timide et studieuse, elle prononçait rarement plus de quelques mots. Je me rappelais ce que j'avais ressenti pendant l'Heure de Discussion lorsque j'étais encore au collège. Fascinée par les élèves les plus âgées, je me contentais souvent d'écouter, m'efforçant de donner l'impression que je suivais le débat dans chacune de ses nuances. Parfois, Miss Margaret nous encourageait à parler, mais elle valorisait aussi l'écoute. Pour avoir de la conversation, la discrétion est souvent un atout, affirmait-elle de sa voix douce.

Ce soir-là, Renata a annoncé qu'elle souhaitait parler du hasard.

— Nous dirigerions-nous vers une ère où le hasard ne jouera plus de rôle prépondérant ? Et, dans ce cas, quelles seraient les conséquences de cette disparition ?

Assise sur le canapé près d'une lampe de bureau, elle nous a toutes regardées, tour à tour. Je me suis demandé, l'espace d'un instant, si c'était vraiment une interrogation pour elle. La curiosité intellectuelle que nous affichions pendant ce moment de la journée était-elle réelle ou feinte ? J'avais, je crois, été ébranlée par le mépris que m'avait manifesté le nouveau jardinier. Il m'avait donné le sentiment d'être une fraudeuse.

— Prenons notre cas, par exemple, a-t-elle poursuivi, gagnant en assurance quand Miss Margaret l'a encouragée d'un signe de tête. Nous sommes, en un sens, un défi lancé au hasard, en ce que nous incarnons, chacune, le meilleur aboutissement possible de ce qui serait advenu si on avait laissé libre cours au destin. Notre environnement est également contrôlé – le climat, nos contacts avec le monde extérieur, tout. Pouvons-nous étendre ce contrôle à l'ensemble du monde ? Et, dans ce cas, que faisons-nous réellement ?

— Pourquoi voudrions-nous faire ça ? ai-je demandé. Le hasard continue à avoir un rôle à jouer, non ? Il peut nous montrer des voies que nous n'aurions jamais envisagées.

Helen, assise à la droite de Miss Margaret, a pris part au débat.

— Je crois qu'on se demande constamment si les rares occasions où le hasard nous apporte un véritable bénéfice compensent le chaos et les dégâts potentiels qu'il cause.

— Tu n'en sais rien, ai-je contré. Ce bénéfice pourrait être considérable.

Helen a réfléchi à mon argument un moment.

— On devrait bientôt être en mesure d'aboutir à des prédictions d'une grande précision.

Cette idée ne me plaisait pas.

— N'est-ce pas la nature même du hasard, que d'être imprévisible ? Et puisque nous servons d'exemple dans ce débat, eh bien je suis ici, moi, grâce au hasard.

Elles attendaient toutes que je poursuive.

— C'est vrai et c'est faux, a dit Helen. Ton existence est le fruit du hasard, mais quant à celle que tu es, c'est une tout autre affaire... Une affaire conçue avec soin.

— Je préfèrerais que nous évitions de nous embourber dans des exemples aussi personnels, est intervenue Miss Margaret sans agressivité. Essayons d'élargir un peu le champ de la discussion. Quand nous parlons de hasard, de quoi parlons-nous vraiment ? De croyances démodées ?

On était huit dans la pièce, attentives et convaincues. Aucune de nous ne remettait en question son identité et le rôle qui lui avait été attribué. On se voyait comme des êtres uniques et pourtant... quelle preuve avait-on de cette certitude ? On ne quittait pas Halston. Tous les employés de l'école avaient été conçus avec l'aide de BioPerfect, à une plus ou moins grande échelle, et avaient donc grandi avec l'idée qu'ils étaient uniques. On ne se découvrait jamais à travers le regard des autres – sinon celui de nos propres familles, qui voulaient qu'on soit extraordinaires. C'était particulièrement vrai pour les Lotto Girls.

Plus tard, assise près de ma fenêtre, j'ai observé le ciel nocturne. J'étais agitée, et ce constat m'a surprise. J'avais toujours été si bien ici. Je ne voulais pas rentrer chez moi, et le monde à l'extérieur de Halston suscitait à peine ma curiosité. Le départ de Marcus avait provoqué quelque chose en moi. J'avais vu des filles plus âgées quitter Halston, mais je savais qu'elles partaient pour un autre établissement, comparable, ainsi que je le ferais d'ici deux ans. Marcus, lui, avait disparu dans le vaste monde. Et, ce faisant, il m'avait rendue sensible à son existence, m'abandonnant avec un étrange sentiment d'angoisse.

Deux jours plus tard, Miss Margaret nous a convoquées dans sa chambre, Lark, Wren et moi. Elle avait reçu la permission d'accompagner Lark à un concert. Wren et moi serions aussi du voyage.

— J'ai pensé que nous pourrions rendre visite à Marcus en route, m'a-t-elle dit.

J'étais si heureuse que je l'ai serrée dans mes bras.

— Vraiment ?

Elle m'a répondu d'un hochement de tête.

J'avais quitté Halston à de si rares occasions, et sans l'avoir jamais réellement souhaité avant ce jour-là. La promesse de cette excursion m'évoquait un délicieux soleil printanier. J'ai souri comme une enfant.

Je ne me doutais pas un seul instant de ce qui m'attendait.

Assise à l'arrière du véhicule, je me dévissais le cou dans l'espoir d'apercevoir le monde extérieur. Lark et Wren regardaient leurs portables. Miss Margaret était assise devant nous, les yeux dans le vague.

Cette sortie nous mettait toutes en joie. La surveillante nous avait annoncé qu'on s'arrêterait chez Marcus pour le déjeuner, avant de se rendre au concert, dans l'après-midi.

Lark s'y intéressait plus que nous. Le garçon qui se produirait sur scène était censé être l'un des meilleurs chanteurs jamais créés par BioPerfect. Je me suis demandé si elle avait un faible pour lui et je l'ai taquinée.

La veille, on avait évoqué ensemble nos vies après Halston – ça n'était plus la discussion puérile à base de maisons, de maris et d'enfants parfaits... On avait parlé, au contraire, du sentiment étrange que nous inspirait la certitude de découvrir, bientôt, le monde.

Lark s'était tournée vers moi dans son lit, ses immenses yeux brillaient.

— Je veux juste pouvoir chanter. Et parfois j'ai peur de ne pas être assez douée.

Elle avait fixé le plafond, n'avouant pas tout haut sa crainte de retourner dans un camp. Ce serait revenu à trahir sa famille, et l'endroit où elle avait grandi.

— Ils ont investi beaucoup trop en nous pour ça, ai-je tenté de la rassurer.

Ma voix manquait de conviction pourtant, je m'en rendais compte. Je me souvenais de ce que Rani avait dit des années auparavant, je me demandais ce qu'il advenait de ceux qui avaient échoué. Y aurait-il une place pour nous dans l'univers BioPerfect, ou serait-on simplement condamnées à rentrer chez nous ? Personne ne nous en parlait, et on était bien trop terrifiées pour poser cette question.

— J'ai essayé d'entrer en contact avec Ivy.

Lark avait à nouveau posé les yeux sur moi, elle parlait tout bas dans le silence de la nuit.

— Pourquoi ?

J'avais aussitôt été consumée par la honte. Ça ne me dérangeait pas qu'Ivy sorte peu à peu de mon existence. Et pour tout dire, j'aurais préféré qu'elle ne revienne jamais. Son inaptitude avait rejailli sur nous, de façon négative, et son absence me soulageait. Même si je ne l'avouais pas.

Lark avait toujours été meilleure que moi. Elle avait ignoré ma question, semblant deviner que je regrettais de l'avoir formulée. Je lui ai demandé, un jour, si BioPerfect avait inclus, dans son profil, une propension particulièrement développée pour l'empathie, et elle a éclaté de rire.

— Je crois qu'on a à peu près la même, Fern. Tu as simplement plus peur de montrer aux autres ce que tu ressens.

Cette nuit-là, elle m'avait appris que ses messages n'étaient pas parvenus à Ivy et que la version publique de son flux n'était plus accessible.

— C'est comme si elle avait été effacée. Mais... ils n'auraient pas fait une chose pareille, si ?

J'avais suggéré d'en parler à Miss Margaret.

— Elle saura comment la contacter.

À nouveau, j'avais eu honte. Pour être honnête, les mots de Lark m'avaient procuré un léger frisson d'excitation. Il n'y avait pas de pire sort que celui d'Effacé. Ça n'existait pas à Halston. Ça n'arrivait que « dehors », aux pires des individus.

— Je lui en ai parlé, m'avait répondu Lark. Elle m'a dit qu'Ivy continuait à passer des examens et que je ne devais pas m'inquiéter.

Elle avait secoué la tête avant d'ajouter :

— Mais ça n'explique pas pourquoi son profil public n'est plus accessible...

J'ai observé la surveillante, assise devant nous. Je l'aimais, j'avais confiance en elle. Elle ne nous aurait pas menti. Ivy avait dû faire quelque chose, une bêtise qui avait perturbé son flux.

— Est-ce qu'Ivy va revenir un jour ?

Ma question a tiré Miss Margaret de son rêve éveillé. Elle n'en savait rien.

— Je l'espère… Malheureusement, ça ne dépend pas de moi.

— Vous l'avez vue ?

— Oui, de temps en temps. Ivy va bien. Je ne crois pas qu'elle était très heureuse à Halston.

Wren a relevé le nez de son portable.

— Est-ce qu'il a été à nouveau question de nous tester, nous aussi ?

La surveillante a secoué la tête.

— Pas à ma connaissance, a-t-elle répondu avec un sourire. Pourquoi ces questions ?

Une lueur de panique s'était allumée dans les yeux de Wren.

— Ce n'est pas là que vous nous emmenez, si ?

Sa question m'a déconcertée. La possibilité que le but de cette excursion soit différent de celui qui nous avait été annoncé ne m'avait jamais effleurée. Peut-être que j'avais été bête. Peut-être qu'on nous emmenait subir des examens.

Miss Margaret s'est penchée vers nous, mais à l'instant où elle s'apprêtait à parler il y a eu une secousse, une turbulence dans le courant d'air.

Ça n'était pas grand-chose, un cahot tout juste suffisant pour que ma joue heurte la vitre. Le véhicule a tremblé une nouvelle fois et j'ai été projetée vers l'avant, mon visage a percuté celui de Miss Margaret.

Je crois que c'est Wren qui a hurlé.

Les portières se sont ouvertes brusquement dans un crissement métallique. Tout est arrivé si vite. Miss Margaret est descendue la première. Au début, j'ai eu l'impression qu'elle était soulevée de son siège, emmenée contre sa volonté, mais c'était sans doute une vue de mon esprit. On a été les suivantes, Lark et moi, à être entraînées par un individu vêtu d'une combinaison, le visage masqué.

Je n'entendais que les cris de Wren, aigus et terrifiants. J'ai dû me retourner pour voir ce qui se passait après avoir entendu un bruit sourd. Son corps était recroquevillé sur le sol, du sang s'écoulait d'un côté de son visage. Je me suis alors rendu compte que c'était moi qui hurlais.

Le noir a envahi ma chambre.

On se dévisage, Chimo et moi. Je suis submergée par l'impression que tout m'échappe, que je suis en chute libre. J'essaie de respirer comme Miss Margaret nous l'a appris, à partir du diaphragme.

Puis je parle.

— Tu te trompes de personne. Je suis Delia Greene.

Ma voix manque d'assurance, c'est presque un murmure, mes mots ne sont que l'écho fatigué d'un mensonge.

Je me lève. Ma chambre est si petite que l'espace entre nous est presque inexistant. Sa main est calleuse, il m'attrape le mollet, le serre et m'attire vers lui.

— Je vais hurler, le menacé-je.

— Et qui s'en inquiètera, à ton avis ?

Son visage est à quelques millimètres du mien, je sens les effluves de cannelle dans son souffle.

— Il n'y a que toi et moi, m'assène-t-il. Personne ne viendra.

Ses paroles ont beau être menaçantes, son ton est tendre, ses yeux doux, du même brun très sombre que la terre labourée par Marcus, à Halston.

— Le moment est venu de te lancer, de sauter dans l'inconnu. Tu dois me faire confiance. Je ne te veux aucun mal. Je te le promets. Je suis là pour t'aider.

Il me caresse les cheveux, sa main est chaude sur ma joue.

— Je sais que tu as peur et que tu sens seule, mais je sais aussi que tu as envie de te fier à quelqu'un. Écoute-moi, n'aie pas peur.

Il s'incline en arrière et remonte son tee-shirt, le coince sous son bras pour que je puisse voir ses côtes, son ventre plat, sa peau dorée presque cuivrée. Puis il baisse son pantalon et je m'apprête à fuir, à crier au viol, quand je comprends ce qu'il veut me montrer. La goutte rouge sang, l'arbre de vie, l'épée et un poing. Les symboles des Opposants – eau, biosphère, données, et surtout déchets qui continuent à étouffer, lentement, cette planète.

Je me penche vers lui pour les toucher, mon index lui effleure la hanche. Ces symboles avaient beaucoup plus de poids à une époque. Les Opposants veillaient à ce qu'ils soient bien cachés : un piercing qu'on pouvait retirer, un tatouage, de minuscules signes dissimulés au sein d'un motif complexe. C'étaient des emblèmes forts de la protestation jusqu'à ce que les Parents minent leur puissance en les récupérant pour les transformer en logos commerciaux ou en objets de mode pour riches désœuvrés – on les voyait sur des sacs, des tee-shirts, des casquettes. Aujourd'hui, ils ne prouvent plus rien. Et pourtant, tout en passant les doigts sur les reliefs de sa peau, j'ai envie de le croire.

— Je sais que tu te caches, me dit-il. Je peux t'aider.

Sa voix est réconfortante, ses yeux sont rivés aux miens. Il m'embrasse. Sa bouche est hésitante, sa main remonte sur mon tee-shirt, ses longues jambes fines s'enroulent autour de ma taille et il m'attire contre lui.

Je n'ai encore jamais embrassé personne.

À Halston, on ne croisait les garçons de l'école voisine qu'à l'occasion de soirées. L'établissement était fréquenté par des fils de bonnes familles, destinés à épouser les filles de Halston les plus fortunées. À l'image d'Alice et de Matthew, ils formaient des couples séduisants qui atteindraient un niveau de perfection encore plus grand avec un petit coup de pouce de BioPerfect.

Il y avait des Lotto Boys aussi, bien sûr. On avait notre petite idée sur leur identité, et ils devaient avoir la leur sur la nôtre. Un jour, l'un d'eux a invité Lark à danser. Il voulait garder contact avec elle après, mais elle était timide et manquait d'assurance, tout ça la gênait trop. Un autre a essayé d'obtenir mes coordonnées, et je l'ai rembarré, pas par timidité, comme Lark, mais parce que, et j'ai honte de l'avouer, je m'intéressais toujours davantage aux autres : les garçons qui n'étaient pas issus de la loterie.

Aujourd'hui, lorsque Chimo m'embrasse, je m'abandonne un peu plus dans ses bras. J'en ai assez d'être seule. Ses lèvres sont du miel sur les miennes, ses cheveux, de la soie, ses mains assurées lorsqu'elles commencent à baisser mon pantalon, et je dois l'arrêter, m'écarter, lui dire que je ne l'ai encore jamais fait.

Il me sourit dans l'obscurité.

— J'avais oublié que tu étais une princesse.

Je secoue la tête et l'attire contre moi, les mains au bas de son dos, ma bouche contre la sienne. On en a tous les deux envie. Pendant ce temps, dehors, les enfants jouent, les gens se disputent et les images se déversent dans le ciel nocturne.

Chimo dort, étendu sur mon matelas. Je l'observe : le tatouage sur sa peau, la longue cicatrice qui court le long de sa cuisse, les poils fins sur ses bras. J'entends sa respiration, douce et régulière, et j'attends sans bouger, j'ai besoin d'être sûre.

J'ai ri tout à l'heure, quand ses mains exploraient mon corps. C'était la première fois que je riais depuis des mois, un son trop retentissant pour ma minuscule chambre, et je me suis couvert la bouche par réflexe. Il m'a embrassé le poignet à ce moment-là, puis il m'a serrée contre lui.

— Elle sourit... Est-ce qu'elle connaît des blagues aussi ?

Je lui ai donné un petit coup dans le bras.

— Tu as toujours vécu ici ? lui ai-je demandé.

Il m'a dévisagée.

— Tu serais autorisée à poser des questions et pas moi ?

— Oh, tu peux aussi en poser.

— Sauf que tu refuses de répondre.

J'ai haussé les épaules.

— Pas toujours, m'a-t-il enfin répondu. J'ai habité dans une demeure à une époque. Mes parents travaillaient pour DataCorp, ils traquaient les utilisateurs des Souterrains. Ils les retrouvaient et les effaçaient. Ils étaient doués, on était incroyablement riches, mais, à mon insu, ils appartenaient à l'opposition. Ils cachaient des gens et transféraient des données illégalement. Mon père a découvert qu'il avait été démasqué avant qu'on ne vienne l'effacer. Il nous a tous envoyés ici, avec l'espoir qu'on resterait cachés.

Disait-il la vérité ? Je n'en avais pas la moindre idée.

— Et toi ? a-t-il demandé en déposant un baiser sur mon épaule.

— Tu m'as déjà posé cette question cent fois… Tu n'en as pas une un peu plus originale ?

Un sourire, un beau sourire a illuminé son visage.

— Si tu pouvais choisir un don, ce serait lequel ?

À ce mot, mon sang s'est figé. Je lui ai rendu son sourire, et j'ai fait mine de réfléchir à sa question.

— La musique, ai-je dit en pensant à la voix de Lark. J'aimerais être capable de chanter toute la joie et toute la tristesse de ce monde.

À Halston, on nous a appris à faire le tri dans les Souterrains, à trouver le bon filon pour obtenir la bonne information. Je m'installe au bout du couloir, je ne perds pas de temps et m'immerge dans les réseaux. Certains filent à tout allure, éblouissants, certains se traînent, hésitants, avant de se tarir, et d'autres enfin se fraient un chemin avec assurance, prêts à se dérober dès qu'on essaie de les retenir.

On nous a aussi appris à nous cacher, à surveiller des forums sans être repéré, pour recueillir des indices. Je n'ai pas le temps. Je dois remonter le dernier filon utilisé par Lewis, puis emprunter un réseau détourné pour le contacter. J'ai pris une photo de la petite boîte que j'ai fabriquée, la réplique de notre appartement à PureAqua, fondée sur mes souvenirs : lui, moi, notre père, et notre mère avec ses plantes. Voilà ce que je vais lui envoyer. Je la charge et lui ajoute une heure, une date et une image de fougère[1] – rien d'autre. Je n'ai toujours aucune certitude, je redoute encore tellement de m'être laissée piéger à cause de la solitude.

Au moment d'éteindre le téléphone de Chimo, j'entends des bruits de pas dans l'escalier. Je réagis trop tard pour cacher l'écran. Je me blottis contre le mur dans l'espoir que la nuit suffira à le masquer.

Quelqu'un frappe à la porte de ma chambre, et j'entends Sala murmurer le prénom de Chimo. Je m'approche à mon tour, sans un bruit.

1. En anglais, « fern » signifie « fougère ».

— Tu t'en vas ? demandé-je en rentrant et en déposant, discrètement, le portable sur le fauteuil.

Il enfile son tee-shirt à la hâte. Sala m'explique qu'elle est venue voir si je savais où il était. Tout le monde s'inquiétait.

— Tu m'as trouvé, lui dit Chimo. Je descends dans une minute.

— Tu sais bien que Jiminy n'arrive pas à dormir quand tu n'es pas là.

Au moment de tourner les talons, Sala ajoute :

— Dépêche-toi.

Il s'excuse dès qu'elle est partie.

— Tu descends dormir avec nous ? Il fait plus frais en bas...

Je lui réponds que je suis habituée à ma chambre, et je recule lorsqu'il se penche pour m'embrasser. Ce n'est pas que je n'en ai pas envie. J'ai peur de craquer et de tout lui dire, de me livrer entièrement, de lui avouer que, oui, je suis Fern Marlow, qu'on m'a promis de venir me chercher et que je n'ai vu personne. Qu'on m'a abandonnée ici, complètement seule.

Je me souviens de l'odeur du sang. Wren était affalée sur mes genoux. Miss Margaret lui soutenait la tête. Assise en face de moi, Lark était livide, elle tremblait. Elle sanglotait en nous disant que Wren allait mourir, qu'elle le savait, que ça se voyait, il suffisait de la regarder. Elle s'est penchée en avant pour lui soulever les paupières, et le voile laiteux qui recouvrait ses yeux était aussi terrifiant que la blessure qui saignait.

— Qu'est-ce qui s'est passé ?

Je posais la question en boucle, ma voix crispée couvrait à peine les battements précipités de mon cœur.

Il n'y avait pas de fenêtres pour voir dehors, et on était isolées de l'avant du nouveau véhicule où on se trouvait. Dans le compartiment arrière, l'air était étouffant, l'odeur ferrugineuse du sang se mêlant à celle, aigre, de la peur. J'ai tenté de scanner le véhicule, mais il n'y avait aucune donnée à récupérer.

— Tout a été effacé, il n'y a rien…

Je leur ai montré les serrures, l'hystérie me gagnait progressivement.

— Regardez ! Elles sont manuelles ! Et l'air... Il n'y a pas de climatisation automatisée. Comment fait-on pour respirer ? On ne peut pas respirer ici !

J'ai voulu me lever et je me suis cogné la tête contre le plafond. Miss Margaret m'a forcée à me rasseoir.

— Ça suffit !

C'est la seule fois où je l'ai entendue élever la voix, et ça m'a fait l'effet d'une gifle.

On avait toutes entendu parler d'enlèvements et de demandes de rançon, accompagnées de la menace d'un effacement complet des données. C'étaient les Opposants, nous disait-on, qui cherchaient de l'argent pour financer leur révolution. Peu importaient les sauvegardes effectuées, les Opposants étaient capables de se les procurer également. On se retrouvait privé de toute information, sans identité et sans ressources, plongé dans un environnement auquel on était souvent mal préparé. Les chances de survie étaient nulles.

« Voilà ce qui nous arrive », ai-je pensé. Les Opposants se servaient de véhicules de ce type, des véhicules indétectables. Ils nous conduisaient dans un lieu sans données, et ils se serviraient des Souterrains pour envoyer leurs demandes. Quand ils découvriraient que personne ne pourrait payer pour notre libération, ils nous effaceraient et se débarrasseraient de nous.

J'ai commencé à frapper la paroi qui nous séparait de l'avant.

— Vous vous êtes trompés ! On est des Lotto Girls, on n'a rien... Laissez-nous partir !

La panique me submergeait, ma voix était en verre, tout mon être menaçait de se briser sous l'effet de la peur.

Miss Margaret a posé une main sur mon bras et m'a demandé de me rasseoir. Elle ne tremblait pas, ses yeux plongés dans les miens ne cillaient pas. Lark a laissé échapper un sanglot, un petit bruit angoissé qui s'est mis à enfler.

Se tournant vers elle pour la calmer également, Miss Margaret lui a dit que tout irait bien.

— Inspire, lui a-t-elle conseillé, inspire lentement, régulièrement.

Elle a baissé le regard vers Wren, qui se vidait de son sang, et a essayé de lui parler, de lui dire qu'on allait bientôt s'arrêter et recevoir de l'aide. Elle a pris son pouls, puis elle a pressé son oreille sur sa poitrine.

— Elle est morte ?

La question de Lark a voleté autour de nous, aussi impuissante qu'un papillon de nuit. La main de Miss Margaret, où apparaissaient les premières taches de vieillesse, tremblait un peu pendant qu'elle caressait la joue de Wren.

— Ça n'était pas censé arriver...

Sa voix était faible. Elle a levé les yeux vers le plafond du véhicule et a pris une profonde inspiration avant de nous regarder à nouveau.

Je sentais le poids du corps sans vie de Wren sur mes cuisses. Seules les secousses provoquées par de petits trous d'air semblaient à l'origine de ses rares mouvements. Elle a légèrement changé de position à l'occasion d'une accélération.

En sanglotant, Lark s'est agenouillée à côté de Wren et l'a serrée dans ses bras.

— Qu'est-ce qui s'est passé ?

Miss Margaret a secoué la tête et répondu qu'elle l'ignorait.

— Ça doit être le coup à sa tête. Un pur accident… Votre sécurité à toutes avait été garantie. Je ne sais pas comment c'est arrivé, je ne sais pas…

Les cheveux de Wren étaient plaqués sur son crâne, sa peau pâle légèrement boutonneuse – ce qui était rare pour les élèves de Halston. Deux jours plus tôt, elle m'avait d'ailleurs fait part de l'inquiétude que cela lui inspirait : elle n'aurait pas dû être comme ça. Elle mettait une crème que Miss Margaret lui avait donnée, évitant de regarder les traces sur le bas de son visage lorsqu'elle l'appliquait avec soin.

Je n'avais pas eu beaucoup d'échanges avec Wren au cours de l'année écoulée. Elle était soit avec Laura, soit sur les terrains de sport. Le conseil de Halston avait essayé d'encourager son potentiel de meneuse grâce au sport – activité qu'elle avait toujours appréciée. Elle était capitaine de plusieurs équipes. J'avais entendu des rumeurs : elle n'était jamais tout à fait assez bonne, toujours confrontée à des filles qui avaient systématiquement ce tout petit truc en plus pour la battre. Même si elle n'en parlait pas, elle devait en être consciente.

C'était l'inconvénient quand on était une Lotto Girl. On n'avait pas de plan de secours, pas de parents avec des postes prestigieux, pas d'endroit confortable où retourner vivre, très peu de chances de faire un bon mariage. En cas d'échec, notre seul espoir était qu'une famille moyenne puisse vouloir de nous pour son fils. Si elle n'avait pas de quoi s'offrir une reproduction génétiquement contrôlée de qualité, elle avait au moins la certitude que la petite amélioration dont on était porteuses pouvait donner des résultats prometteurs.

Lors des soirées de Halston, Wren passait son temps à séduire les garçons invités. Je la voyais bien, elle parlait avec beaucoup trop d'enthousiasme, leur touchait le bras, riait à gorge déployée à leurs blagues, les entraînait sur la piste de danse. Et ils l'appréciaient, je le voyais bien aussi. Elle était drôle, même si c'était un peu forcé. La rumeur prétendait qu'elle avait couché avec plusieurs d'entre eux. Elle était *prête à tout*, d'après certaines. S'imaginait-elle vraiment que l'un d'eux l'épouserait ?

Si Wren avait conscience d'alimenter les ragots, elle n'en a jamais rien laissé paraître.

— Est-ce qu'on devrait lui parler ? m'a demandé Lark, un jour. Lui répéter ce qui se dit ?

Elle détestait la façon dont les autres la traitaient. Et moi aussi. De même que l'échec d'Ivy avait rejailli sur nous, les tentatives de Wren pour échapper à sa condition avaient des conséquences. Et pourtant, son attitude avait beau me mettre mal à l'aise, elle était l'une de nous.

On ne lui a pas parlé finalement. Je l'ai déjà dit, on ne la voyait pas souvent à cette époque. Et puis, comment formuler une chose pareille ? Elle nous aurait accusées d'être jalouses.

— Je dois la garder sur mes genoux ?

Tout en posant ma question, j'avais conscience de sa bêtise. Qu'est-ce que j'aurais pu faire d'autre ? La laisser tomber par terre ?

— Je ne peux pas, ai-je soudain ajouté, en larmes.

Wren était morte. Lark sanglotait, elle aussi. Miss Margaret a attiré Wren, pour que son poids repose entièrement sur elle.

— Où nous emmènent-ils ?

Ma voix montait dans les aigus.

— Et qu'est-ce qu'ils feront quand ils sauront que nous n'avons rien ? Qu'est-ce qu'on deviendra ?

Je ne crois pas avoir jamais éprouvé de terreur comparable. Miss Margaret s'est tendue au moment où le véhicule s'arrêtait.

— Pourquoi on s'arrête ? ai-je demandé.

— Écoutez-moi.

J'ai observé Miss Margaret, pleinement consciente qu'elle avait changé. La douceur que j'avais toujours connue s'était comme affûtée.

Elle a fait glisser le corps de Wren sur la banquette, puis elle a pris nos deux mains dans les siennes. Lark refusait de soutenir son regard, et Miss Margaret lui a relevé le menton de force.

— Vous ne devez pas paniquer. Tout va bien. Ce n'est pas ce que vous pensez.

Au moment où les portières se sont ouvertes, elle est sortie la première, et nous a dit, d'une voix claire et ferme, de la suivre. Quelqu'un s'occuperait du corps de Wren. Nous devions l'accompagner, et sans traîner.

Miss Margaret nous a prises par les épaules pour nous conduire dans une pièce. Ses paroles se voulaient rassurantes tandis qu'elle nous poussait à l'intérieur.

— C'est un lieu sûr, je vous promets qu'il y a une explication à tout ceci.

La chambre n'était pas aussi grande que celle qu'on partageait à Halston, Lark et moi, et elle n'était pas aussi confortable. On avait chacune un lit, des vêtements posés dessus. Miss Margaret nous a demandé de nous changer.

Étonnamment, c'est Lark qui a résisté. Elle a hurlé et s'est débattue, elle a dit qu'elle voulait sortir, qu'elle refusait d'être prisonnière, qu'elle ne se laisserait pas faire.

Personne n'est venu.

Miss Margaret a patienté le temps que la rage de Lark retombe, puis elle l'a calmée, comme elle l'avait fait avec chacune d'entre nous, aussi loin que remontaient nos souvenirs. Elle a su à quel moment prendre Lark dans ses bras. Ensuite, elle m'a fait signe de les rejoindre, elle voulait que je participe à cette étreinte.

— Vous ai-je jamais causé le moindre mal ? nous a-t-elle demandé.

Reniflant bruyamment, Lark a secoué la tête.

— Pensez-vous que je le ferai un jour ?

— Non, a fini par admettre Lark.

Aucune de nous ne pouvait imaginer Miss Margaret dans ce rôle. Et pourtant, Wren était morte, on était retenues dans un endroit inconnu, et notre surveillante semblait être informée d'un plan dont on ne savait rien.

— Vous êtes ici parce que nous devions vous mettre en sécurité, a-t-elle poursuivi d'une voix douce et apaisante. Vous êtes à l'abri, je vous en fais la promesse. Je dois aller m'occuper de la pauvre Wren, mais je reviendrai.

Se libérant lentement, elle s'est dirigée vers la porte, qu'elle a ouverte avec ce qui ressemblait à un portable – ce n'était pas celui dont elle se servait à Halston.

J'ai tâté ma poche avec inquiétude : le mien était toujours là. Je l'ai sorti pour consulter mon flux. L'écran était vide.

— Ça ne marche pas, ai-je lâché, affolée, davantage pour moi-même que pour Lark.

On a attendu dans une grande nervosité. Lorsque le silence devenait trop pesant, l'une de nous deux prenait la parole, assaillait l'autre de questions.

— Pourquoi elle a fait ça ? ai-je demandé.

— Peut-être qu'elle dit la vérité... et qu'elle essaie de nous protéger ?

Lark a cherché une confirmation sur mon visage.

— S'ils voulaient nous effacer et nous larguer dans la nature, ils l'auraient déjà fait.

Tout en parlant, j'essayais d'oublier mon portable. Ils nous avaient effacées. Ou alors, nous étions dans un réseau de données fermé qui appartenait aux Souterrains, et auquel on n'avait pas accès. Mais c'était absurde. Aucune explication ne tenait la route.

— Qui pourrait bien nous vouloir du mal ? On est des filles normales, ai-je ajouté.

C'était la première fois que je pensais à moi en ces termes, sans parler d'utiliser cet adjectif pour me décrire. Lark avait commencé à faire les cent pas et je lui ai dit d'arrêter. Elle m'a ignorée.

— Miss Margaret va revenir. Elle nous expliquera tout, ai-je insisté.

Je percevais de vagues sons, des cris d'enfants qui affluaient puis refluaient. On n'avait pas de fenêtre, je n'ai donc pas pu suivre la tombée du jour et l'arrivée de la nuit, cependant les bruits qui nous parvenaient trahissaient, par leur irrégularité, le passage des heures. Ce brouhaha avait quelque chose d'ordinaire, et je m'y raccrochais comme je me raccrochais aux promesses de Miss Margaret.

Je ne me souviens pas d'avoir dormi cette nuit-là. J'étais sur le qui-vive, et Lark aussi. Au moindre bruit, on s'asseyait dans nos lits et on se regardait avec des yeux brillants dans le noir. Notre peur donnait à l'atmosphère une odeur âcre.

J'ai dû m'assoupir parce que je n'ai pas entendu entrer Miss Margaret. Elle nous apportait un plateau avec un petit déjeuner. Je me suis aussitôt redressée. Lark était réveillée.

La nourriture risquait-elle d'être empoisonnée ? Non. Il y avait des moyens bien plus simples de se débarrasser de nous. J'ai commencé à dévorer avec appétit.

— Bien, a approuvé Miss Margaret. Il faut que vous mangiez.

Je ne voulais pas la regarder, au début, mais j'ai fini par l'observer à la dérobée. Je n'ai pas eu l'impression qu'elle avait changé, pourtant c'était forcément le cas, sinon elle ne nous aurait pas conduites ici.

Elle s'était assise dans un coin de la chambre. La porte était restée ouverte. J'apercevais un couloir et d'autres pièces qui donnaient dessus. Il y avait des gens aussi – les voix de la veille. C'était peut-être sa façon de nous faire savoir qu'on n'était pas retenues prisonnières. Pour autant, on ne pouvait pas partir. On ne savait pas où on était. On n'avait aucun accès aux réseaux.

Miss Margaret s'est excusée de nous avoir laissées seules aussi longtemps.

— C'est Wren… Nous devions nous assurer qu'elle avait été complètement effacée. Et nous voulions l'incinérer.

À ces mots, j'ai blêmi. Ils rendaient la mort de Wren bien trop réelle.

— Elle n'aurait pas dû mourir, a poursuivi Miss Margaret. C'est une terrible erreur. L'objectif était de vous sauver toutes les trois.

— De quel danger ? a demandé Lark.

Miss Margaret nous a regardées tour à tour.

— J'ai beaucoup d'explications à vous fournir.

— Qui êtes-vous ? Et qu'est-ce qu'on fait ici ?

C'était tout ce que je voulais savoir.

— Je suis celle que vous connaissez depuis toujours, Fern. Vous avez été conduites ici parce que vous étiez en danger à Halston.

Elle a débarrassé nos deux assiettes.

— Vous avez l'air épuisées. Prenez une douche, puis nous discuterons.

Miss Margaret était l'une des premières à avoir subi des modifications génétiques gratuites. L'ancêtre des Lotto Girls, en un sens. C'est ce qu'elle nous a appris ce matin-là.

— Je suis désolée. J'aurais aimé vous parler avant notre départ, mais c'était un risque que je ne pouvais pas prendre. Nous devions vous évacuer de Halston.

Et nous voulions faire croire à une attaque. Nous ne pensions pas que quiconque serait blessé…

Elle a pris une inspiration et je me suis demandé si elle allait pleurer. Lark s'est mise à sangloter. Miss Margaret lui a caressé les cheveux.

— Je peux simplement vous répéter combien je suis désolée pour Wren.

Ses mains sont retombées sur ses genoux.

— C'est un véritable drame…

Elle a marqué un silence et s'est tournée vers moi.

— Par où débuter ? Par moi, sans doute.

Elle nous avait emmenées dans un salon, quelque part dans le bunker. On avait emprunté plusieurs couloirs, croisé des gens qui lui souriaient et la saluaient – ils semblaient la connaître. Je n'avais jamais imaginé qu'elle pouvait avoir une vie en dehors de Halston.

— Comme je vous l'ai dit, je suis Miss Margaret, votre surveillante. Je reste celle que vous avez toujours connue. Mais je suis aussi quelqu'un d'autre.

D'un geste du bras, elle a désigné la pièce.

— Je fais également partie de cet endroit.

— Pourquoi vous nous avez emmenées ici ? Et quel est le danger qui nous menace ?

Je m'étais penchée en avant pour donner plus de poids à mes questions. Elle s'apprêtait à me faire taire, puis s'est ravisée.

— La version courte, c'est que BioPerfect voulait vous récupérer pour vous soumettre à des tests. La version longue est beaucoup plus compliquée.

J'ai ouvert la bouche pour protester, pour lui rétorquer qu'on se serait pliées à n'importe quel examen, mais le doute qui m'avait toujours rongée m'a réduite au silence.

— Tu te souviens, quand Rani t'a raconté que j'étais l'une des premières Lotto Girls ?

J'ai hoché la tête. Miss Margaret ne cillait pas.

— Elle avait raison et tort à la fois. Je n'étais pas une Lotto Girl en tant que telle, mais mon ADN a été modifié gratuitement. Elle s'apprêtait à te dire autre chose avant que je ne vous interrompe.

Je revoyais très bien la scène.

— Elle s'apprêtait à t'apprendre que je suis stérile. Je suis le fruit de la première phase d'expérimentations de BioPerfect. Ils avaient dans l'idée de créer une surveillante qui s'occuperait des générations futures de filles génétiquement modifiées, qui ne serait pas distraite par son propre… désir de descendance. Je faisais partie intégrante d'une promesse, celle de fournir le meilleur des soins, j'étais la garantie que chacune des élèves développerait tout son potentiel.

Il n'y avait aucune amertume dans sa voix, pourtant, elle secouait la tête en parlant.

— BioPerfect a engagé des mères porteuses, je ne sais pas qui étaient mes parents. J'ai grandi dans une crèche de BioPerfect, puis j'ai suivi mes études dans des établissements de BioPerfect, et enfin j'ai parfait ma formation de surveillante. C'est la fonction qui m'a été attribuée lors de ma conception.

« Ça n'avait rien d'un travail ingrat », s'est-elle empressée d'ajouter. La barre était placée haut. Elle avait été conçue pour être gentille et compatissante, elle avait été dotée d'une grande capacité de communication et d'apprentissage, ce qui faisait d'elle une enseignante plus altruiste que la moyenne.

Elle a relevé les yeux vers Lark et moi, et son sourire m'a paru un peu trop éclatant lorsqu'elle a repris :

— J'ai aussi hérité d'une grande résistance pour me permettre de rester perméable aux nombreuses maladies qu'attrapent les enfants le temps de construire leurs défenses immunitaires. Je ne suis ni trop grosse ni trop mince... J'ai un corps réconfortant, m'a-t-on dit. Et je suis censée sentir le pain chaud, a-t-elle ajouté dans un éclat de rire. Ce dernier détail m'a toujours paru ridicule. Un argument marketing complètement creux... Quand j'étais jeune, je ne remettais rien en question. J'étais comme vous. Je me pensais juste chanceuse, très chanceuse, et je n'imaginais pas un seul instant que ce que ces gens faisaient était mal... Aujourd'hui, les choses m'apparaissent sous un autre jour.

Son portable vibrait à côté d'elle.

— Je devais vous emmener dans un endroit où ils ne pourraient pas vous trouver. C'est la raison de votre présence ici.

— Où ça ? ai-je demandé sans obtenir de réponse.

— À propos de pain, ils sont en train de préparer le déjeuner, je le sens.

Elle a regardé l'heure puis a ajouté :

— Vous avez encore faim ?

J'ai secoué la tête.

— Quoi qu'il en soit, vous avez besoin de médicaments pour vous aider à vous adapter au changement d'environnement. Nous pourrions aller dans la cuisine vous chercher à boire, qu'en dites-vous ?

On l'a suivie dans un couloir. À son extrémité se trouvait une immense pièce. Elle nous a laissées devant la porte ouverte et nous a dit d'entrer. Elle allait revenir. Avec Lark, on a frappé un petit coup nerveux au chambranle avant de pénétrer dans la cuisine.

— Servez-vous, nous a lancé un jeune homme qui se trouvait près des fours en nous indiquant la PureAqua avec un sourire chaleureux. On n'a pas encore été présentés, je crois.

Il s'est essuyé les paumes sur son tablier, et Lark lui a répondu qu'on venait juste d'arriver.

— Vous êtes des amies de Margaret ?

Je me suis demandé à qui il me faisait penser. Son visage avait quelque chose de familier, c'en était déstabilisant.

— Je m'appelle Hamish.

Son regard a croisé le mien, et j'ai rougi. Je n'ai pas entendu Miss Margaret dans notre dos. Elle nous a remis à chacune une poignée de comprimés.

— Vous devez les prendre pour ne pas être malades, a-t-elle insisté devant mon hésitation. Les changements d'environnement peuvent causer des ravages sur votre système immunitaire.

Elle en a avalé.

Avec Lark, on n'a pas tardé à l'imiter.

— Hamish est le fils de Marcus, m'a-t-elle dit.

Il m'a fallu un moment pour comprendre de qui elle parlait.

— Il est ici ?

Elle a hoché la tête.

— Dans le jardin, a précisé Hamish, sans sembler s'étonner que je connaisse son père.

— Il est venu ici après avoir quitté Halston ?

Hamish a sorti une immense plaque de l'un des fours.

— Dès qu'il a pu.

Il a proposé à Miss Margaret de goûter un des légumes qu'il venait de faire rôtir.

— Délicieux, lui a-t-elle confirmé.

— Margaret et mon père se connaissent depuis l'adolescence, nous a-t-il précisé.

— On s'est connus grâce à mon amie Rachel, a-t-elle ajouté. Elle est la cause de tout, en un sens.

Des bruits me parvenaient de l'une des nombreuses cours intérieures, des rires et des bavardages. Une voix familière s'élevait parfois au-dessus des autres. Je me suis tournée vers Miss Margaret.

— C'est elle ?

Lark l'avait entendue, aussi.

— Ivy ? a-t-elle ajouté.

Notre surveillante a hoché la tête.

— Venez, a-t-elle dit en nous faisant signe de la suivre. Nous pourrons reprendre cette conversation après le déjeuner.

On n'avait pas revu Ivy depuis plus d'un an. Elle se tenait au milieu de la cour, inchangée, et pourtant différente. Elle ne se cachait plus derrière ses cheveux, on voyait ses yeux, son regard hésitant et furieux. Elle paraissait plus grande, ce qui était sans doute dû au fait qu'elle ne rentrait plus les épaules, qu'elle relevait le menton. Elle nous a considérées tour à tour avec incrédulité, puis elle nous a souri. Je crois que je la voyais faire pour la première fois. Et j'ai souri aussi pendant qu'elle serrait Lark dans ses bras, l'étreignant de toutes ses forces avant de m'adresser un bonjour surpris.

On n'avait jamais été proches. Son incapacité à démontrer qu'elle était unique alimentait l'angoisse constante qui me tarabustait : ne pas être vraiment celle que je croyais être. Je l'avais toujours repoussée. J'avais même été cruelle avec elle et, pire, son départ m'avait soulagée.

Curieusement, j'étais heureuse de la revoir. Wren, Lark et elle étaient un peu comme ma famille.

— Qu'est-ce que vous faites ici ? a-t-elle demandé à Lark, avant de se tourner vers Miss Margaret. On retourne à Halston ?

Sa voix ne trahissait aucun enthousiasme. Je sentais bien qu'elle ne voulait pas rentrer.

— Ou alors on reste toutes ici ? Je ne comprends pas.

Miss Margaret lui a souri avec douceur.

— Pourquoi est-ce que tu ne ferais pas visiter les lieux à Lark et Fern ? Accompagne-les au réfectoire, a-t-elle suggéré, ajoutant ensuite, à l'intention de Lark et à la mienne : Nous parlerons plus tard, je vous le promets.

Ivy ne savait pas très bien comment réagir. Elle a fini par nous proposer de nous conduire au réfectoire.

— Vous êtes là depuis combien de temps ? Wren est avec vous ?

À la mention de son nom, Lark a fondu en larmes. À la panique, qui s'était dissipée, avait succédé le chagrin. Je me suis mise à pleurer aussi. Aucune de nous ne trouvait la force de parler. Ivy nous a dévisagées, elle était terrifiée.

— Qu'est-ce qui est arrivé ?

— Wren est morte, ai-je fini par dire.

J'ai essayé de lui expliquer les circonstances de l'accident, mais mon récit était étonnamment confus. Ivy a pleuré à son tour. Ce n'étaient plus les larmes puériles qu'elle versait à Halston, c'étaient des larmes suscitées par le bouleversement et la perte. Elle avait partagé une chambre avec Wren pendant des années, après tout. Elles avaient grandi ensemble.

— Je ne comprends pas, répétait-elle sans arrêt.

Je lui ai dit que nous non plus. Que rien n'avait de sens. On a échangé des regards. Nous étions trois Lotto Girls, dans un lieu inconnu, qui cherchaient à se réconforter.

— Qu'est-ce que tu fais ici ? a fini par demander Lark.

Ivy lui a répondu qu'elle ne savait pas très bien.

— On m'a expliqué que je ne m'en sortais pas assez bien à Halston. On m'a emmenée passer toutes sortes de tests médicaux : prises de sang, scanners, la totale... J'ai dû aussi répondre à des examens écrits et oraux. C'était épuisant... Je ne suis pas comme vous, je ne réagis pas bien dans ces situations-là. Je fais sans arrêt des erreurs. Je n'arrive pas à garder les informations dans ma tête. Elles s'échappent, je ne sais pas pourquoi.

Elle a reniflé bruyamment, s'est essuyé les yeux avec le dos de la main.

— Je savais que je n'avais pas bien réussi et qu'ils pensaient que quelque chose clochait chez moi, que je n'étais pas unique.

Elle a pris une inspiration.

— Personne ne m'a rien dit. J'ai passé tous les examens, puis quelqu'un est venu me chercher. Quelqu'un que je ne connaissais pas. Notre véhicule a été attaqué. On m'a amenée ici. Miss Margaret était là. Elle m'a expliqué que ce n'était pas une vraie attaque, mais un moyen de m'emmener loin de BioPerfect et de Halston, où je courais un danger, de me protéger. Ensuite, elle est repartie. Et les gens ici se sont occupés de moi depuis.

J'avais envie que Ivy ralentisse, qu'elle revienne en arrière. Il y avait trop d'informations à intégrer. Avait-on aussi été testées, Lark et moi ? Et avait-on échoué ? Était-ce la raison de notre présence ici ? Plus rien n'avait de sens.

— Quel est le rôle de Miss Margaret ? lui a demandé Lark.

Ivy a haussé les épaules.

— Elle m'a expliqué que j'habiterais ici un petit moment et qu'on veillerait sur moi... Je n'avais pas le droit de contacter qui que ce soit. Ils m'ont dit que c'était trop dangereux. De toute façon, je n'avais pas envie de retourner à Halston. Alors je n'ai pas essayé. Et ils ont été gentils avec moi. Ce n'est pas aussi beau que Halston. Ça n'a rien à voir avec Halston, en fait. Personne ne me teste, je n'ai pas l'impression d'être décevante. Je donne un coup de main avec les plus jeunes, et je me suis formée aux travaux d'entretien. Je fais des réparations.

J'ai essayé de lui dire que personne ne la considérait comme un échec. Mes paroles étaient creuses, elles sonnaient faux.

— Tu sais bien que ce n'est pas vrai, a rétorqué Ivy en haussant un sourcil. On ne s'est jamais bien entendues, toutes les deux, mais tu as toujours été honnête avec moi.

Honteuse, j'ai affronté son regard.

— Je n'ai été qu'une source de déception à Halston. Je sais que j'ai raté ces examens. Et qu'ils auraient voulu comprendre où ils avaient échoué. Je suis heureuse d'avoir échappé à tout ça.

On l'a suivie jusque dans une grande salle où quatre longues tables étaient couvertes de nourriture. Une cinquantaine de personnes étaient assises et mangeaient en discutant. Il y avait des hommes, des femmes et des enfants. Ivy nous a conduites à la table du fond, et tout le monde s'est décalé pour nous faire de la place. Les gens semblaient savoir qui on était. Ils nous ont demandé s'ils pouvaient nous être d'une quelconque aide. L'un des hommes a proposé de se procurer de la musique pour Lark, des textes et des images pour moi. On ne devait surtout pas hésiter à venir le trouver. Une femme a suggéré qu'on participe, au potager ou à la cuisine.

— Il y a beaucoup à faire, ça vous amusera. On encourage l'implication dans la vie de la communauté, a-t-elle ajouté.

On a hoché la tête, Lark et moi. Pourtant, je sentais que je m'éloignais, que je fuyais la table, que je n'avais qu'une envie : partir d'ici et me retrouver à nouveau seule dans ma chambre.

Ivy nous a raconté qu'elle participait à la construction d'une nouvelle aile de l'hôpital.

— Vous pourriez nous aider, a-t-elle conclu. Enfin, j'imagine que vous préférez quelque chose de plus intellectuel.

— Mais on ne va pas rester, surtout, ai-je protesté. On ne sait même pas pourquoi on est ici, ni même où on est d'ailleurs.

Personne n'a paru m'entendre.

— Qu'est-ce que c'est ? a demandé Lark en brandissant un pot d'un liquide de la couleur du caramel. C'est délicieux.

— Du miel, lui a répondu l'homme sur sa gauche. On a réussi à élever une colonie d'abeilles. C'est extraordinaire.

Lark m'a passé le flacon, a insisté pour que je goûte, et j'ai secoué la tête. C'était trop pour moi.

— Je n'ai pas faim, me suis-je justifiée avant de me lever et de repousser mon assiette.

Je n'avais aucune envie d'être ici. Personne ne s'est arrêté de parler, personne n'a semblé remarquer mon départ. J'ai jeté un coup d'œil par-dessus mon épaule pour voir si Lark me suivait. Elle était restée à table, les yeux toujours rougis par les larmes. Elle discutait avec Ivy et les autres.

« Wren est morte ! » Voilà ce que j'avais envie de hurler. « Et on est retenues ici contre notre volonté ! »

La porte s'est refermée derrière moi et je suis restée plantée dans le couloir, impuissante, sans endroit où aller. Un petit garçon qui passait en courant s'est arrêté.

— Tu es qui ? m'a-t-il demandé en me regardant.

— Fern.

— Ah…

Ça ne l'intéressait pas vraiment. Je n'étais qu'une personne nouvelle, et maintenant que j'avais un nom il pouvait poursuivre sa route. Je l'ai regardé s'éloigner en chantonnant, il a disparu à l'angle du couloir et m'a laissée seule.

Chimo m'attend au pied des marches.

Il y a déjà une épaisse brume jaune dehors, l'air est si dense que j'ai du mal à respirer. Lorsqu'on a la forme nécessaire, on se lève tôt pour faire la queue et intégrer l'équipe du matin. À mesure que la journée avance, il y a moins de travail, simplement parce que ceux qui trouvent une place devant le tapis de triage la cèdent difficilement. C'est une tâche abrutissante, répétitive. On l'effectue aussi longtemps que possible, pour accumuler autant de données que possible.

Chimo prend ma main dans la sienne et la presse avec tendresse. Je le regarde, lui et ses yeux de velours, lui et son sourire légèrement en coin. On se jauge, on se tourne autour avec prudence. Je retire ma main au moment où les souvenirs de la veille me reviennent et me font vaciller à l'intérieur. J'ai envie de m'abandonner contre lui et de l'embrasser dans le cou, de sentir le goût salé de son épaule, mais je résiste. Je me suis réveillée en compagnie de la peur et je reste prudente.

— Tu es en retard, me dit-il. J'étais sur le point de monter te tirer du lit.

Je lui réponds que je n'ai pas trouvé le sommeil. La chaleur était trop étouffante.

— Tu aurais dû descendre dans la cour, répond-il avant d'ajouter, dans un murmure : Tu aurais pu partager mon hamac.

Son souffle chaud me caresse l'oreille.

On attend à l'entrée de la déchetterie, nos portables à la main – ils vont être scannés. Je vérifie rapidement mes données pour m'assurer que personne n'a tenté de me contacter via les Souterrains, même si je ne me fais pas d'illusion : Lewis, Miss Margaret et Lark sont trop prudents pour ça. Les contacts aussi visibles sont dangereux. Ils peuvent facilement être interceptés par les nombreuses patrouilles qui écument nos flux pour transmettre des informations aux Parents.

Une bagarre éclate derrière moi : un vieil homme a tenté de tricher dans la queue. Une bande de jeunes hommes l'encercle, et la rixe est rapide, invisible depuis la rue. Si l'on est attrapé par la Sécurité Visuelle de ReCorp, on risque d'avoir une partie de ses données immobilisée – et la punition est appliquée à toutes les personnes présentes, peu importe qui a commencé.

Sala m'observe un moment.

— Tu es guérie, constate-t-elle.

Je confirme, et elle fronce les sourcils.

— C'est Chimo qui t'a soignée ?

— Apparemment, j'ai une bonne santé.

— Mes talents médicaux n'y sont pour rien, précise-t-il.

Sala éclate de rire.

— Je suis sûre que tu as utilisé d'autres talents.

Je suis lasse de cette hostilité, de ces piques à la pointe émoussée, rouillée. Je m'apprête à lui dire que ça ne m'intéresse pas d'être son ennemie – en toute honnêteté, je ne veux rien avoir à faire avec personne –, quand Jiminy nous rejoint. Il est nerveux, sautille d'un pied sur l'autre, remonte la queue de quelques pas, puis revient.

— Il y a beau-beau-beaucoup de monde au-au-aujourd'hui. Mais on de-de-devrait y arriver.

Il regarde la queue qui disparaît au détour d'un virage.

— J'es-p-p-père que vous avez assez de do-do-données s'il n'y a pas de tra-tra-travail.

Je sais que mes réserves sont faibles et que je n'ai presque plus rien à manger, pourtant, je ne dis rien. Chimo répond qu'il a de quoi voir venir, et assez pour partager. En posant les yeux sur moi, il ajoute :

— Si ça peut servir à quelqu'un.

Je le remercie pour son offre et lui dis que je vais bien. Des négociateurs arpentent la queue. N'étant pas en état de travailler, ils espèrent procéder à un troc. Des données pour acheter deux repas en échange d'un autre type de données. Ils œuvrent en famille ou en petites associations, se renseignent sur les pénuries ou sur les prix qui vont augmenter afin de pouvoir tirer un bénéfice de ces échanges.

Parfois ils utilisent les Souterrains, grappillent des données illégales, offrant un accès à de la nourriture, de l'eau ou un logement, des données qui ne sont jamais passées par le filtre des Parents. Elles sont suffisamment bien maquillées pour être utilisées presque sans aucun risque. Elles ne coûtent pas cher, mais il faut être prudent. Les sanctions peuvent être sévères pour ceux qui sont pris la main dans le sac. Ce serait une vraie catastrophe pour quelqu'un comme moi.

Miss Margaret me l'a expliqué avant de m'abandonner ici. Elle était pressée, elle n'avait pas le temps de nous fournir toutes les précisions nécessaires.

Une fillette s'approche de nous. Elle est émaciée, ses yeux lui mangent le visage, encadré de cheveux fins et ternes. Elle flotte dans ses vêtements, et je remarque les dartres sur sa peau.

— S'il te plaît, dit-elle en me tirant par le bras. Tu es beaucoup trop loin… Tu as vu tous ces gens devant toi ? Tu n'auras pas de travail aujourd'hui. Je peux te donner ce que tu veux.

Elle me colle son portable sous le nez et fait défiler les images. Leurs détails sont brouillés.

— J'ai juste besoin de manger.

La file d'attente avance de quelques centimètres. La fillette me retient par le coude.

— Un seul repas ?

Elle se détourne dès que je la regarde dans les yeux, puis ajoute :

— Je peux t'avoir de l'eau pour une semaine.

Je sais bien que son offre n'a rien de légal. On ne peut pas être aussi pauvre et avoir autant d'eau. Et elle n'est pas à la recherche de données pour s'acheter à manger. Elle a besoin de nourriture à mettre dans sa bouche immédiatement. Je le lis dans ses yeux.

J'ai un BiscuitVita dans mon sac à dos. Il devait me servir de déjeuner et de dîner jusqu'à ce que je gagne ma nouvelle ration de données alimentaires. Je le sors et le lui tends.

— Je ne veux rien en échange, prends.

Elle ne répond même pas : elle est trop occupée à fourrer le biscuit dans sa bouche, à le dévorer le plus vite possible. Elle s'éloigne aussitôt, elle n'a pas réussi à soulager sa faim.

— C'était noble de ta part, dit Sala en m'observant.

Je hausse les épaules.

Quand on atteint l'entrée du centre de tri, Chimo entre, puis Sala. Elle est la dernière. Le quota a été atteint. Je reste dehors.

— Je te laisse ma place, me lance-t-elle en me prenant par le poignet.

Je m'apprête à protester, à lui dire que je vais attendre, que la chance me sourira peut-être, mais elle m'arrête.

— J'ai de quoi tenir, moi. J'ai bien vu ce que tu as fait pour cette fille… Je sais que tu n'as plus rien.

Elle me pousse devant elle, et c'est mon portable qu'ils scannent.

On discute rarement devant le tapis roulant. On se contente de trier les déchets, conscients d'être surveillés. Le moindre temps perdu aura un impact sur la quantité de données à la fin de la journée. Je suis à côté de Chimo, qui écoute de la musique. Il doit bien gagner sa vie pour être en mesure de se payer des données artistiques. Il est adroit. Une ou deux fois, il change légèrement de position et sa peau effleure la mienne. Il me jette un regard en souriant, ses lèvres sont pâles en comparaison de son visage bronzé, ses boucles noires brillent sous la lumière crue de l'entrepôt.

On peut s'arrêter pour manger quand on veut. Pendant ce temps-là, le compteur s'arrête. Au moment de prendre sa pause, Chimo me glisse, si bas que je l'entends à peine avec le bruit du tapis, qu'il peut partager son repas avec moi. Il a du RizPoisson froid et même un Choco. J'ai trop faim pour protester, et j'accepte sans résistance.

— Merci.

Il hoche la tête.

— Pourquoi tu es aussi gentil avec moi ?

Son sourire est sincère.

— Je t'aime bien.

Je baisse les yeux, gênée, et il me prend la main, serre doucement mes doigts. Je lui jette un regard.

— Tu n'abandonnes jamais, hein ?

Je ne peux retenir un sourire.

— On m'appelle Chimo le Tenace. Et puis on doit se serrer les coudes. Ça marche comme ça ici. Enfin, on aimerait que ça marche comme ça... reconnaît-il. Mais des fois, quand on a faim et qu'on est épuisé, ce n'est pas le meilleur qui ressort.

— Pourquoi est-ce que Sala ne m'aime pas ?

Il a l'air surpris.

— Tu te trompes.

Je lève les yeux au ciel.

— Elle te ressemble plus que tu ne veux le voir. Elle n'accorde pas facilement sa confiance. Elle pense que tout le monde travaille pour la police infiltrée.

Il se penche si près que je sens son souffle brûlant.

— Elle sait aussi ce que c'est qu'être effacé.

Il s'écarte juste après avoir prononcé ces mots.

— On devrait y retourner, dit-il en se tournant vers le tapis roulant. Tu as besoin de données.

On rentre ensemble à la fin de notre journée. La nuit est tombée, et pourtant, il ne fait jamais sombre ici. Même quand l'électricité est coupée : les images continuent à flotter dans le ciel nocturne, figures translucides qui se succèdent, si bien conçues pour certaines qu'on a l'impression qu'elles jaillissent de notre propre main, nous invitent à les ouvrir. Sans bloqueurs, impossible de les éviter. On peut zoomer sur certaines images gratuitement, mais d'autres peuvent nous coûter très cher et le visionnage d'une seule émission vider notre réserve de données.

— Il y avait un message pour toi aujourd'hui, me dit Chimo. Je te l'aurais montré ce matin si tu n'étais pas descendue aussi tard. Je n'ai pas voulu prendre de risque dans la queue ou à l'intérieur de la déchetterie.

Son visage est éclairé par l'image d'un nuage qui lui donne presque un air fantomatique – ses traits sont mouchetés de lumière. Il m'attire dans un recoin, où les données pénètrent plus difficilement. Je m'apprête à protester, à jouer l'innocence et prétendre que je ne comprends pas. Il me fait taire.

— On ne peut pas perdre plus de temps. Il y a des gens qui te cherchent. Ton frère… et d'autres. Je vois passer des messages dans les Souterrains constamment. Tu dois me faire confiance. Tu sais que je sais, et je ne t'ai pas dénoncée. Je ne t'ai pas trahie une seule fois. Je n'ai aucune autre garantie à t'offrir que ma parole.

Il écarte les cheveux de mon visage, place les mèches les plus longues derrière mon oreille. Son geste est si tendre que c'en est douloureux. Cette fois, c'est moi qui me penche vers lui. Je l'embrasse. Je pleure, je sens le sel de mes larmes sur mes lèvres.

— Promets-moi, lui dis-je, promets-moi que tu ne me mens pas.

Son visage est tout proche. Il plonge ses yeux dans les miens et me répète de baisser la garde, d'avoir confiance.

Ma bouche collée à la sienne, je lui réponds que je le crois. Je lui fais confiance, j'en ai envie, j'en suis capable. Je recule et, les yeux rivés au sol, je finis par parler, par prononcer des mots que j'ai gardés pour moi trop longtemps.

— Je m'appelle Fern Marlow.

Mon propre nom a un goût étrange. Je l'embrasse à nouveau avant d'ajouter :

— Et je ne devrais pas être ici.

Miss Margaret est venue me trouver dans ma chambre.

— Marcus t'a montré les abeilles ?

Je lui ai répondu que non.

— Tu as passé tout l'après-midi ici, seule ?

J'ai baissé les yeux. Elle a attendu que je parle et, devant mon refus obstiné, elle m'a présenté ses excuses.

— Je regrette qu'on ait dû vous emmener loin de Halston. Je sais que, plus que les autres, tu aimais cet endroit.

Ses yeux étaient brillants et j'ai cru déceler un doute dans son expression, une remise en question de ses propres motivations. Ça n'a pas duré.

— Halston est le premier établissement où j'ai été envoyée en poste. Je n'ai jamais travaillé ailleurs et, à mon arrivée, j'ai cru que c'était le paradis. C'était si beau…

Elle s'est assise sur mon lit.

— Je n'étais pas beaucoup plus âgée que les élèves de dernière année. Je n'avais pas apporté grand-chose d'autre qu'un petit sac de vêtements. Tout m'avait toujours été fourni, et continuerait à l'être. J'aurais ma propre chambre, je serais bien nourrie, j'aurais accès à une offre impressionnante de données artistiques, j'aurais des camarades avec qui discuter, de magnifiques jardins où me promener, et des filles sur qui veiller comme si elles étaient mes propres enfants.

Elle a passé un bras autour de mes épaules.

— Je comprends très bien que ça te manque, Fern.

Je me suis écartée.

— On n'y retournera pas alors ?

Elle a secoué la tête.

— Et pourquoi ça ?

Elle a soupiré et levé les yeux vers le plafond.

— Je suis une surveillante… ta surveillante, mais je me suis rendue coupable d'une action qui va à l'encontre de ma fonction. À moins que peut-être, au fond, j'aie fait ce qu'une surveillante se doit de faire. Je n'en sais rien. En tout état de cause, c'est le fruit d'un doute, et ce doute est une part constitutive de moi-même.

Je l'ai regardée sans comprendre. Ça ne lui ressemblait pas de parler de façon aussi tarabiscotée. Lark se tenait sur le seuil de la pièce.

— Ça va ? m'a-t-elle demandé.

J'ai secoué la tête. Miss Margaret s'est décalée pour lui ménager de la place.

— Vous vous souvenez que j'ai évoqué mon amie Rachel ?

Lark a répondu que oui.

— C'était une surveillante, elle aussi. On était très proches, dans notre jeunesse. On suivait les mêmes cours, on faisait tous nos devoirs ensemble, on partageait nos vêtements et on avait collé nos lits dans notre chambre. J'aimais me raconter qu'on était sœurs, et il nous arrivait de veiller tard, certaines nuits, d'imaginer une vie commune, où l'on s'occuperait ensemble de fillettes, où l'on collaborerait pour les amener à déployer tout leur potentiel.

Miss Margaret s'est interrompue. Elle a fixé ses pieds. Je l'ai entendue inspirer avant de poursuivre.

— On faisait les rêves qui nous avaient été dictés. Notre vision de l'avenir avait été instillée en nous aussi loin que remontent mes souvenirs. Je ne pouvais pas concevoir une autre existence. Fuir. Devenir une scientifique. Tomber amoureuse. Quant à avoir mes propres enfants... je savais que ça n'arriverait pas...

« Rachel, elle, était différente. Qui sait pourquoi, ou dans quelle mesure exactement. Son profil génétique n'était pas le même que le mien, cela pouvait expliquer en partie les choses. Et bien que nous ayons reçu une éducation identique, nous sommes tous façonnés par des détails si subtils... Il pouvait s'agir d'expériences différentes, de choses qu'elle avait vues, touchées ou entendues, qui la rendaient plus réceptive au doute. Prétendre que ça n'est pas infiniment complexe serait ridicule. Je sais seulement que Rachel n'a jamais été aussi docile que moi. Elle se montrait insolente en classe, c'était un élément perturbateur. Et elle posait de plus en plus de questions, ce qui n'est pas un problème en soi, nous sommes censées nous interroger... mais ses questions à elle ont rapidement visé le cœur du système.

Le regard de Miss Margaret a circulé entre Lark et moi.

— En grandissant, elle est devenue plus distante. Elle avait une autre vie, ou du moins c'était ce que je soupçonnais. Elle passait du temps en ligne, elle se connectait à des forums pour discuter avec des gens que je ne connaissais pas, se taisait soudain quand j'entrais dans la chambre, ou changeait si brusquement de sujet de conversation que le doute n'était pas permis : elle ne voulait pas m'inclure.

« Je savais qu'elle s'était liée avec un des garçons de l'école voisine. Comme vous, nous ne les voyions qu'à de rares occasions, lors de soirées ou de dîners de fête. Je ne connaissais pas son nom à l'époque. Il était grand, avec des cheveux auburn et des yeux verts, ce qui devait conférer une valeur inestimable à son patrimoine génétique. Il avait beaucoup d'allure aussi. C'était un leader. Rachel et lui se retrouvaient pour se promener, et leurs échanges possédaient une intensité que les nôtres avaient perdue. Je l'ai interrogée à son sujet, et elle a balayé ma question avec indifférence, mais je savais qu'elle mentait.

« Lors des semaines précédant notre bal de fin d'année, elle est devenue de plus en plus perturbée. Elle était constamment connectée, elle envoyait message sur message, et sa frustration grandissait. Lorsque je lui demandais ce qui n'allait pas, elle m'envoyait paître. Tout allait bien, répétait-elle toujours. Très bien. Et puis, une nuit, j'ai été réveillée par ses pleurs. Elle sanglotait si fort, on aurait dit que quelqu'un l'avait brisée en deux. Je suis allée la trouver, et elle m'a repoussée. J'ai insisté. Elle m'a confessé que, oui, c'était à cause de lui. Apparemment, il ne voulait plus entendre parler d'elle.

« J'avais vu juste, mais je m'étais imaginé qu'il s'agissait simplement d'un dépit amoureux. Il n'est pas venu au bal. Elle est devenue folle cette nuit-là, elle a dansé seule, chantant de façon provocatrice...

Miss Margaret a secoué la tête.

— Je ne comprenais pas ce qui lui arrivait. Elle faisait de plus en plus de vagues en classe... Son attitude était si différente de celle que nous étions censées avoir. Nous devions avoir seize ans à l'époque, le même âge que vous. C'est une période difficile de la vie. Les profils conçus avec le plus grand soin peuvent devenir temporairement incontrôlables à cause des hormones. Les établissements y sont préparés. Les enseignants et les surveillants le savent, ils le comprennent. Avec Rachel, néanmoins, ça sortait du cadre. Elle a commencé à refuser d'assister aux cours. On m'a chargée de lui parler. J'étais douée pour cet exercice, ça faisait partie de mes attributions. Elle s'est mise en colère contre moi, et je ne voyais plus par quel moyen l'aider...

— Comme Ivy, a observé Lark d'une voix douce.

Miss Margaret a de nouveau secoué la tête.

— C'était différent.

Elle ne tenait plus en place et s'est levée.

— Un jour, je suis passée devant la salle des professeurs et je les ai entendus parler de Rachel. Elle était de toute évidence un échec, disaient-ils. Son profil avait été l'objet de plusieurs expérimentations, des tentatives pour créer une nouvelle version non concluante. « C'est fascinant, a observé quelqu'un d'extérieur à Halston, nous retiendrons la leçon. Il faudrait presque la garder pour voir si on peut en apprendre davantage. » Il a été coupé dans son enthousiasme par une voix calme et ferme. Ils avaient tiré assez de leçons de cette expérience. Ils avaient rencontré des problèmes comparables avec plusieurs autres individus... Il a été question d'un garçon de l'école voisine. Ils ne voulaient plus perdre de temps, il fallait se concentrer sur les individus qui fonctionnaient. Mon nom a été évoqué. J'ai été décrite comme une réussite, mon profil, excellent, serait sans doute reproduit.

Miss Margaret s'est alors interrompue.

— Je n'étais pas quelqu'un de particulièrement assuré, pas plus que je n'étais douée pour l'action dans les situations difficiles. Après avoir surpris cette conversation, je n'ai rien fait. Si les rôles avaient été inversés, je sais que Rachel serait entrée dans la pièce sans frapper et aurait exigé une explication. Elle aurait débattu avec eux. Elle m'aurait défendue.

« Je n'ai fait ni l'un ni l'autre. J'ai simplement tourné les talons. Et quatre jours plus tard, Rachel a disparu.

Lark n'ouvrait pas plus la bouche que moi.

— Quand je me suis enquise de son sort, on m'a répondu qu'elle avait été envoyée dans une autre école, mieux équipée pour l'assister. J'ai essayé de la retrouver, il n'y avait aucune trace d'elle nulle part. Les réseaux étaient moins sophistiqués à cette époque, et l'effacement était une méthode relativement nouvelle – elle n'était ni aussi fréquente ni aussi efficace qu'aujourd'hui. Maintenant, on imagine facilement que quelqu'un a été effacé. À l'époque, je ne m'expliquais pas qu'elle ait pu disparaître ainsi.

« J'étais nerveuse, je m'inquiétais. J'avais beau les avoir entendus dire que mon profil était exceptionnel, j'avais pris conscience du danger, mesuré qu'il fallait impérativement être à la hauteur de leurs attentes.

« À la fin de l'année scolaire, il y a eu un autre bal. Le garçon qui avait tant séduit Rachel n'était toujours pas présent, mais un de ses amis, si.

Miss Margaret s'est tournée vers moi.

— Il s'appelait Marcus.

J'ai mis un long instant à comprendre de qui elle parlait. Alors que j'écarquillais les yeux, elle a hoché la tête.

— Nous avons dansé ensemble, Marcus et moi. Nous sentions que nous avions autant envie de parler l'un que l'autre. Il ignorait ce qui était arrivé à son ami Euan, et je lui ai dit que Rachel avait aussi disparu. J'ai découvert que Euan était difficile, également, un élève chahuteur et qui remettait tout en question. On avait émis des doutes sur sa capacité à devenir un bon surveillant pour l'une des écoles pour garçons de BioPerfect. Euan avait d'ailleurs décrété que ça ne l'intéressait pas, il perdait souvent son calme.

« Marcus savait qu'Euan était en contact avec un groupe d'Opposants. Il s'est penché vers moi pour me le dire, et il s'est assuré que personne ne pourrait l'entendre. Euan ne supportait pas que sa vie soit à ce point circonscrite. Il refusait de se laisser dicter les modalités de son existence. Il avait montré à Marcus certains des réseaux avec lesquels il était en contact, l'a encouragé à se joindre à lui.

« Je me rappelle combien j'étais nerveuse et, aussi, secrètement exaltée. J'avais l'impression qu'une porte venait de s'ouvrir en grand, et je jetais un coup d'œil timide de l'autre côté. Je n'avais aucune envie d'être attirée dans ce monde. J'étais terrorisée à l'idée que l'on soupçonne mes désirs, à l'idée de ne pas être parfaite. La découverte que nos existences étaient entre les mains d'un autre me terrifiait, mais je n'étais pas prête à faire des vagues. J'étais douée pour la mission qui m'avait été assignée. Ça me plaisait. Et pourtant, Rachel me manquait. Terriblement. Et j'étais en colère contre le traitement qui lui avait été infligé. Tout était si confus dans mon esprit…

Lark n'avait pas quitté des yeux Miss Margaret pendant qu'elle parlait, et elle lui a pris la main. Après avoir respiré profondément, la surveillante a poursuivi :

— J'ai commencé à fréquenter Marcus. On parlait beaucoup de nous, de ce que signifiaient les modifications que nous avions subies. Ses parents avaient acheté son profil génétique. Ils ne roulaient pas sur l'or, ils n'avaient donc pas visé trop haut. Il prendrait soin des plantes à l'ancienne. Il espérait être engagé comme jardinier dans une école. Il n'aspirait pas à une autre existence, mais il était perturbé par le fait que d'autres fassent des choix à notre place, que nos vies ne nous appartiennent pas entièrement.

« Il s'est aventuré à la lisière des Souterrains, il a pris contact avec plusieurs réseaux, sans jamais vraiment s'impliquer. Ça lui arrivait de me les montrer parfois, cependant il sentait bien que ça me mettait mal à l'aise, que je n'avais pas envie d'en savoir trop.

« À la fin de notre scolarité, nous avons peu à peu envisagé une vie commune. Nous pourrions postuler dans le même établissement, peut-être même tenter d'obtenir notre propre appartement pour pouvoir être ensemble quand je n'aurais pas besoin de passer la nuit sur place. Nous ignorions si c'était possible, s'il y avait des précédents, mais l'espoir nous portait. Il m'a déclaré son amour, et moi, le mien.

Miss Margaret a souri, son regard s'est perdu dans le vague pendant qu'elle se plongeait dans ses souvenirs.

— Un soir, nous étions au bord de l'eau. C'était une belle nuit douce, le ciel ressemblait à de la ouate, les arbres se balançaient doucement dans la brise. Nous nous sommes baignés tous les deux dans la rivière, je crois que j'ai rarement été aussi heureuse. Marcus m'a annoncé qu'il avait eu un entretien pour un poste. Il avait évoqué la question d'un logement familial, et on lui avait répondu que ce serait possible une fois qu'il serait marié. « C'est faisable, a-t-il conclu. Et les enfants… on pourrait aussi en avoir ! Pourquoi pas ? »

« Je me souviens avoir été surprise par la foi qu'il plaçait dans notre couple, j'étais folle de joie. Puis j'ai dû lui avouer que je ne pouvais pas avoir d'enfant. C'est en prononçant ces mots que j'ai été, pour la première fois, frappée par la portée de cette réalité. J'étais si jeune… Ça ne m'avait jamais inquiétée auparavant. Je n'avais jamais réfléchi aux implications.

« Marcus n'a pas su cacher sa réaction instinctive : incrédulité, déception, colère. Tout se mêlait sur son visage. Il s'est ressaisi presque aussitôt et a revêtu un masque. C'était moi qu'il aimait, pas le futur qu'il avait imaginé. Si on ne pouvait pas fonder de famille, on inventerait autre chose. Il n'a pas réussi à me réconforter. Je m'étais rendu compte que je voulais un enfant.

Miss Margaret était immobile à présent, elle ne croisait plus nos regards en parlant.

— Ce soir-là, au bord de la rivière, quelque chose s'est cristallisé en moi. Peut-être était-ce inévitable. J'avais été conçue pour questionner et pour veiller sur les autres. Pour avoir un sens aigu de la justice et de l'égalité. Tous les enseignements que j'avais reçus avaient aussi développé ces qualités. J'ai senti croître la colère face aux traitements que l'on nous infligeait, à nous qui n'avions pas les moyens de payer et que l'on transformait en simples rats de laboratoire. Des gens comme moi, puis comme tous les Lotto Girls et Lotto Boys qui avaient suivi.

On l'écoutait en silence, Lark et moi, toutes deux impatientes de connaître la suite.

— J'ai d'autres choses à vous raconter, mais elles attendront. Pour l'heure, laissez-moi vous dire que, puisque j'étais responsable de vous, il m'a paru indispensable de vous placer à l'écart de cet environnement.

Elle m'a souri.

— Ne reste pas enfermée dans cette chambre. Tu es libre de déambuler à ta guise. C'est un endroit extraordinaire et je sais que tout le monde fera de son mieux pour que vous vous y sentiez bien accueillies.

Elle a embrassé Lark sur la joue avant de se tourner vers moi. Je l'ai repoussée : je lui en voulais toujours de nous avoir amenées ici.

C'est avec Hamish que j'ai passé du temps les jours suivants, plutôt qu'avec Lark ou Ivy. Dès que j'essayais d'exprimer les sentiments que m'inspirait Miss Margaret, Lark m'interrompait.

— Est-ce qu'elle nous a déjà fait du mal ? me rétorquait-elle. Elle affirme qu'on n'est plus en sécurité à Halston. On n'est peut-être pas comme Ivy, mais qui te dit qu'ils ne voient pas en nous aussi des échecs ? J'ai envie de lui faire confiance.

Ça ne me satisfaisait pas. Et ce qui n'arrangeait rien, c'est que j'avais à peine croisé Miss Margaret depuis notre discussion du premier jour.

— Je suis désolée, m'avait-elle lancé aux rares occasions où j'avais tenté de lui parler. Je sais que tu veux comprendre ce qui se passe…

Elle était interrompue par quelqu'un, recevait un coup de fil ou était attendue en réunion.

Lark consacrait ses matinées aux enfants, avec Ivy.

L'après-midi, elle se rendait dans une salle de musique et répétait un morceau en prévision d'un concert.

— Lila, qui vit dans l'aile Est, veut que je chante après le dîner, m'a-t-elle annoncé un jour, tout excitée. Une soirée spéciale ! Elle n'aura pas lieu tout de suite, et tant mieux. Ça me laisse le temps de bien me préparer.

— Pourquoi ? Personne ici ne sera capable de faire la différence.

— Détrompe-toi, Fern. Et puis j'ai besoin de savoir, moi, que je donnerai le meilleur de moi-même.

Je lui ai demandé si elle avait oublié qu'on avait été conduites ici sans notre accord. Je lui ai demandé si elle avait oublié Wren.

— Bien sûr que non.

Je l'avais blessée. Elle s'est détournée, a fait son lit et a quitté la chambre sans un mot.

Dans la cuisine, Hamish et moi, on discutait.

— On utilise le moins de nourriture BioPerfect possible. Goûte ça, a-t-il ajouté en me tendant une pomme.

Elle était petite, irrégulière, mais croquante et sucrée.

— Elle est délicieuse, ai-je convenu.

— C'est papa qui l'a fait pousser.

Je lui ai raconté que j'avais goûté certains des fruits et des légumes que Marcus cultivait à Halston. Que j'avais passé beaucoup de temps avec lui dans les jardins. Après m'avoir promis de m'emmener le voir à la première occasion, Hamish m'a suggéré d'y aller sans l'attendre, si j'en avais envie.

La première fois, Marcus n'était pas là. La deuxième, il était en pleine conversation avec Miss Margaret. Je les ai aperçus avant qu'ils ne me voient : ils donnaient l'impression de se connaître depuis toujours. Elle riait, un large sourire aux lèvres, le regard pétillant. J'ai compris qu'elle l'aimait toujours. Je suis retournée à la cuisine.

Hamish travaillait avec une certaine Hazel. Elle avait quatre ans de plus que moi, je crois, et il était évident que ma présence l'irritait.

— Tu es peut-être habituée à ce qu'on fasse tout à ta place, m'a-t-elle dit un jour en me tendant la poubelle pour que j'aille la déposer dans le local dédié, mais ça ne marche pas comme ça ici. On fait tout nous-mêmes, sans l'aide des Parents.

Je ne comprenais pas ce qu'elle insinuait.

— On recueille notre eau, on cultive notre nourriture et on gère même les ordures sans l'aide de ReCorp. Tout le monde doit mettre la main à la pâte. Tout le monde.

Hamish, qui se trouvait derrière elle, a levé les yeux au ciel. Plus tard, il m'a dit qu'elle n'était pas réputée pour ses manières en société.

— Je te formerai pour être commis, m'a-t-il proposé en me montrant une planche à découper et plusieurs autres ustensiles. Même une élève de Halston qui a toujours été bichonnée devrait être capable de découper des légumes.

J'ai pointé un couteau dans sa direction en plissant le nez.

— Méfie-toi !

Hazel continuait à faire de son mieux pour m'ignorer.

— Encore une attaque et je ne réponds plus de mes actes ! ai-je ajouté d'un air taquin.

Plus tard, pendant qu'on rangeait la cuisine, j'ai demandé à Hamish s'il savait pourquoi on était ici.

Il a secoué la tête.

— Vraiment ?

Il m'a souri.

— Crois-le ou non, vous n'êtes pas au centre de toutes les conversations.

Hazel a éclaté de rire.

Le lendemain matin, Marcus m'a emmenée voir sa colonie d'abeilles. Les ruches étaient installées à la lisière du terrain, au-delà des salles de classe, des logements et des ateliers de transformation de la nourriture. Elles étaient situées dans les jardins qui bordaient l'ensemble de ces installations, même si le mot « jardins » pouvait paraître étrange, tant ils étaient circonscrits en comparaison des espaces auxquels j'étais habituée.

— Ce n'est pas grand-chose quand on a connu Halston, bien sûr, a observé Marcus. Mais ce n'est pas rien.

Il m'a fait faire, avec fierté, le tour des serres contenant des fruits et des légumes. Il y avait des tomates cerises, de belles aubergines bien brillantes, des miniconcombres à la peau irrégulière et des laitues d'un vert translucide, ainsi que des arbres fruitiers cultivés en espaliers, le long des murs – pruniers, abricotiers, pêchers et poiriers. Sans oublier les haricots grimpants, les pois gourmands croquants et les pots profonds regorgeant de pommes de terre.

Il y avait aussi une serre de fleurs, belle cohue colorée, où les pétales soyeux se superposaient, où les feuilles et les lianes s'enchevêtraient. Et, derrière, les abeilles.

J'avais l'impression d'être plongée dans le flux vidéo d'un enfant. Tout ce qu'il y avait de bien dans ce monde était aggloméré dans ce petit espace réduit.

– Nous sommes ici depuis un moment, m'a dit Marcus. Ça a permis au groupe de se développer. La dernière fois, ses membres ont été forcés de partir si précipitamment qu'ils n'ont pas pu emporter grand-chose avec eux. Je te parle d'une époque que je n'ai pas connue, bien avant la naissance de Hamish. Sa mère avait vécu dans cette ancienne communauté. Elle voulait qu'il grandisse ici, en sécurité.

Je me suis agenouillée et j'ai enfoui ma main dans la chaleur de la terre, que j'ai ensuite émiettée entre mes doigts. J'aurais aimé filmer cette nature, elle était si belle…

— Nous ne pouvons pas prendre le risque que tu sois repérée.

Voilà ce que m'avait rétorqué Miss Margaret quand je m'étais plainte de ne pas avoir accès à mes données personnelles.

— Personne n'en possède individuellement ici, m'avait-elle expliqué. Si tu veux te connecter aux réseaux, tu dois utiliser l'un des ports centraux.

— Ça veut dire qu'il n'y a aucun accès privé ? Tout le monde est au courant de ce que font les autres ?

— Seulement s'ils ont la curiosité d'aller regarder, m'avait-elle répondu avec un sourire. Et ce ne sont que des données, Fern. Il te reste tes pensées, tes mots, tes doigts, ton nez... Ce sont autant de moyens de communication intimes et inscrits dans ta chair.

— Viens, m'a dit Marcus en me conduisant vers les ruches, qui bourdonnaient d'activité.

J'avais lu, à Halston, un livre qui mentionnait les abeilles, qui liait leur disparition à l'Effondrement, qui expliquait qu'elles restaient l'un des plus grands challenges pour BioPerfect – seul un petit pourcentage des ruches artificielles se révélait viable.

— Tu vas te faire piquer si tu y vas comme ça, a remarqué Marcus. Il va falloir qu'on te trouve une combinaison.

Le bruit était assourdissant.

— Elles ne te connaissent pas, il y a toutes les chances pour qu'elles se mettent en colère... ou qu'elles soient méfiantes au moins.

Avec un sourire, il a ajouté :

— Elles ne sont pas encore habituées à moi, non plus. Je suis sûr que si je prenais le temps de discuter avec elles, de te présenter, elles seraient adorables.

Il a sorti l'un des cadres et m'a montré les alvéoles dégoulinantes et poisseuses.

— J'ai essayé d'élever des abeilles à Halston, mais elles ont toujours fichu le camp. Elles semblent se plaire ici.

— Qu'est-ce qui leur arrivera quand vous devrez partir ?

— On emportera ce qu'on pourra. Parfois l'info arrive suffisamment tôt pour qu'on s'organise. D'autres fois, c'est soudain.

Il a regardé autour de lui.

— Je me plais ici, même si ça ne fait que quelques mois. Les autres sont là depuis plusieurs années, tu as vu comme ils sont heureux et détendus ?

Après m'avoir souri, il a ajouté :

— Hamish m'a dit que tu avais passé du temps avec lui.

J'ai hoché la tête.

— Il a toujours vécu ici. Je ne pouvais pas parler de lui à Halston, et je ne pouvais pas prendre de vacances et venir le voir… Ce lieu est gardé secret.

Embrassant le paysage d'un large geste, il a repris :

— Il ne connaît rien d'autre, le petit veinard. Dès que j'ai pu prendre ma retraite, je me suis fait effacer et j'ai disparu.

Il a éclaté de rire en se tapotant le ventre.

— J'ai l'air bien réel, pourtant, dans les faits je n'existe plus.

J'ai cueilli une feuille pour la frotter doucement entre mes doigts.

— Je suis désolé de ne pas t'avoir dit au revoir, Fern. J'en avais envie, mais je savais aussi que tu poserais des questions, que tu voudrais savoir où j'allais, ce que je ferais, et je ne souhaitais pas te mentir.

Je l'ai interrogé sur la mère de Hamish, il m'a raconté qu'il l'avait rencontrée l'année suivant la fin de ses études – il avait été envoyé dans une ferme. Rougissant légèrement, il a avoué :

— Je cherchais à oublier Margaret. Je l'aimais encore.

Il s'est penché pour ramasser un bouton de fleur fané.

— Elle s'appelait Maya. Elle est morte un an après la naissance de Hamish, elle avait attrapé le mal de l'environnement dans un camp ReCorp. Elle m'a fait promettre d'élever notre fils dans cette communauté, et j'ai tenu parole.

Avait-il accepté un poste à Halston dans l'espoir de renouer avec Miss Margaret ? Je l'ignorais et je ne me sentais pas autorisée à lui poser la question.

— Margaret est très occupée en ce moment, elle doit se mettre à jour pour pouvoir vous préparer à ce qui va suivre.

Il m'a dévisagée.

— Elle a encore beaucoup de choses à vous expliquer, et nous devons renforcer votre immunité. Toutes ces années à Halston vous ont fragilisées.

Je prenais les comprimés BioPerfect depuis notre arrivée, et je ne semblais pas avoir la moindre difficulté d'adaptation. Et pourtant, c'était trop tôt pour l'affirmer.

— Qu'est-ce qui va suivre ? ai-je demandé.

Il m'a répondu qu'il valait mieux attendre. Miss Margaret m'expliquerait tout une fois qu'elle aurait réglé les derniers détails. Il était dans l'incapacité, lui, de m'exposer la situation dans toute sa complexité.

— Mais c'est de moi qu'il s'agit, ai-je protesté, légèrement blessée.

On ramassait des tomates cerises ensemble – les fruits luisants évoquaient des gouttes de sang au creux de nos mains. Il en garderait certaines pour leurs graines, m'a-t-il expliqué, puis apporterait le restant à la cuisine, où elles seraient mises en conserve.

— C'est ma vie, et personne ne veut m'éclairer sur la situation.

Je sentais monter les larmes, la frustration menaçait de me submerger.

— On est censées faire comme si tout allait bien, comme si on était venues ici de notre plein gré. Sauf que ce n'est pas le cas. Et ça n'est pas parce que la situation convient à Lark que c'est pareil pour moi.

Marcus m'a fait asseoir près de la citerne – je n'en avais jusqu'alors jamais vu sans le logo de PureAqua.

Hamish m'avait expliqué que l'eau représentait le plus grand défi pour la communauté. La pluie était si rare que les récoltes illégales suffisaient à peine. Par le passé, ils avaient dû acheter de l'eau à PureAqua par l'intermédiaire d'Opposants, et la communauté en consommait une telle quantité qu'il aurait été difficile de rester longtemps sans se faire repérer. Heureusement, la chance leur avait souri ici. La pluie y était abondante, et ils avaient donc pu s'établir plus durablement.

Marcus savait que j'étais malheureuse, que Halston me manquait. Il m'a dévisagée.

— Moi aussi, je me plaisais là-bas, même si j'étais séparé de mon fils. C'était un bel endroit, et j'ai eu accès à des tas de choses dont on se sert ici, sans parler des installations... Ce n'est pas à toi que je vais l'apprendre ! Mais je ne me suis jamais autant senti chez moi qu'ici, bien plus qu'à Halston.

Tout en écoutant Marcus, j'essayais de l'imaginer jeune homme, amoureux de Miss Margaret. Je lui ai demandé s'il regrettait certains de ses choix. Il a pris le temps de réfléchir à ma question.

— Aurais-je été plus heureux si je m'étais contenté de faire ce pour quoi j'avais été conçu ?

Il a baissé la tête, a frictionné la peau brûlée au coin de ses yeux.

— J'ai eu une vie plutôt agréable. Margaret aussi. Pour tout dire, rares sont ceux ici à avoir connu un tel confort.

— Et j'en fais partie.

— Oui, tu en fais partie. Cependant, arrivés à un certain point, nous avons eu le sentiment, Margaret et moi, que le prix à payer était trop lourd. Nous avons pris conscience des sacrifices qu'on nous forçait à faire pour entrer dans le moule. Nous ne pouvions pas fonder de famille ensemble. Je sais qu'elle t'en a parlé. Nous avons aussi vu des enfants qui, parce qu'ils ne correspondaient pas aux attentes de BioPerfect, étaient mis à l'écart. Les riches se tiraient d'affaire. Ils pouvaient rentrer chez leurs parents et mener des existences insouciantes sans manquer de rien. Pas les autres.

« L'argent, les ressources, les fastes étaient réservés à une élite si restreinte… Je me sentais un peu plus mal chaque jour. Imagine si nous avions ouvert, ne serait-ce qu'un peu, ces chances à d'autres ! Je veux parler d'une éducation exigeante, d'air pur, de nourriture…

Il gesticulait dans la serre.

— On pourrait faire tellement de choses si incroyables… Ça pousse quand même à s'interroger sur le rôle que joue le profil génétique dans l'existence des uns et des autres. Pourtant, les gens continuent à dépenser des fortunes pour pouvoir le choisir. Tu imagines, si un enfant pouvait tout simplement jouir de toutes ces choses sans posséder un ADN modifié ?

Il s'est interrompu brusquement dans sa lancée.

— Je parle trop. Je ne t'ai pas fait venir ici pour t'asséner une leçon. Je voulais juste que tu profites de la nature.

Il a considéré son domaine avec fierté. Si, en comparaison des jardins de Halston, il ne représentait pas grand-chose, en soi, c'était un accomplissement extraordinaire.

— Nous ne produisons pas assez pour nourrir tout le monde. Mais ça nous permet de ne pas être entièrement tributaires des produits illégaux. Peut-être qu'un jour nous n'aurons plus du tout besoin de BioPerfect.

Il s'est redressé avant de conclure :

— Même si je crains que ce ne soit pas pour maintenant.

J'ai passé la journée avec lui ; comme autrefois, on travaillait côte à côte, parfois en discutant, la plupart du temps en appréciant un silence tout sauf pesant. Pendant le déjeuner, il m'a dit que je ne devais pas oublier que Miss Margaret nous aimait.

— Toute cette histoire a été très difficile pour elle. Elle était déchirée. C'est dans sa nature de veiller sur vous.

J'avais des tas de choses à répliquer, cependant je ne voulais pas troubler la paix de cette journée par une dispute. Pour la première fois depuis mon arrivée, j'étais heureuse.

De retour au camp, j'ai trouvé Miss Margaret dans la chambre que je partageais avec Lark.

— Ton amie est malheureusement malade, m'a-t-elle annoncé en me montrant son lit au carré. Nous avons dû la conduire à l'infirmerie.

— Qu'est-ce qu'elle a ?

La colère qui affleurait juste en dessous de la peur menaçait d'éclater. Lui avaient-ils fait du mal ? Avait-elle été blessée comme Wren ?

Miss Margaret m'a rassurée avec un sourire.

— Lark ne s'est pas aussi bien acclimatée que toi... physiquement, s'entend. Ça arrive à la plupart des gens lors d'un changement d'environnement. Tu sembles particulièrement robuste, Fern.

— Je peux la voir ?

— Bien sûr. Je suis certaine que ça lui fera plaisir.

Lark était alitée, ses longs cheveux pâles collés sur son front moite, sa peau rougie par la fièvre. Je n'ai pas été autorisée à entrer dans sa chambre, je me suis donc assise dans le couloir, devant la vitre, et je lui ai parlé dans l'interphone. Elle a essayé de s'asseoir, le regard vitreux.

— Wren ?

— C'est moi, Fern.

— Pourquoi est-ce que tu ne nages pas ?

Je ne savais pas de quoi elle parlait.

— On est toutes descendues à la rivière, mais tu n'as pas voulu te baigner. Je t'ai appelée, plusieurs fois. L'eau était si belle et si fraîche... Tu as dit que ça ne te tentait pas. Tu préférais retourner dans notre chambre.

Elle m'a souri, une main posée contre la vitre.

— On était toutes là... Miss Margaret, Ivy, Wren, moi... Il ne manquait que toi. Tu restais en retrait... Tu restais en retrait.

Je lui ai répondu que je serais ravie d'aller me baigner avec elle, évidemment.

— Regarde, ai-je ajouté, l'eau est si transparente et agréable...

Elle avait fermé les yeux.

— Tu te rappelles cette nuit ?

L'ombre d'un sourire a étiré ses lèvres.

— C'était ton anniversaire, et on est allées à la rivière. Tu as chanté cette magnifique chanson...

Miss Margaret m'a effleuré l'épaule.

— Elle a besoin de repos, Fern.

On s'est éloignées et j'ai fondu en larmes. J'ai pleuré sur la mort de Wren, sur Lark, que j'avais peur de perdre aussi et, pour être parfaitement honnête, sur la disparition de mes repères.

— Elle va s'en sortir, m'a certifié Miss Margaret. J'ai vu de nouveaux arrivants réagir au changement bien plus violemment... et ils s'en sont remis. À son arrivée ici, Ivy a été malade pendant une longue période. Nous avons accès aux meilleurs médicaments BioPerfect, et nous avons aussi certains remèdes artisanaux.

Elle marchait d'un pas vif. Je me suis rendu compte qu'elle était nerveuse. Qu'elle avait l'air préoccupée. Quand nous avons atteint ma chambre, elle s'est assise sur le lit de Lark, et a tapoté les draps à côté d'elle.

— Je sais que tu es toujours en colère, Fern.

— Bien sûr, ai-je répondu, contrôlant péniblement ma voix.

Elle a voulu prendre ma main, et je me suis dérobée.

— Non !

Je me suis remise à pleurer, j'avais envie de rester seule. Sauf qu'elle n'est pas partie. Elle a attendu.

— Tu étais heureuse à Halston, a-t-elle dit avec douceur. Tu es différente des autres. Wren avait des difficultés. Ivy savait que quelque chose clochait. Lark et toi, vous vous y sentiez bien. Surtout toi.

Elle a pris appui sur ses coudes et a étendu ses jambes. Elle m'a expliqué qu'elle avait mal aux pieds. Elle s'était trop agitée.

— Je suis désolée de ne pas avoir pu te consacrer le temps nécessaire. Halston me manque, à moi aussi.

Je l'ai observée à la dérobée.

— Mes premières années là-bas sont parmi les plus heureuses de ma vie. J'étais déterminée à être la meilleure surveillante possible. Je ne me connectais pas aux Souterrains, et j'avais l'impression d'avoir réussi à laisser mes interrogations derrière moi. Le questionnement était inévitable lorsque l'on grandissait, c'est ce que je me disais. Il avait peut-être même été conçu pour faire partie intégrante de ma formation : j'avais besoin d'expérimenter le doute pour pouvoir le rejeter.

« Quand j'y repense, cette période de ma vie était marquée par la paix et la satisfaction. J'aurais aimé que ça ne change pas...

Secouant la tête, elle s'est tournée vers moi.

— Tu n'as jamais remis en question celle que tu es, Fern ? Malgré toutes ces années passées à Halston ?

Je mesurais combien elle avait besoin d'une réponse. C'était la première fois qu'elle demandait, qu'elle ne se contentait pas de donner, qu'elle souhaitait obtenir une déclaration que j'étais incapable de lui fournir.

— Non, ai-je dit.

C'était en grande partie vrai. J'avais toujours été si fière de celle que j'étais. J'étais douée. Destinée à de grandes choses. J'étais peut-être une Lotto Girl, ça ne ternissait en rien le sentiment que j'avais de mes propres capacités. À choisir, ça me rendait encore plus unique. Mes dons n'avaient pas été achetés. Le destin m'avait désignée. Et pourtant, il m'était aussi arrivé de douter de moi.

— Je refuse la remise en question, ai-je dit à Miss Margaret. Si ça fait partie de mon éducation, je n'en veux pas. Et si c'est une façon de m'attirer vers les Souterrains, ça ne m'intéresse pas non plus.

J'ai posé sur elle un regard las.

— Je veux juste retrouver ma vie d'avant.

— Je sais, a-t-elle dit en m'enlaçant par les épaules. Mais nous sommes des êtres vivants pensants, et nous ne pouvons pas le nier.

Elle m'a fait pivoter pour que je me retrouve face à elle.

— Tu ne le peux pas. Toi, moins que quiconque. Je te connais, Fern Marlow, tu es encore plus unique que tu ne veux bien le voir. Tu es si importante... Tu dois comprendre que BioPerfect ne fait pas toujours le bien. Ils causent du mal.

Si j'ai refusé de la regarder, je ne l'ai pas repoussée pour autant. Pendant des années, je l'avais considérée comme une source de réconfort et de sagesse, j'avais vu en elle la détentrice des réponses, la personne qui veillerait sur moi, quoi qu'il advienne. On avait un si long passé commun... C'est celui-ci qui m'a retenue dans cette pièce avec elle, j'imagine.

— Je ne voulais pas que le doute revienne, tu sais, je voulais retrouver la satisfaction. Mais une fois qu'on a ouvert la porte, ou qu'on l'a même simplement entrebâillée, il reste là, à attendre, tapi.

« Alors pourquoi me faire ça à moi, maintenant ?, ai-je eu envie de lui demander. Pourquoi entrouvrir cette porte de force sous mon nez ? »

— Ce n'est qu'au bout de trois années à Halston, quand le premier groupe de Lotto Girls m'a été confié, que j'ai été, à nouveau, en proie au questionnement. Nous avons reçu – un autre surveillant de Redgrove, une école pour garçons, et moi-même – une formation ciblée. Il s'agissait d'apprendre à veiller sur ces enfants-là, ce serait notre mission. Nous aurions des dossiers détaillés sur chacun d'entre eux, sur les objectifs visés par BioPerfect et les interrogations liées aux différents profils. Nous intégrerions l'équipe d'observation, même si, bien sûr, ces enfants tirés au sort n'en sauraient rien. Il faudrait qu'ils aient le sentiment d'être comme n'importe quel autre élève.

« J'ai suivi ces cours, j'ai écouté, et j'ai pris des notes. Peu à peu, j'ai senti grandir le malaise... Non, ce n'est pas le bon terme. Il s'agissait davantage d'un frisson, persistant et gênant, impossible à réprimer. Il s'infiltrait dans les fissures de ma carapace, sans que je m'en rende compte. Le doute était de retour.

« Dans quelles proportions avais-je, moi aussi, été surveillée ? Je me rappelais la conversation que j'avais surprise, dans la salle des professeurs. Je me rappelais Rachel. Je n'avais toujours pas la moindre idée de ce qu'elle était devenue. J'avais honte de l'avoir oubliée aussi facilement.

En écoutant Miss Margaret, j'ai éprouvé, à mon tour, ce frisson. Avais-je été surveillée à mon insu ? Devinant mes pensées, elle s'est empressée de reprendre, impatiente de m'apaiser :

— C'est plus complexe qu'il n'y paraît. Mes quatre premières Lotto Girls se sont adaptées assez facilement, idem pour les Lotto Boys. Avec le deuxième groupe, juste avant le vôtre, il y avait une fille, Claire. Elle était fragile. Beaucoup trop chétive pour un profil BioPerfect. Elle avait du mal à suivre en cours. Elle était rêveuse et distraite, débordait d'imagination – autant de qualités incompatibles avec le chemin qui avait été tracé pour elle.

« Dès son plus jeune âge, elle a pris l'habitude de venir dans ma chambre, pour discuter. Elle voulait rentrer chez elle. Elle était fille unique, et ses parents aimants avaient été fous de joie de remporter la loterie. Deux enseignants, bons et doux, assez âgés. Ils m'ont contactée plus souvent qu'ils n'auraient dû le faire, mais je ne les ai pas découragés. Je les appréciais. J'appréciais Claire. Elle possédait une fantaisie, un charme délicat, un rire qui me faisait sourire.

« Je détestais avoir à la tester et à la surveiller, avoir à rapporter son absence de progrès, ses difficultés physiques. Elle souffrait souvent d'infections des voies respiratoires… D'une certaine façon, elle ne s'était pas adaptée à l'environnement de BioPerfect. Et sa vue se dégradait rapidement, comme ses défenses immunitaires.

« Je craignais qu'on lui demande de partir. Je m'inquiétais pour son avenir. Au moins, à Halston, recevait-elle un traitement médical de qualité. Chez elle, dans un environnement beaucoup plus âpre, elle ne survivrait pas longtemps.

« Je me revois un soir, assise devant mon bureau, prête à rédiger un rapport sur elle. Je n'avais aucun élément « favorable » à mettre en avant, parce qu'ils se fichaient qu'elle soit exquise, que sa compagnie et son humour soient aussi plaisants.

« Je me suis surprise à prendre la température des Souterrains, en y jetant un rapide coup d'œil, de loin. Mes recherches étaient bien plus orientées que je ne voulais l'admettre, je n'ai eu aucun mal à remonter la piste. Marcus a été mon premier point de contact. Je ne l'avais pas revu depuis mon départ pour Halston, et il avait été embauché dans une ferme. J'avais voulu l'oublier. Il a été si heureux d'avoir de mes nouvelles ! De mon côté, je...

Elle s'est tournée vers moi en souriant, mais m'a considérée avec des yeux tristes.

— Je l'aimais toujours.

Je l'ai observée, avec ses boucles grises bien serrées qui encadraient son visage, sa peau légèrement ridée et distendue, son expression si douce. Je connaissais ses traits par cœur. Elle était une mère pour moi. Pourtant, je ne savais rien d'elle.

— Qu'est-il arrivé à Claire ?

Elle a passé les mains dans ses cheveux, les a aplatis.

— Te souviens-tu de la jeune femme assise en face de toi hier midi ?

Au début, la mémoire m'a fait défaut puis, soudain, elle m'est revenue : une jeune femme mince et très pâle, qui passait un plat en toussant.

— C'était elle ?

Miss Margaret a hoché la tête.

— Elle a été notre première recrue. Enfin, la première à ma connaissance.

J'ai attendu la suite.

— Marcus s'est peu à peu livré, il m'a présentée à d'autres Opposants de BioPerfect. Je me rappelle la première fois où j'ai pris contact avec un réseau, il y avait des surveillants d'autres établissements, des concepteurs, des transformateurs qui collaboraient en secret contre les Parents. Une des femmes de ce réseau connaissait Rachel : elle avait participé à la création de son profil génétique et de celui de son ami Euan. Elle ignorait ce qu'ils étaient devenus. Elle supposait qu'ils avaient été effacés. Comme moi, Rachel n'avait pour ainsi dire pas de parents biologiques, elle avait donc dû être envoyée dans un camp où elle n'avait que très peu de chances de survivre.

« De nos jours, BioPerfect peut très bien vous renvoyer chez vous, en fonction des circonstances, sans jamais admettre un échec de sa part, bien sûr, mais en arguant du fait que vous avez terminé votre formation et qu'il n'y a pas, pour le moment, de poste vacant. Dans le cas de défauts particulièrement marqués ou d'une propension à la rébellion, BioPerfect procède à un effacement.

« C'est mal, a-t-elle ajouté. Ma mission est de veiller sur vous. Comment pourrais-je laisser une chose pareille se produire ? Claire a été admise dans un établissement de soins, c'était une dernière tentative pour améliorer sa santé, et il a vite été évident qu'elle n'accroîtrait jamais ses forces. On craignait qu'elle soit vue comme un ratage et condamnée à l'effacement. Un médecin qui travaillait pour nous a conseillé à BioPerfect de cesser les traitements et de la laisser mourir. En réalité, il l'a effacée pour pouvoir l'amener ici.

« Je sais que sa famille lui manque, mais je crois qu'elle est heureuse. Nous formons une communauté. Nous travaillons ensemble. Nous partageons la nourriture, la santé, l'éducation, l'accès aux données... Chacun apporte les dons et le savoir dont il dispose, et le groupe entier en bénéficie. Nous sommes en contact avec d'autres réseaux, nous recueillons des gens, nous en échangeons d'autres... En bref, nous essayons de mener nos vies sans la domination d'un Parent.

— Ivy a fait l'objet d'une de ces missions de sauvetage ?

Miss Margaret a hoché la tête.

— La première dont j'ai été l'initiatrice.

Je comprenais pourquoi ils avaient voulu sauver Ivy. Et Wren. Aucune d'elles ne semblait parvenir à satisfaire les attentes placées en elles. Toutes deux couraient le risque d'être effacées et reléguées dans un camp. Mais pourquoi moi ? Et Lark ? Avait-on échoué aussi ? M'étais-je bercée d'illusions ?

— Pourquoi suis-je ici ? ai-je demandé d'une voix hésitante.

— Oh, Fern !

Miss Margaret s'est rapprochée de moi, elle a écarté les cheveux de mon visage et m'a laissée pleurer.

— Tu n'as pas échoué.

Elle a pris mes mains dans les siennes et a attendu que je la regarde.

— Au contact de ce groupe d'Opposants j'ai appris à rejeter les termes d'échec et de succès, à les sonder jusque dans leur essence, à les détester.

Elle m'a souri avant d'ajouter :

— Mais pour autant, Fern, tu n'es pas un échec. Et par défaut je dirais même que tu es un succès, comme Lark, pour tant de raisons extraordinaires.

Prenant mon visage à deux mains, elle a rivé ses yeux pâles aux miens.

— Il faut que Lark guérisse, a-t-elle dit en essuyant mes dernières larmes, et j'ai besoin de ton aide pour ça. Va la voir, parle-lui. Ça l'aidera immensément.

Je m'accroupis à côté de Chimo dans le noir, je m'adosse à un mur. On est à l'abri des flux vidéo, du fracas de la rue, des bruits de cuisine et de repas, des discussions. Les véhicules et les vendeurs sont absorbés par le brouhaha lointain. Il n'y a que lui et moi.

Je n'ai pas prononcé mon véritable nom depuis si longtemps... Il flotte dans l'air, pèse sur nos têtes.

— Alors, Fern Marlow...

Ses dents blanches luisent lorsqu'il me sourit. Ses yeux sont d'un noir opaque. Il me prend la main. Ses cheveux brillent autant que le plumage d'un oiseau nocturne.

— C'est un beau nom, ajoute-t-il en me caressant le poignet. Qui es-tu ?

— Je n'en sais rien, lui réponds-je en toute honnêteté.

Je ne sais plus qui je suis.

— Tu as autant d'informations que moi, complété-je avant de baisser les yeux.

Je me suis déjà tellement dévoilée que toute tentative pour me cacher maintenant serait vaine. Ce serait si facile pour Chimo de remonter ma piste, même si je ne sais pas très bien quelle histoire il découvrirait… La version de BioPerfect je suppose.

— Comment as-tu atterri ici ?

Je secoue la tête à nouveau et tends la main.

— Je veux voir mon message.

Il me confie le portable.

— La requête a été envoyée depuis mon réseau, précise-t-il.

Je fixe l'écran.

— Je sais que tu voulais rester discrète, mais tu n'avais pas assez bien protégé ton message.

Il me dévisage.

— Je l'ai trouvé sans aucune difficulté. Tu dois apprendre à utiliser des canaux plus profonds. Je peux te montrer.

Sur l'écran se trouve la réplique de l'appartement de mon enfance. Lewis m'a renvoyé mon image, et il a pris beaucoup plus de précautions que moi. Il est passé par un canal plus difficile à détecter, et qui remonte à la surface par un chemin si détourné que je suis même surprise que Chimo l'ait reçu.

C'est donc ça, sa réponse.

Ma main reste suspendue à quelques millimètres de l'écran, hésitant sur le sens à donner à cette image. Je la scrute, essaie de trouver par quel bout prendre cette énigme. Soudain, je comprends : sur la minuscule table, réplique de celle sur laquelle je faisais mes devoirs, se trouve un portable, exactement au même endroit que dans ma boîte, sauf qu'un message clignote dessus.

Tu te crois unique...

C'est étrange comme des mots dont il se servait pour me provoquer à une époque me réconfortent aujourd'hui.

Je les effleure et les Souterrains s'ouvrent sous mes yeux, m'entraînant dans leurs profondeurs insondables. Un labyrinthe de données défile à toute allure, je plonge dans ses méandres, je remonte à la surface, puis je replonge.

Il est doué, me dis-je.

Je jette des regards nerveux au moment où l'écran se fige. Chimo s'est levé et il se place devant moi pour me protéger des passants. Il est sur le qui-vive, à l'affût du moindre danger.

Je retiens mon souffle sans m'en rendre compte. Je suis étourdie par la vitesse à laquelle j'ai voyagé dans les entrailles numériques. Soudain il surgit devant moi. Mon frère. Lewis.

— C'est toi, murmuré-je.

Je suis surprise d'être aussi bouleversée. J'aimerais lui dire que je suis désolée. J'ai été infecte avec lui. Je ne suis pas unique, pas du tout, et j'aimerais pouvoir remonter le temps, mais je ne sais pas jusqu'à quel moment en particulier. Je croyais que je voulais retrouver Halston, et soudain je rêve de l'endroit que j'ai recréé dans cette boîte, ce deux-pièces où je ne me suis jamais sentie chez moi et qui a pourtant fini par devenir le seul lieu où j'étais en sécurité, où j'étais aimée pour ce que j'étais – même si je ne sais pas très bien comment me définir.

— C'est moi, dit-il.

Il est plus âgé, évidemment, et son expression a quelque chose d'impressionnant : sa bouche fine et rectiligne, ses pommettes saillantes, le mouvement nerveux qui agite ses doigts. Il y a une cicatrice près de son œil gauche, et je me demande s'il l'avait déjà, enfant. Ce n'est pas l'image que j'ai gardée de lui. D'un autre côté je lui accordais si peu d'attention, à cette époque, que je serais une imbécile de me fier à mes souvenirs.

— Tu vas bien ? me lance-t-il.

Je hoche la tête, puis je lui demande :

— Où es-tu ?

Il secoue la tête.

— Maman ? Papa ?

Je ne me sens pas autorisée à utiliser ces mots. Il y a si longtemps que je n'ai pas vu mes parents. Tout le temps que j'ai passé à Halston, j'avais l'impression qu'ils n'étaient pas mes parents. J'avais toujours cru que mon profil génétique me distinguait d'eux. Des gens simples qui n'avaient joué qu'un rôle très limité, dans les premières années de ma vie, jusqu'à ce que je reçoive une véritable éducation, loin d'eux. C'est du moins ce que je croyais.

Lewis m'apprend leur disparition.

— Ils sont morts ?

Il confirme d'un signe de tête.

— BioPerfect t'a d'abord cherchée chez eux. Dieu sait comment ils ont pu imaginer que les Opposants seraient assez débiles pour t'envoyer là-bas. Enfin, sans doute pensaient-ils que nos parents avaient reçu de tes nouvelles. Ils les ont aussitôt privés de toutes leurs données, dans l'espoir de leur soutirer des informations. Évidemment, ils n'en avaient aucune. BioPerfect s'imaginait peut-être qu'ils avaient joué un rôle dans le coup monté, qu'ils étaient des Opposants. À cause de moi ? J'en sais rien...

Il gratte sa cicatrice irrégulière.

— Ils les ont menacés d'un effacement drastique. Nos parents étaient âgés, ça les a terrorisés. Papa a fait une crise cardiaque, et maman...

Il se frotte le menton.

— Elle ne lui a pas survécu longtemps. Elle ne voulait pas rester seule.

À cette nouvelle, j'ai la nausée.

— Et toi ? Ils ont essayé de te retrouver ?

— Je suppose. Mais j'ai disparu des radars depuis des années.

Il parle vite et bas, à l'évidence il craint d'être entendu. Je relève la tête. Chimo tambourine sur sa hanche avec ses longs doigts, nerveux lui aussi.

— Des tas de gens sont à ta recherche, m'informe Lewis.

— Miss Margaret ?

Soit il ne m'entend pas, soit il décide d'ignorer ma question.

— Tu dois faire profil bas, Fern. Ton groupe a éclaté. Ses membres ont pris la fuite. Ils ont beaucoup de mal à t'utiliser comme ils le voudraient. BioPerfect aussi est à ta recherche. Je ne connais pas leurs intentions. Je vais essayer de récolter un maximum d'informations. Je vais faire de mon mieux pour t'aider. Tu dois être prudente.

Son image se décompose.

— Et Lark ?

L'écran est devenu fluide, traversé d'ondulations. Je m'apprête à me déconnecter quand il réapparaît, brièvement, le visage à quelques centimètres de l'objectif.

— Ne fais confiance à personne, Fern. Je suis sérieux… Même à ceux que tu crois fiables. C'est chacun pour soi, et rien d'autre.

Je jette un bref coup d'œil à Chimo qui en sait si long sur moi, alors que j'en sais si peu sur lui. Je peux sans doute m'en remettre à lui, si Lewis le fait. À moins que Chimo n'ait utilisé une autre identité pour duper mon frère… La paranoïa est un poison.

Lewis m'annonce qu'il me contactera bientôt à nouveau.

— Je trouverai un moyen de te parler. Tu dois apprendre à enfouir mieux que ça tes messages, Fern. Celui que tu m'as envoyé était beaucoup trop près de la surface.

Avec un sourire, il ajoute :

— Je croyais qu'on était censé t'apprendre toutes les meilleures astuces dans ton école privée… Tu as vraiment perdu ton temps, si tu veux mon avis.

La communication est brusquement interrompue. Chimo, penché au-dessus de moi, a éteint le portable d'une main. De l'autre, il me force à me relever et m'attire près de lui, de sorte que je me retrouve à tourner le dos au groupe de personnes qui passent juste de l'autre côté du mur.

— Des scanneurs de données, me murmure-t-il une fois qu'ils se sont éloignés.

L'après-midi, on allait tenir compagnie à Lark, Ivy et moi. Parfois elle était réveillée et discutait avec nous, mais le plus souvent elle dormait. La fièvre rendait ses paupières cireuses, et ses membres fins étaient presque trop maigres à présent.

— À ton avis, comment ils ont fait pour que je sois à ce point défectueuse ? m'a demandé Ivy, un jour.

Je l'ai observée, avec ses yeux bleu foncé et ses boucles noires, sa peau d'un blanc laiteux et son petit nez retroussé. J'ai lu de la détermination sur ses traits, et j'ai aussi remarqué, pour la première fois, combien elle était jolie.

— Tu n'es pas…

Elle m'a interrompue d'un signe de la tête, un mince sourire aux lèvres.

— Ne mens pas, Fern. Tu as toujours été sincère, m'a-t-elle rappelé.

— Je ne sais pas, ai-je reconnu. Il y a quelque chose chez nous quatre, quelque chose qu'on ne nous a pas dit.

— Pas chez toi.

Elle a marqué un temps d'arrêt.

— Tu savais que Wren avait essayé de s'enfuir ?

Je n'ai pas caché ma surprise.

— Au collège, plusieurs fois. Elle faisait son sac et quittait Halston en douce. Elle n'avait aucune chance d'aller très loin, et je ne parle même pas de rentrer chez elle, mais elle continuait d'essayer. On n'a jamais parlé ensemble, même si on était aussi malheureuses l'une que l'autre. Ça ne se faisait pas.

— Tu crois que Lark était heureuse ? ai-je chuchoté.

Je la considérais comme ma meilleure amie, et j'avais l'impression, soudain, de découvrir tellement de choses... Je me sentais mal à l'idée qu'elle puisse, elle aussi, être très différente de celle que je croyais. Ivy a réfléchi à ma question.

— La plupart du temps. Elle faisait beaucoup d'efforts pour se montrer reconnaissante de tout ce qu'elle avait. Je crois, cela dit, qu'elle aurait été aussi heureuse si elle était restée chez ses parents.

À la fin du collège, lorsqu'on a été autorisées à rentrer chez nous, elles ont régulièrement passé des vacances en famille, alors que je préférais rester à Halston. Wren prétendait que c'était insupportable, mais j'en suis venue à douter de sa sincérité. Je l'ai imaginée en train de fuguer, la nuit : elle devait tenir, bien plus qu'elle ne le disait, à sa famille. Lark se montrait souvent distante à son retour, Ivy, en colère.

Je lui ai demandé si elle se souvenait du jour où elle avait crié et juré en classe.

— Bien sûr, a-t-elle répondu en souriant.

— J'avais si peur pour toi... Je n'en revenais pas que tu sois aussi courageuse.

— Je n'étais pas courageuse... Je n'en pouvais plus. J'avais l'impression de ne plus réussir à respirer, et c'est devenu de pire en pire.

Elle s'est plongée dans la contemplation de ses paumes légèrement calleuses, des paumes de travailleuse.

— J'étais défectueuse, Fern, il n'y a aucun doute sur ce point. Parfois je rêve de Halston, et je me réveille en étouffant, comme si quelqu'un était assis sur ma poitrine.

Quand je n'étais pas avec Lark, quand je n'aidais pas Marcus ou Hamish, je faisais des vidéos. Miss Margaret m'avait dit que je n'avais aucune raison de ne pas entretenir mon don.

— Tu tournais de si belles images à Halston...

Le matériel n'était pas aussi sophistiqué et je devais me cantonner aux réseaux de la communauté, inaccessibles depuis les flux officiels, mais je m'en contentais. La première vidéo que j'ai réalisée portait sur les abeilles. Je me suis attachée à immortaliser la beauté complexe des ruches. J'y passais des heures, plongée dans un état de transe, renouant avec le bonheur de la création. Quand j'ai été contente de mon montage,

Hamish m'a aidée à charger mes images sur le réseau interne à la communauté, et elles ont été projetées au camp dans la lumière de la fin d'après-midi.

Le jour de leur première diffusion, j'ai surpris Hazel en train de les regarder, adossée au plan de travail dans la cuisine.

— Pas mal, a-t-elle observé. Inutile, mais pas mal.

J'ai ensuite réfléchi à un flux sur la notion de chance, à partir de graines et de plants. Je voulais m'intéresser à ce qui poussait et à ce qui ne poussait pas, en me penchant sur la question du hasard.

J'étais dans la serre, et Miss Margaret m'a tirée de mes pensées. Elle voulait m'apprendre à me servir des ports pour communiquer.

— Je sais que tu avais commencé à les étudier à Halston, et que tu étais douée, mais tu ne vas plus pouvoir emprunter que les Souterrains... et tu dois apprendre à passer entre les mailles du filet, à te cacher.

Je ne comprenais pas très bien pourquoi elle tenait à me former sur ce sujet. Sans doute pour parfaire mon éducation...

— C'est le moyen que nous utilisons pour parler aux autres communautés, m'a-t-elle expliqué sur le chemin du camp, pour échanger des informations et, lorsque c'est possible, des denrées.

Elle était rapide, je ne l'aurais jamais imaginée capable de naviguer dans les Souterrains avec autant d'aisance.

— Ce n'est pas un talent dont je me vantais à Halston, a-t-elle souligné, comme si elle lisait dans mes pensées. J'ai dû apprendre deux ou trois tours au début de ma carrière, et pour le reste je me suis formée sur le tas.

Quand elle a vu à quelle vitesse je prenais le pli, elle m'a laissé le champ libre. Elle était impressionnée et, évidemment, ses louanges m'ont mise en joie. Les vieilles habitudes ont la vie dure.

Un après-midi, elle m'a annoncé qu'elle voulait me présenter quelqu'un. Elle œuvrait à cette rencontre depuis des semaines.

— Il s'appelle Rahim. Il joue un rôle prépondérant dans notre organisation. Et au-delà.

— Comment ça ?

Elle s'est immergée dans les Souterrains, s'enfonçant de plus en plus profondément dans les entrailles du réseau.

— Il est membre d'une autre communauté avec laquelle nous sommes en relation. Et il travaille sur l'Opération Environnement depuis un moment.

— L'Opération Environnement ?

— Il a dû coordonner plusieurs courants d'opposition. Il est impatient de faire enfin ta connaissance.

Je sentais monter l'irritation, le sentiment qu'on me cachait, une fois de plus, des informations. Mais Miss Margaret était concentrée sur son portable, occupée à envoyer des signaux vers les réseaux les plus secrets, des petits signes que seuls les initiés seraient capables de déchiffrer, et qu'elle éparpillait sur son chemin comme des miettes de pain. Elle ne cherchait pas à se cacher, cependant elle allait si vite que j'avais du mal à suivre.

— Regarde.

Elle a tourné l'écran vers moi.

— Tout est question d'équilibre. Il faut que ceux qui surveillent les réseaux ne voient qu'une succession d'éléments sans lien, et que ce dernier puisse apparaître à ceux auxquels le message est destiné.

— Attendez !

J'ai aperçu, fugacement, un signal répété qui semblait la suivre, malgré les profondeurs dans lesquelles elle évoluait.

— J'ai l'impression que quelqu'un veut vous contacter…

— Je dois faire des vérifications, a-t-elle dit en plissant le front.

Elle a pris un virage à cent quatre-vingts degrés pour semer le signal… qui est réapparu avec une insistance difficile à ignorer.

— Il pourrait s'agir d'un piège, ai-je observé, me passionnant malgré moi pour cette course-poursuite numérique.

Les Souterrains ne seraient jamais un endroit sécurisé.

— Je nous conduis en lieu sûr, maintenant. Si cette personne fait partie de l'organisation, elle aura le code pour entrer.

On est remontées à la surface à une vitesse étourdissante, atterrissant sur un forum de discussion.

— Je crains d'avoir été repérée, a dit Miss Margaret.

Une peur subite m'a saisie. Je lui ai jeté un regard paniqué. Elle était livide. En reposant les yeux sur l'écran, j'ai vu le code, les signaux d'alarme éparpillés partout. Le « lieu sûr » avait été envahi par des scanneurs de données.

— Déconnectez-vous !

Elle devait tout couper avant qu'ils ne puissent la localiser. Elle le savait, mais la terreur la pétrifiait. Le signal est réapparu, tout à coup, plus insistant que jamais, collé au sien.

— Sortez ! ai-je crié d'une voix plus forte et angoissée.

Elle a basculé en mode hors connexion, les doigts tremblants. Les secondes d'hésitation avaient suffi.

— Ils nous ont repérés, ai-je lâché, hors d'haleine, les yeux écarquillés par l'effroi.

Sa respiration était précipitée, ses mains crispées sur le portable.

— Ils peuvent arriver jusqu'ici ?

— Je n'en sais rien, a-t-elle dit en croisant les bras, se recroquevillant presque sous l'effet de l'affolement. Ils nous attendaient sur le forum. Ils ont dû recevoir des informations… et mon hésitation évidente a confirmé leurs soupçons.

Miss Margaret était au bord de l'évanouissement. J'ai pris sa main, elle était glaciale.

— Il faut partir du principe que nous ne sommes plus en sécurité.

Elle s'est mordillé la lèvre, la chair était blanche sous ses dents.

— Le danger est trop grand.

— Alors comme ça tu es vraiment une princesse...

Le sourire de Chimo est contagieux.

— Évidemment, lui réponds-je en le taquinant avec la pointe de mon orteil.

On est allongés dans son hamac, sous le ciel illuminé, contrastant avec les hautes tours noires qui nous encerclent.

À quelques mètres de là, Sala est allongée sur son matelas. Elle l'a installé dès la fin du repas, sans qu'on échange un seul mot, elle et moi. En temps normal, elle dort dans un hamac elle aussi, discute avec Chimo en se balançant au-dessus de la terre battue, avant de sombrer dans le sommeil. Ce soir, j'ai pris sa place. Je jette un coup d'œil dans sa direction. Ses yeux ouverts luisent légèrement dans l'obscurité, mais elle est trop loin pour que je puisse voir si elle nous regarde.

Je suis en train de parler de Halston.

— Je n'étais pas comme les autres filles, dis-je en frottant mon mollet contre celui de Chimo. Je ne viens pas d'une famille fortunée.

Il aime que je lui raconte combien c'était beau. Mes descriptions des jardins, de la nourriture, des réfectoires, des draps frais et propres, des édredons aussi légers que des plumes... Tout contribue à former le décor d'un conte de fées.

— De Halston à ici, sacrée dégringolade, dit-il en sifflant. Et tu n'as été malade qu'une fois ?

Son regard me balaie, de la tête aux pieds, avec admiration. Il se rapproche de moi dans le hamac et me demande d'où je viens, au départ.

Je me souviens de l'avertissement de Lewis – « Ne fais confiance à personne ! » –, qui me renvoie aux derniers mots de Miss Margaret. Le souffle de Chimo me caresse l'oreille. À quoi bon lui cacher la vérité ? Il connaît mon nom, il sait que Lewis est mon frère, il va souvent à la pêche aux informations dans les Souterrains. Il me reste si peu de secrets à protéger...

— Je vivais dans un camp PureAqua à peine plus confortable que celui-ci. Notre deux-pièces était situé en étage élevé. Mon père était gardien de sécurité. Il surveillait les réserves depuis une salle de contrôle. Ça devait être un boulot pénible. Il passait sa journée devant des écrans, rapportait tous les événements inhabituels. La plupart des infractions étaient subtiles, les gens ne venaient pas se servir directement dans les réserves. Tu sais comment ça marche, on détourne des données ou on se livre à des rafles illégales. Mon père n'avait qu'un poste subalterne. Il devait guetter les pauvres qui osaient voler un peu aux Parents. Et s'il oubliait de signaler quoi que ce soit, même s'agissant des voisins…

J'ai haussé les épaules.

— … il courait le risque d'être effacé. Juste avant mon départ pour Halston, il a pris sur le fait quelqu'un qu'il connaissait. Enfin, plus précisément, que mon frère connaissait. Le fils d'une famille voisine. Son père avait été effacé. Et les allocations leur suffisaient à peine pour survivre. Je crois qu'il volait pour revendre sur le marché noir. Je ne sais pas trop. J'étais jeune, mes souvenirs sont flous, mais je me rappelle que mon père l'a dénoncé. Il était anéanti. Lewis l'a traité de lâche, et mon père l'a giflé. Je ne l'avais jamais vu perdre son calme avant. « Et que serait-il arrivé si j'étais resté les bras croisés ? S'ils avaient découvert que j'ai manqué à mon devoir ? Si vous aviez dû survivre avec des allocations minables ? » a-t-il hurlé. Je me souviens que mon frère lui a rétorqué que les gens comme nous devaient se serrer les coudes. Ne surtout pas laisser les Parents les monter les uns contre les autres. L'union était le maître-mot. Ma mère a essayé de le faire taire, tellement elle avait peur que quelqu'un l'entende, mais il n'a rien voulu savoir. Lewis a dû rejoindre les Opposants très jeune…

Je souris en songeant combien j'étais naïve. Je suivais mes cours particuliers, j'attendais le moment où je commencerais ma vraie vie dans cette belle école.

— Je pensais juste qu'il était jaloux de moi.

Je regarde Chimo, surprise par les souvenirs qui remontent.

— Ma mère faisait le ménage dans les cuisines d'un restaurant. Sa peau était toujours sèche. Ça devait être tous ces détergents, les produits chimiques qu'elle utilisait. Et elle sentait toujours le parfum de synthèse.

« Je me rappelle que, la seule fois où je suis rentrée après mon départ pour Halston, j'ai eu un mouvement de recul au moment où elle a voulu m'embrasser. Elle se réjouissait tellement de me voir qu'elle avait quitté le travail de bonne heure, malgré le manque à gagner. Elle m'attendait à l'entrée du camp. J'étais descendue du véhicule et je m'étais jetée dans ses bras, puis je m'étais écartée aussitôt. « Il fait si chaud, m'étais-je plainte, alors que ma combinaison me protégeait. Et ça sent mauvais ! » Elle avait eu honte, elle m'avait prise par la main et m'avait entraînée à la maison.

Je regarde mes pieds qui crochètent la jambe de Chimo.

— En résumé, je dirais que c'étaient sans doute des gens ordinaires, simples et discrets. Je ne les ai pas bien connus. Je n'ai passé que très peu de temps avec eux avant de partir pour Halston, et il s'agissait uniquement de me préparer à l'étape suivante de mon existence. La seule qui comptait.

Je lève les yeux vers les images qui flottent dans le ciel.

Tout autour de nous, les gens sont silencieux, pour beaucoup absorbés par la contemplation de ces vidéos. Chimo et ses amis sont les rares à ignorer ces flux médiatiques.

« Je ne veux pas désirer ce qu'ils veulent que je désire », m'a-t-il dit un jour. J'ai hoché la tête, comme pour approuver, et c'était le cas en un sens. Je me sentais supérieure. J'avais créé des médias, à une époque. Je connaissais leur fonctionnement. La vérité était ailleurs : non seulement j'aimais les réaliser, mais j'adorais aussi les regarder.

« C'est une nécessité pour devenir une bonne réalisatrice », m'avait dit Miss Caroline, à Halston.

— Regarde !

Je pointe le doigt vers le ciel. Un kaléidoscope de couleurs se mélange avant de former un paysage idyllique de lacs, de forêts et de chevaux gris. Si j'avais une visionneuse, je pourrais me projeter dans ce décor, m'enfoncer dans ces bois, où se terrent sans aucun doute des monstres, qui me prendraient en chasse, et auxquels j'échapperais à la toute dernière minute, grâce aux issues apparaissant miraculeusement aux endroits les plus inattendus, l'excitation du jeu me maintenant éveillée durant des heures.

Chimo lève les yeux et les repose sur moi.

— Je préfère te regarder, toi, susurre-t-il. Ma princesse…

Il brandit ma main vers la lumière, qui éclaire ma peau pâle, puis il embrasse la base de chacun de mes doigts avec ses lèvres douces.

— Je suis ici pour t'aider... Pourquoi contempler le ciel lorsque la beauté est à portée de main ?

Je lui donne un petit coup de pied.

— À Halston, on nous a appris à ne pas trop en faire. À composer un message original et nuancé.

Il plisse les yeux et m'observe un moment.

— Quand je pense à toutes ces cellules qui te composent. Quel miracle...

— Pas mal, dis-je en faisant mine que ses mots glissent sur moi, alors qu'en réalité ils me touchent au plus profond de mon être, s'accompagnent d'un frisson d'excitation.

J'ai l'impression de faire un tour de grand huit au cœur des Souterrains.

Dès que Miss Margaret a averti les autres, la communauté s'est mise en branle. Depuis mon arrivée, je n'avais jamais vu une telle activité. Terminés les repas tranquilles, les jeux avec la poignée d'enfants dans la cour, les conversations paisibles dans les espaces communs. Tous les matins, une alarme nous réveillait à six heures, et on avait une demi-heure pour avaler notre petit déjeuner.

Chacun s'était vu attribuer une mission. Je passais mes matinées à aider Marcus et les autres jardiniers. On devait sélectionner les plants qu'on emporterait, ramasser des fruits et des légumes pour en faire des conserves et donner un coup de main pour le transport de l'eau.

— Nous ne savons pas de combien de temps nous disposons, m'a dit Marcus. Le scan a été bref… et pourtant, nous ne nous sommes jamais inquiétés à ce point. Pauvre Margaret, elle se sent coupable.

Je n'ai pas hésité à la défendre.

— Ils étaient postés en embuscade.

— Je le sais, tout le monde le sait. Ils sont plus en alerte que jamais…

Faisait-il allusion à notre faux enlèvement, à Lark et moi, à notre présence ici ? Était-ce notre faute ? Non, me suis-je aussitôt rassurée. Ce n'était pas comme si on avait choisi de venir.

— Où va-t-on aller ?

Il m'a appris qu'il y avait d'autres camps où on pourrait s'intégrer le temps d'en créer un nouveau. On se séparerait pendant cette période.

Chaque jour, des véhicules partaient avec des fournitures et des résidents. Tout le monde s'affairait avec discrétion et efficacité. Je n'ai perçu du désarroi qu'à une seule occasion. Une vieille femme, dont la santé laissait clairement à désirer, a été contrainte de monter dans un véhicule. « Mais je ne veux pas partir, répétait-elle, je suis ici chez moi. Ne me renvoyez pas là-bas, par pitié, pas dans cet endroit. »

J'ai demandé à Marcus qui décidait d'accepter tel ou tel membre.

— Il n'y a pas une seule personne ou un seul critère de choix. Il nous arrive de sauver des gens dans une situation désespérée, qui ont besoin d'un refuge ou qui veulent rejoindre leur famille. Les causes sont multiples… Certaines choisissent de rester, d'autres non.

— Et comment sont prises les décisions ?

— En communauté.

— Tout le monde donne son avis ?

Ça me semblait si inconcevable…

— Pas littéralement. Nous avons des représentants pour ce genre de choses. Ce n'est pas parfait, mais c'est mieux que tous les autres systèmes que j'ai connus.

Chaque jour, j'apportais son déjeuner à Lark. Elle était toujours en convalescence à l'infirmerie, et même si elle allait mieux, je savais qu'elle n'était pas encore redevenue elle-même. Elle avait emporté ses partitions et je la trouvais souvent en train de faire des gammes.

— Ma voix est affaiblie, m'a-t-elle avoué. Je n'arrive pas à la retrouver.

— Elle va revenir, lui ai-je répondu.

Elle m'a regardée avec un peu de tristesse.

— Peut-être pas, Fern. Je ne suis pas aussi solide que toi. Je ne l'ai jamais été.

Elle avait l'air chétive, pourtant je lui ai garanti qu'elle était aussi robuste que moi.

— Ça ne te manque pas alors ? Halston et tes professeurs de musique ?

Je l'ai observée pendant qu'elle réfléchissait à ma question.

— Je ne sais pas trop… Tout ça était trop intense pour moi. Le concours de chant, la pression pour être la meilleure… Je n'étais pas faite pour ça. Pas autant que toi, a-t-elle ajouté avec un sourire. J'adore chanter. Mais c'est une passion que je peux emporter avec moi partout.

— Même si ça te prive d'occasions de la faire entendre à d'autres ?

— Je n'ai pas besoin de cadres grandioses. J'aime chanter pour les quelques personnes que je connais… peut-être plus que devant un vaste public. Je crois que rien ne m'a jamais autant plu que ces petits concerts qu'on organisait dans la chambre de Miss Margaret. J'aimais ça. J'aimais écouter les autres. J'avais l'impression de faire ce pour quoi j'étais faite. Alors que les concours…

Réprimant un frisson, elle a conclu :

— Ça n'était pas moi.

Je lui ai demandé si elle pouvait me chanter quelque chose, et elle a secoué la tête.

— Je m'en fiche que ta voix soit affaiblie, ai-je insisté.

Elle avait répété un air composé juste avant son arrivée ici. Dans la pièce silencieuse, elle a entonné le refrain. Il y avait une légère fêlure dans sa voix, un discret éraillement qui n'existait pas auparavant, et qui lui conférait un supplément de beauté.

— Tu te souviens de notre arrivée à Halston ?

Je lui ai répondu d'un signe de tête.

— Tu avais l'air si sûre de toi, de ta place là-bas… Autant que les filles qui avaient acheté leur profil. Je n'ai jamais ressenti ça.

— Mais tu es si talentueuse, Lark !

Elle m'a souri.

— Peut-être que je n'avais simplement pas envie de cette existence. Je n'en sais rien. Ma famille me manquait terriblement. Miss Margaret m'autorisait à les contacter, dans sa chambre. Je m'y faufilais pendant que tu dormais. Elle vérifiait que le sommeil d'Ivy était profond, puis elle ouvrait une ligne dans les Souterrains. C'était dur de faire semblant d'être plus heureuse que je ne l'étais en réalité. Mes parents avaient voulu de cette vie pour moi… et je n'étais pas sûre, pour être honnête, que je partageais leur désir.

— Je n'en avais pas la moindre idée !

J'avais honte, comme j'avais eu honte lorsque Ivy m'avait parlé des fugues de Wren. Lark était mon amie, et j'étais censée avoir un don pour comprendre les gens. Ivy était plus attentive que moi.

— Ne culpabilise pas, Fern. Je ne voulais pas que ça se sache.

J'ai évoqué les tentatives de fugue de Wren, Lark n'a pas accusé de surprise.

— Wren savait qu'elle était douée, mais pas assez. Elle n'était pas à la hauteur. Devenir une meneuse quand on ne s'en sent pas capable… ça doit être horrible.

— Elle t'en a parlé ?

Lark a hoché la tête.

— Au début, lorsqu'on était petites, puis elle l'a dissimulé. C'est ce qu'on apprend à faire ici, à cacher sa peur d'échouer.

Elle m'a dévisagée.

— Tu étais l'une des rares chanceuses. Tu n'as, je crois, jamais douté. Jamais eu peur d'avoir des défauts.

— Mais si, Lark. Bien plus que tu ne l'imagines.

Elle m'a pressé la main.

— Ils essaient de me requinquer suffisamment pour pouvoir m'évacuer d'ici en toute sécurité. Je prends une telle quantité de médicaments...

Elle m'a montré le tube qui l'alimentait directement.

— Je suis si fatiguée...

Miss Margaret venait de nous rejoindre. Elle a dit à Lark de se rallonger, a tapoté ses oreillers et lissé ses draps avant de déplacer son lit vers un rayon de soleil.

— Idéalement, j'aimerais que vous partiez avec le prochain convoi, demain ou après-demain, même si je ne suis pas certaine que Lark soit en état.

— Pour aller où ? ai-je lancé, soulagée de ne pas être séparée de mon amie.

— Je veux te faire rencontrer Rahim, l'homme avec lequel nous devions parler lorsque nous avons été repérées. Il n'est pas très loin d'ici, dans une communauté bien installée. Nous sommes une poignée à nous y rendre. Certains sont partis en éclaireurs.

— Marcus ?

Elle a fait non de la tête.

— Il va ailleurs, avec Hamish. Ils emprunteront l'un des derniers convois.

Les scénarios d'évacuation avaient été mis au point des années auparavant, m'a-t-elle expliqué.

Les communautés se tenaient toutes prêtes à faire leurs valises, du jour au lendemain. C'était essentiel pour leur survie.

— Rahim nous attend.

Je me suis levée.

— Et si je préférais suivre Marcus ? Mon avis ne compte pas ?

— Malheureusement, non.

Elle ne m'a pas regardée en parlant, rejetant en deux petits mots mes protestations.

— Mais qui est ce Rahim, enfin ?

Mon ton était si cassant que Lark s'est redressée dans son lit. Elle mordillait sa lèvre nerveusement.

Miss Margaret a approché une chaise, et m'a demandé de faire la même chose.

— C'était l'un des membres les plus éminents de l'équipe de généticiens de BioPerfect. Il était réputé pour son intelligence et son sens de l'innovation. Les gens le qualifiaient d'artiste.

— Et ?

Elle m'a considérée un moment avant de répondre.

— Comme tout le monde ici, il a connu le doute. C'est un Opposant.

Ce qui n'est pas mon cas, ai-je eu envie de lui rétorquer.

— Il venait à Halston une fois par an, pour parler aux enseignantes et aux surveillantes. Ça faisait partie de la politique de communication de BioPerfect, et c'était important pour le développement de notre carrière. Il nous parlait de leurs derniers profils en date, de la direction qu'ils prenaient… Leur objectif était de veiller à ce que nous puissions aider chacune des élèves à exploiter l'ensemble de son potentiel.

« BioPerfect devait garder un œil sur ses créations. Les chercheurs collaboraient avec les différentes écoles pour récolter des données, et celles-ci ne correspondaient souvent pas à leurs attentes. À travers chaque profil, BioPerfect cherchait à tester une nouvelle combinaison génétique. On nous demandait d'être attentives aux qualités de commandement, par exemple, ou à une flexibilité évidente dans la prise de décision. Ainsi, on pouvait vendre un don pour la musique qui incluait aussi un don pour la compassion ou l'empathie, et c'était cette dimension-là que BioPerfect étudiait.

« Les gens s'imaginent toujours que seuls les Lotto Girls et les Lotto Boys servent de cobayes pour les nouveaux profils. Mais c'est faux… Tous les enfants constituent des expériences en quelque sorte. Bien sûr, cela ne fait aucun doute que ceux issus de la loterie sont utilisés de façon éhontée pour tester différentes combinaisons pouvant produire des traits de caractère qui ne seraient pas souhaitables en eux-mêmes mais qui pourraient se révéler pertinents intégrés à d'autres profils. L'entêtement, par exemple, ou le détachement émotif.

Mon malaise ne cessait de grandir à mesure que Miss Margaret progressait dans ses explications.

Dans quelle proportion avait-on été utilisées ? À côté de moi, Lark était penchée en avant, le souffle précipité.

— Des surveillantes, dont moi, se sont chargées de cette mission d'observation, avec l'aide d'une partie de vos enseignantes.

— Qu'est-ce qu'ils cherchaient chez nous ?

C'est Lark qui a posé la question, pas moi. Elle avait les joues rouges et fixait Miss Margaret, qui lui a pris la main.

— La première fois que j'ai discuté avec Rahim, c'était à Halston. Je l'ai interrogé quand il est venu nous parler. En particulier sur l'éthique de ces expérimentations, qui avaient lieu, la plupart du temps, à l'insu des objets d'observation. Il a toujours défendu les pratiques de BioPerfect. Les tests se faisaient dans le plus pur respect des normes de sécurité, ils ne prenaient jamais le risque de sortir des limites du respectable. Leur travail était important, insistait-il. Il était essentiel, pour eux, de continuer à peaufiner les profils pour atteindre un degré de perfection. Ses motivations étaient sincères. Il suivait la politique de l'entreprise sans la remettre un seul instant en question, sans formuler le moindre doute.

« Je vous laisse donc imaginer ma surprise lorsque je l'ai croisé dans les Souterrains pour la première fois. C'est lui qui m'a contactée, après avoir exploré les réseaux les plus profonds. Au début, j'ai pensé à un piège, l'idée qu'il soit un Opposant m'a paru si grotesque…

« Rahim et un groupe d'autres chercheurs avaient un projet secret sur lequel ils planchaient et pour lequel ils avaient besoin de l'aide de surveillantes, une de Halston, une de Redgrove.

« Nous avons mis beaucoup de temps avant de jeter le masque, l'un comme l'autre. Nous devions d'abord nous faire mutuellement confiance. Leur plan était dangereux, beaucoup plus radical que tout ce qu'ils avaient pu entreprendre jusqu'alors. Il concernait la prochaine fournée de Lotto Girls et de Lotto Boys.

Pendant qu'elle nous parlait, une infirmière finissait des cartons dans le couloir. Les médicaments et les poches pour intraveineuses avaient été emportés, les lits avaient été repliés, le tout chargé dans des véhicules. Il ne restait presque plus de matériel dans les chambres. L'essentiel de l'équipe médicale avait également levé le camp, laissant cette partie du bâtiment quasi déserte. La femme qui s'occupait de la fin du déménagement a ouvert la porte à un jeune homme que je n'avais jamais rencontré. Il était pâle, clignait nerveusement des yeux en cognant à la vitre. Miss Margaret a redressé la tête, surprise.

— La nouvelle vient de tomber : il faut accélérer l'évacuation.

Le jeune homme a dirigé son regard vers Lark avant d'ajouter :

— Ils ont équipé un vehicule d'un moniteur médical. Ils veulent que vous partiez toutes les trois cet après-midi.

— Aujourd'hui ? ai-je lâché, surprise par l'affolement que la perspective d'un départ provoquait en moi. Je ne suis pas prête, ai-je dit en me levant, troublée.

Il a reporté son attention sur Miss Margaret.

— Tout a été chargé dans le véhicule.

Elle a posé sur mon bras une main qui se voulait rassurante.

— Nous devons partir, Fern. Tout ira bien, a-t-elle précisé à l'intention de Lark, toujours assise dans son lit, le regard rivé à notre surveillante.

— C'était nous ? a-t-elle demandé d'une voix cristalline et cinglante, dans le silence. Nous étions ce projet secret ?

Après nous avoir considérées tour à tour, Miss Margaret s'est détournée.

— Je veux savoir.

Lark s'est levée sur ses jambes chancelantes pour soutenir le regard de notre surveillante avec une détermination que je ne lui avais jamais vue.

— Oui, a répondu Miss Margaret. C'était vous.

À mon réveil, Chimo a disparu. Je me balance lentement dans le hamac, un bras ballant dans le vide, la jambe opposée aussi, le pied sur le sol. Je le cherche à tâtons, espère le réconfort de sa chaleur et ne trouve que le tissu élimé.

Autour de moi, les gens préparent le petit déjeuner. Les femmes balaient leur petit coin de cour, certaines allument des feux, d'autres se lavent derrière des rideaux de fortune. Une bande d'enfants cherchent ce qu'ils pourraient subtiliser. Je vérifie que j'ai toujours mon portable. Il est bien là, attaché à mon poignet, et son clapet est rabattu. Je sais que rien ne les arrête, j'ai déjà vu un jeune homme essayer de piquer des chaussures à une femme endormie. Elle s'est réveillée et je me souviens de l'éclat de son couteau quand elle s'est jetée sur lui pour l'agripper par les cheveux. Elle lui en a d'ailleurs arraché une belle quantité lorsqu'il a pris la fuite.

Je me redresse, et le hamac tangue.

Un chien renifle le sol de la cour. J'ai aussitôt un mouvement de recul au souvenir des paroles de Miss Margaret – « Évitez-les, ils sont souvent porteurs de maladies ». Une morsure pouvait se révéler fatale. Sa fourrure est pelée, sa langue, écumante, et quand il lève les yeux vers moi, il retrousse ses babines sans réelle conviction et dévoile des crocs jaunes, puis s'éloigne.

Je dois aller faire la queue à la déchetterie.

Je me lève lentement, la vision encore troublée par le manque de sommeil et l'agression permanente de la poussière dans l'atmosphère. Il faudrait que je me lave, mais je sais que je ne trouverai pas d'endroit où le faire à cette heure. Je me débarbouille le visage avec le peu d'eau qu'il reste dans la gourde fixée à ma ceinture.

« Gardez-la toujours sur vous, nous a dit Miss Margaret. C'est la plus précieuse des ressources. Même quand vous dormez. Une gourde pour la toilette, une autre pour boire. Ne gâchez pas la PureAqua comme vous le faisiez à Halston. N'en perdez pas une seule goutte. »

Je me demande si Lark s'en sort, je me demande où elle est et ce qu'elle fait. Je prie pour qu'ils soient allés la chercher, parce que je doute que ses forces lui aient permis de tenir aussi longtemps. Elle n'était pas encore entièrement rétablie lorsqu'on a été effacées et abandonnées. Mais s'ils sont allés la chercher, pourquoi ne sont-ils pas venus pour moi ? Je secoue la tête, j'ai besoin de me débarrasser de ces pensées.

« Vous devez garder un mental solide, a insisté Miss Margaret. Ce sera le plus difficile. Et le plus important. Ne laissez surtout pas le doute s'insinuer en vous, il cherchera à vous assaillir dès que vous baisserez la garde, même un peu. »

Elle avait raison. Il est là, à la moindre pause. Le doute et la peur me poursuivent, main dans la main.

Soudain je les aperçois, Chimo et Sala, sous une arroche qui ne fournit que peu d'ombre. Ils se disputent. Elle l'invective, lève les mains pour exprimer sa frustration. Il veut s'en aller, mais elle le suit, les bras croisés, le ton agressif.

— Écoute-moi !

Ce sont les seuls mots que je parviens à saisir, crachés avec une telle rage qu'ils portent à l'autre bout de la cour. Elle ouvre la bouche pour crier à nouveau, pourtant, il est parti. Après avoir hésité un instant, elle s'élance derrière lui. Sa colère est perceptible dans le moindre muscle de son petit corps.

— Chimo.

Je me baisse, espérant réussir à me cacher derrière le hamac. J'ai dans l'idée de regagner ma chambre pour leur échapper à tous les deux quand je remarque Jiminy, accroupi devant le wok. Il m'aperçoit et m'invite à le rejoindre d'un geste. Il a préparé du thé dont se dégagent des arômes épicés et sucrés, le pain est chaud et friable.

Il me tend une assiette et une tasse.

— Tu n'en veux pas ?

Il me répond qu'il a déjà mangé.

— J'ai fait quelque chose de mal ? Sala est jalouse ?

Jiminy est bizarre, même dans les meilleurs moments. Il bredouille et parle toujours trop vite, se gratte la peau avec nervosité. Il a de l'eczéma, ses jambes, ses bras et le dos de ses mains sont recouverts de plaques rouges irritées. J'ai déjà vu Sala l'enduire de crème et chanter pour l'apaiser, d'une voix douce et hypnotique. Il est accroupi devant le feu et recouvre les braises de cendres. Il fait passer son poids d'une jambe sur l'autre, sans me regarder.

— Co-co-comment ça ? me demande-t-il, les yeux rivés au sol.

— Je te parle de Sala et Chimo, dis-je en haussant les épaules avant d'avaler une gorgée de thé.

A-t-il vu que je les regardais se disputer ? C'est peut-être pour cette raison qu'il m'a appelée et qu'il m'a proposé un petit déjeuner, pour me changer les idées. *Ne fais confiance à personne*, me rappelé-je.

Pendant qu'il rassemble les ustensiles de cuisine, je lui propose une poignée de données en échange du repas que je viens d'avaler.

— Il m'en reste un peu, dis-je, et j'en aurai d'autres à la fin de la journée de travail.

Il paraît gêné, secoue la tête.

— Tu-tu-tu es avec n-n-nous. On par-par-partage.

— Tu as toujours vécu ici, dans ce camp ?

Ma question le surprend. Il m'apprend qu'il est né ici. Ses parents sont morts quand il était très jeune.

— Sa-Sa-Sala s'est occupée de moi.

— Alors Chimo et elle sont nés ici aussi ?

Je me souviens de l'histoire de Chimo. Je ne savais pas s'il disait la vérité ou s'il inventait un conte, s'il se fantasmait un passé, porté par la magie de ce moment à deux, alors que les mots tourbillonnaient autour de nous, légers et vides de sens. Jiminy hoche la tête un peu trop vigoureusement. Peut-être me donne-t-il la réponse qu'on lui a dit de me donner.

Je suis fatiguée et rongée par la paranoïa : il est sans doute trop tard. Chimo en sait assez pour me trahir. Quel est le pire traitement que BioPerfect pourrait m'infliger, au fond ? M'effacer et m'abandonner une nouvelle fois, sans données ni identité ? Miss Margaret et Rahim seraient dans l'incapacité de me retrouver... Mais peut-être n'ont-ils jamais eu l'intention de venir, au fond.

Je me laisse tomber sur un siège, épuisée.

Jiminy récupère ma tasse pour la laver, avant de me la rendre avec un sourire bienveillant.

— Ce n'est p-p-pas si ho-ho-horrible ici. On a de-de-de la nou-nou-nourriture, de l'eau et des a-a-amis.

Je l'aide à tout remballer et à tout rapporter dans la chambre de Chimo. Il connaît le code de la porte. Je suis sur le point de le suivre à l'intérieur quand il m'arrête, me débarrasse des ustensiles et les pose à l'entrée de la pièce, comme s'il voulait m'empêcher de voir quelque chose. Enfin, c'est sans doute la paranoïa qui parle, une fois de plus.

— Alors elle vit ici avec lui ?

Les vêtements de Sala sont entassés sur un portant et sur le matelas double à même le sol, où ils doivent dormir pendant la mousson. Les quelques affaires qu'ils possèdent se mêlent par terre dans un fatras intime. Une des chaussures de Sala est posée dans un coin, les lacets sont défaits et j'imagine qu'elle l'a lancée là au moment de se coucher.

Jiminy paraît étonné que je ne sois pas au courant.

— Encore maintenant ?

Il hoche la tête, le visage empreint de perplexité.

— Qu'est-ce qu'il fait avec moi, dans ce cas ?

On est montées à bord d'un véhicule, cet après-midi-là. Lark a refusé notre aide, insistant pour marcher toute seule. Je suis restée juste derrière elle, une main au bas de son dos pour lui éviter de perdre l'équilibre et pour qu'elle sache que tout allait bien, qu'au moins on était encore ensemble.

— Et Ivy ? a-t-elle demandé sans parvenir à regarder Miss Margaret.

Celle-ci a secoué la tête.

— Elle ira dans une autre communauté.

Sa paume s'est attardée longuement sur la joue de Lark.

— Je sais que tu es fâchée...

La fin de sa phrase a été noyée par le rugissement du moteur.

— Alors elle ne rencontrera pas Rahim ? Même si elle est l'une de nous ?

Cette fois, c'est moi qui ai posé la question, hurlant pour couvrir le vacarme croissant, mais pas assez pour être entendue. Miss Margaret a refermé la portière derrière nous et nous a indiqué qu'elle montait à l'avant.

Lors de notre précédent voyage, Wren avait trouvé la mort. On n'en avait pas parlé, Lark et moi, pourtant ce souvenir accablant formait un écran entre nous. Le moniteur médical de Lark émettait des bips retentissants. Elle a posé sur moi des yeux ternes, qui paraissaient encore plus grands à cause des cernes noirs dessous.

— Raconte-moi une histoire.

J'ai repensé à l'époque où elle était petite, et moi aussi, dans notre chambre commune à Halston, la fenêtre ouverte pour laisser entrer une brise nocturne, fraîche, douce et sombre. Parfois, lorsqu'elle n'arrivait pas à trouver le sommeil, Lark me réclamait une histoire, et je nous inventais un avenir merveilleux : on serait voisines dans un quartier BioPerfect, elle acquerrait une renommée mondiale grâce à sa voix sublime, et je composerais, pour ma part, des films ou des textes qui saisiraient la splendeur du monde dans toute sa beauté sauvage.

Ce souvenir m'a fait sourire. On était si jeunes…

— Il était une fois deux amies, ai-je débuté en lui serrant la main, qui s'appelaient Fern et Lark. Elles se connaissaient depuis presque toujours, depuis l'époque où leur mémoire n'enregistrait pas encore des images du passé.

« Elles grandirent ensemble, comme deux sœurs, partageant tout : leur toit, leurs repas, leur chambre. Elles menaient une vie royale, dans des pièces aux murs nacrés, aux tapis de mousse verte, dormaient dans des lits de soie et de duvet d'oie, et elles se baignaient dans des fontaines de lait d'amande.

« On aurait pu imaginer qu'elles étaient heureuses. Et c'était d'ailleurs ce qu'elles croyaient. Chaque jour, elles s'émerveillaient de leur chance. Aucune des deux ne soupçonnait l'autre de se sentir aussi seule qu'elle, de partager les mêmes doutes, d'être rongée par les mêmes questions lancinantes : pourquoi, alors que je possède tout cela, suis-je triste ? Pourquoi me sens-je vide en permanence ? Pourquoi ai-je l'impression de ne pas être la hauteur ?

— Mais ce n'est pas ce que tu ressentais, m'a interrompue Lark en me regardant de ses yeux fixes.

J'ai secoué la tête avec un sourire.

— Un matin, alors qu'elles dégustaient une tasse de thé dans les jardins de leur palais, elles reçurent la visite d'une souris, une minuscule souris chétive, qui insistait pour retenir leur attention, en dépit des efforts qu'elles faisaient pour l'ignorer, ou pour appeler leurs gens afin d'en être débarrassées.

« Sautant sur les genoux de Lark, la souris leur dit à toutes deux qu'elle voulait leur montrer quelque chose. Venez, répétait-elle, venez !

« Elles la suivirent donc, sans enthousiasme, ainsi que tu peux l'imaginer.

Lark a souri à ce moment-là. Elle n'avait jamais aimé les petites bestioles.

— La souris leur fit gravir des collines, rejoindre des vallées et traverser des champs jusqu'à ce qu'elles soient loin, très, très loin de chez elles. Ce soir, nous dormirons ici, leur annonça-t-elle, en indiquant une maison distante, à la fenêtre éclairée par une bougie.

« La chambre était simple, beaucoup plus simple que toutes celles où elles avaient pu dormir, et elles se blottirent l'une contre l'autre, toutes deux terrifiées, car elles ne savaient pas où elles étaient ni si elles rentreraient un jour chez elles.

« Lark fut la première éveillée le lendemain matin. Elle ouvrit les yeux dès qu'un rayon de lumière pénétra par la fenêtre. Elle poussa un cri de frayeur, et Fern, qui dormait à poings fermés à côté d'elle, se réveilla aussitôt.

« Elles connurent toutes deux le même choc, et eurent besoin de quelques instants pour se reconnaître mutuellement. Presque aussitôt elles furent gagnées par la terreur, se demandant, chacune, comment l'autre la percevait. Le lit dans lequel elles se trouvaient était beaucoup plus grand que celui où elles s'étaient couchées, la chambre immense en comparaison… En effet, dans leur sommeil, elles étaient toutes deux devenues ce qu'elles avaient toujours redouté d'être.

— Des souris, a dit Lark.

— Des souris, ai-je confirmé. Et cet environnement pourtant très simple leur semblait désormais trop imposant pour celles qu'elles étaient devenues.

— Mais tu n'as jamais pensé que tu étais une souris, a observé Lark avec un sourire. Jolie tentative pour me remonter le moral.

— J'ai perdu la main, ai-je avoué.

— Peut-être que tu es une souris au fond.

— Peut-être...

— Ne perds surtout pas confiance, s'est-elle empressée de me dire. Tu n'as pas besoin de feindre le doute si tu ne l'éprouves pas. Tu es comme tu es.

Je voyais combien elle était fatiguée, je lui ai conseillé de dormir.

— Tout ira bien, lui ai-je promis. Ce sera différent de la dernière fois.

J'ai fermé les yeux, moi aussi, on a pris de la vitesse. Le couloir aérien était beaucoup plus fluide que lors de notre précédent voyage, qui avait eu des conséquences si tragiques. Par habitude, j'ai ouvert mon portable, alors qu'on était, et je le savais, dans une zone blanche, sans accès aux données.

Lorsque le véhicule a fini par s'arrêter dans un léger tremblement, mon corps était raide et courbaturé d'être resté si longtemps immobile. À côté de moi, Lark était parfaitement réveillée. Le moniteur égrenait ses bips sur un rythme lent, dans le silence soudain.

— On est où ?

Elle s'était assise sur le lit, le dos bien droit, et les tendons de son cou étaient crispés par la tension. Comme moi, elle devait craindre un arrêt imprévu, elle devait redouter une interpellation, mais aucune de nous n'a osé exprimer sa peur.

Quand la portière a coulissé, j'ai constaté que la nuit était tombée. Je n'avais jamais vu un ciel aussi noir. Un noir profond et doux, pareil à du velours. On était très loin des flux numériques, le premier scintillement de lumière se produisait à des kilomètres de là.

Miss Margaret ne nous a pas présentées aux deux jeunes hommes qui nous ont aidées à descendre du véhicule. Elle leur a simplement dit de conduire directement Lark au dispensaire.

— Ils l'attendent.

J'ai voulu leur emboîter le pas et elle m'a retenue.

— Je crains que tous les lits soient déjà occupés, m'a-t-elle dit en me faisant signe de l'accompagner.

Elle marchait vite. Je devais forcer l'allure pour réussir à la suivre dans un dédale de couloirs, le long de pièces plus ou moins grandes. Les gens nous jetaient des coups d'œil.

— Ils t'ont installée dans la chambre voisine de la mienne, m'a-t-elle précisé. Je viendrai te chercher demain matin.

J'étais trop fatiguée pour protester, et je savais que les questions seraient inutiles. Je l'ai donc regardée partir, m'abandonner une fois de plus dans un lieu inconnu.

Je n'ai pas bien dormi cette nuit-là.

Me tournant et me retournant dans le lit de la minuscule chambre, je me suis demandé où j'étais et ce qui m'arriverait ensuite. Le doute et la peur, aussi corrosifs que l'acide, m'ont laissée bilieuse.

Miss Margaret est venue me trouver avant l'aube. J'étais déjà réveillée, assise dans mon lit, quand la porte de la chambre a coulissé.

— Tu te sens malade ? s'est-elle inquiétée en me touchant le front.

J'ai secoué la tête.

— L'environnement est très similaire à celui que nous avons quitté, mais tu as si peu souffert du changement qu'il pourrait s'agir d'une réaction différée.

Elle m'a caressé la joue.

— J'espère que ce n'est pas le cas. On n'a pas beaucoup de temps.

— Comment va Lark ?

Miss Margaret m'a appris que son état s'était légèrement amélioré.

— Nous avons rendez-vous avec Rahim au dispensaire. Il faut que vous commenciez à prendre un traitement à large spectre pour stimuler vos défenses immunitaires. Nous aurions préféré éviter de la soumettre à ce genre de médication dans l'immédiat, malheureusement nous n'avons pas le choix.

Elle m'a attendue dans le couloir pendant que je m'habillais. Je ne l'avais jamais vue aussi nerveuse. Ses yeux semblaient fixés sur un point distant, elle était sur le qui-vive, chacun de ses sens en alerte. Elle marchait d'un pas vif, sans s'arrêter pour saluer ceux qu'on croisait. Tout le monde paraissait occupé d'ailleurs.

— Ce camp doit également être évacué, m'a informée Miss Margaret. La décision est tombée hier soir. Apparemment, leurs réseaux de communication ont été infiltrés, eux aussi.

— Alors on ne peut pas rester ?

Elle a confirmé mes craintes. Dans le dispensaire, Lark était assise à côté de son moniteur. Elle nous a accueillies avec un sourire. Sa peau semblait un peu moins pâle, et elle avait visiblement repris des forces dans la nuit.

— Nous devons te brancher au moniteur, toi aussi, m'a dit Miss Margaret en m'indiquant le siège voisin de celui de Lark.

— Pourquoi ?

— Rahim ne va pas tarder. Il vous expliquera tout.

J'ai refusé de bouger.

— Fern…

La voix de Miss Margaret était douce mais ferme.

— Nous n'avons pas le choix, il nous faut repartir. Nous devrons peut-être nous rendre dans un environnement beaucoup plus agressif que ceux auxquels vous avez été habituées. Je dois veiller à ce que vous soyez armées, l'une comme l'autre, à vous doter des meilleures chances de survivre.

Désignant d'un geste les moniteurs, elle a repris :

— Ces amplificateurs d'immunité sont à la pointe de la technologie. Les infiltrés les utilisent avant d'entreprendre de longs voyages pour aller à la rencontre d'Opposants. Nous aimerions en avoir suffisamment pour que tout le monde y ait accès, et ce n'est malheureusement pas le cas.

— Pourquoi nous ?

— Nous devons garantir votre sécurité. Vous devez rester en vie.

Lark m'a fait signe de venir m'asseoir à côté d'elle.

— J'y suis reliée depuis hier soir. Je me sens bien. Et même, pour être honnête, beaucoup mieux qu'avant.

— Je ne vous ferai jamais aucun mal, les filles. Personne ne vous veut du mal. Tu dois m'écouter, Fern.

Je suis allée m'asseoir en traînant les pieds, sans véritablement résister néanmoins. On n'avait pas le choix, de toute façon, et on était habituées depuis si longtemps à nous fier à elle… Le rôle de Miss Margaret avait toujours été de veiller sur nous, de s'occuper de nous – un rôle qui avait naturellement nourri notre sentiment de confiance, lequel survivait aujourd'hui, en dépit de tout.

Une fois les moniteurs branchés, elle nous a quittées en nous annonçant qu'elle reviendrait bientôt avec Rahim.

— Tu es au courant de quelque chose ? ai-je demandé à Lark.

— Non, tout le monde est beaucoup trop occupé à s'agiter.

Elle m'a montré un coin de la pièce.

— Il y a des kits pour chacun d'entre nous, mais je n'ai pas la moindre idée de l'endroit où ils vont nous envoyer.

— Au moins, on restera ensemble.

Elle m'a regardée.

— J'espère, Fern, je n'en suis pas certaine.

L'injection était chaude et apaisante. J'ai fermé les yeux, plus épuisée par le manque de sommeil que je ne l'avais soupçonné. Souvent, avant de m'endormir, je me transportais par la pensée dans un lieu ou un futur imaginaire, que j'embellissais et qui m'enveloppait. Je n'y parvenais pas dans cette pièce inconnue. J'étais attentive au moindre son, à la moindre variation de lumière. C'était comme si un courant électrique me parcourait.

Une demi-heure plus tard environ, Miss Margaret est revenue. L'homme qui l'accompagnait était grand et mince, il avait des paupières tombantes, des yeux noirs et vifs. Il nous a tendu une longue main fine, sa peau était sèche. Il s'est assis, puis aussitôt relevé, tambourinant nerveusement sur sa cuisse.

Il m'a observée.

— Tu es Fern ?

J'ai hoché la tête.

— Et toi, Lark ?

Il a alors souri, l'émerveillement s'est peint sur ses traits alors que son regard passait de l'une à l'autre.

— J'aurais tant aimé que nous nous rencontrions dans de meilleures circonstances, que nous ayons plus longtemps pour discuter, pour apprendre à nous connaître. Mais la vie en a décidé autrement.

Il a vérifié les différents cadrans du moniteur et nos taux d'immunité, évaluant rapidement nos états d'un œil expert.

— Nous devrions pouvoir bientôt vous débrancher. Ensuite, nous partirons.

Se tournant vers moi, il a ajouté :

— Miss Margaret m'a dit que tu n'avais pas été malade une seule fois ?

J'ai hoché la tête, me détestant aussitôt de ressentir une fierté déplacée.

— Remarquable… Dommage que nous ne puissions pas étudier plus avant ton cas. Un tel niveau de défenses immunitaires est extraordinaire.

Son énergie semblait contredire son âge : son regard avait la précision d'un laser, son ton était vif et il ne tenait pas en place – une partie de son corps était toujours en mouvement.

— Il faut que vous m'écoutiez bien attentivement, a-t-il dit en nous considérant tour à tour. J'ai beaucoup de choses à vous apprendre, et vous allez recevoir un choc, je ne peux pas le nier. C'est le genre de nouvelle que l'on préfère annoncer en prenant les précautions nécessaires pour ménager celui qui la reçoit. Malheureusement, la situation étant ce qu'elle est, nous n'avons pas le choix.

Miss Margaret nous avait rejoints, munie de deux téléphones portables. Rahim a posé les yeux dessus.

— Ils sont configurés, lui a-t-elle annoncé. Un pour chacune.

Il les lui a pris, a parcouru les données rapidement, puis s'est penché vers elle. Je n'ai surpris qu'une part de leur échange – la mention de quelque chose de « plus difficile », suivi d'un signe de tête dans ma direction.

— Elle m'a l'air assez solide pour s'adapter sans trop de mal, a-t-il ajouté. Je suis heureux que vous ayez trouvé un arrangement pour l'autre... L'atterrissage sera moins rude. Même si...

J'ai protesté, m'asseyant tout au bord de ma chaise.

— Vous ne pouvez pas nous séparer.

La peur que j'avais éprouvée la veille continuait à affleurer à la surface et me laissait un goût métallique dans la bouche.

— Pourquoi vous voulez faire ça ?

J'ai attrapé la main de Lark par réflexe, et je l'ai serrée dans la mienne, n'osant pas jeter un coup d'œil dans sa direction – de crainte de voir ma terreur se réfléchir dans son regard.

— Nous n'avons pas le choix, m'a répondu Rahim. Nous ne pouvons pas prendre ce risque.

Je me suis demandé combien de fois j'avais entendu ces mots pendant la matinée.

— Ensemble, vous êtes plus susceptibles d'éveiller les soupçons et d'attirer l'attention. Nous faisons tous l'objet d'un avis de recherche et nous devons nous séparer. Dès que le danger sera passé, vous serez réunies à nouveau. En attendant, nous n'avons pas le choix.

Il a rendu les portables à Miss Margaret et s'est assis, frappant nerveusement le sol avec le pied.

— Nous n'avons pas de temps pour les disputes. Pas une seule minute. Vous devez entendre ce que j'ai à vous dire. Puis Miss Margaret vous préparera pour la prochaine étape. Elle a beaucoup d'informations à vous transmettre, mais j'ai confiance : vous saurez toutes les deux les retenir. Vos cerveaux ont été bien entraînés. Vous êtes d'excellentes élèves, vous avez de grandes capacités de mémorisation, et vous serez conduites à exploiter ces qualités pour garantir votre survie.

J'ai eu un mouvement de recul. Notre survie ? Que voulait-il dire par là ?

— Je vous connais depuis l'origine, a-t-il poursuivi. J'étais à la tête de l'équipe de BioPerfect en charge de la conception des gagnants de la loterie, cette année-là. Je dirigeais également l'équipe qui recevait des comptes rendus réguliers sur vos progrès. Ces rapports m'informaient de vos succès à toutes les deux, vous sembliez répondre parfaitement aux attentes placées en vous.

« Vos deux familles étaient submergées par la chance qui leur avait été offerte. Elles voulaient le meilleur.

Se tournant vers moi, il a précisé :

— Fern, ta mère aurait aimé que tu poursuives une carrière dans la biogénétique… Elle souhaitait que tu travailles dans un champ proche du mien. C'est un domaine qui l'a toujours passionnée, même si sa situation, bien évidemment, ne lui permettait pas d'y accéder.

Je me souvenais de l'amour de ma mère pour les végétaux, des plants illégaux qu'elle cultivait, sur lesquels elle veillait. C'est peut-être le souvenir le plus précis que je conservais d'elle. Ça me faisait bizarre de l'imaginer en train de choisir la voie dont elle rêvait pour moi. C'était bizarre et triste. J'avais crédité mes parents de si peu de mérite dans ma construction personnelle, je leur avais donné si peu d'amour…

— Nous avons discuté ensemble des qualités qu'il te faudrait pour réussir dans ce domaine. Nous avons aussi parlé des souhaits de ton père. Il ambitionnait une vie plus créative pour toi. Il voulait que tu puisses explorer un talent de communicante, que tu puisses t'exprimer au moyen d'images et de mots. Apparemment, il avait toujours rêvé de travailler dans ce domaine. C'est un phénomène fréquent : les parents rêvent pour leurs enfants de l'existence qu'ils n'ont pas pu mener, ils aspirent à leur offrir ce qu'ils ont désiré sans jamais l'atteindre.

« Ils ont fini par arrêter leur choix sur le domaine de la communication.

Rahim s'est ensuite adressé à Lark.

— Tes deux parents sont rapidement tombés d'accord. Ils adoraient la musique. Ils voulaient que tu mènes une vie qui en serait imprégnée.

J'ai observé Lark à la dérobée : elle rivait sur lui de grands yeux tristes.

— Nous avons discuté des autres qualités incluses dans le pack de loterie. Il y a toujours des tractations. Vos parents ont pu être amenés à transiger sur la couleur des cheveux, le grain de la peau, les dents, la force physique ou la qualité du système immunitaire en échange d'atouts dans d'autres domaines. Beaucoup de parents effectuent ces choix dans l'espoir que leur enfant pourra, plus tard, acquérir la fortune nécessaire pour se payer les meilleurs des médicaments, par exemple, il leur paraît donc moins essentiel de le doter d'excellents mécanismes de défense.

« Avec mon équipe, nous prenions toujours le temps de discuter avec les parents. C'était un exercice délicat, car il fallait utiliser des termes accessibles sans pour autant trahir la complexité de notre travail.

Mon rôle consistait aussi à les orienter dans la direction de l'expérimentation la plus intéressante de notre point de vue, l'objectif étant d'améliorer la variété des services proposés par BioPerfect.

« Mais, ainsi que Miss Margaret vous l'a déjà dit, et ainsi que ma présence ici a pu vous l'apprendre, je réalisais aussi des missions en dehors de BioPerfect.

Il tambourinait sur son genou, visiblement agité.

— Le but de cette entreprise est le profit, et pour cela elle vise un succès constant. C'est son impératif. Pas le mien.

« Vos profils ont été sélectionnés et approuvés, on a expliqué à vos parents toutes les clauses du contrat, même celles écrites en petit. Votre éducation a été définie en accord avec une autre équipe, bref tout était en place. Et pourtant, le travail que nous avons effectivement réalisé était radicalement différent de ce qui avait été prévu.

Il nous a regardées tour à tour, moi d'abord, puis Lark, et j'ai découvert sur ses traits un étrange mélange de curiosité – une fascination presque palpable pour nous – et de honte.

— Qu'avez-vous fait ? l'a pressé Lark d'une voix égale.

— Rien.

— Je ne comprends pas, ai-je dit.

— Il n'y a eu aucune manipulation génétique. Nous nous sommes contentés de récupérer les ADN de vos parents, comme si vous aviez été conçues naturellement.

J'avais l'impression de m'effondrer à l'intérieur, tout mon être dévalait vers le vide à une vitesse terrifiante.

— Nous voulions voir ce qui se passerait si tout le monde pensait que votre profil avait été modifié, si vous receviez la meilleure des éducations, si vous grandissiez entourées d'une foi inconditionnelle en vos dons, a poursuivi Rahim. Mais il n'y a eu aucune intervention.

Je n'étais rien.

Toutes ces années à croire que j'avais été façonnée avec amour… tout glissait entre mes doigts comme un ruban de soie.

Je n'avais plus la moindre idée de celle que j'étais, je n'avais plus qu'une seule envie, me purger de ce petit mot : *rien.*

À mon arrivée au camp, j'avais très peu de repéres. Mes données me renseignaient sur l'identité que j'endossais, sur l'endroit où je travaillais, sur la quantité de nourriture et d'eau que je pouvais acheter, sur la chambre où je dormais, sans oublier mes problèmes médicaux. Ce n'étaient que des informations pratiques. J'ai vécu tête baissée le temps d'apprendre, en observant les autres, à me fondre dans le décor – le travail à la déchetterie, les achats essentiels… Je devais passer inaperçue, me rendre invisible, n'être *rien*. Après la révélation de Rahim, c'était moins difficile que ça ne l'aurait été à une autre époque.

J'étais seule et j'avais peur – association destructrice qui me paralysait. Le soir, je consultais mon portable, espérant un signe de Lark, de Miss Margaret, de Rahim ou même d'Ivy. Mais si la solitude m'atteignait, la peur, plus forte, me forçait à la vigilance. Je n'osais pas prendre le moindre risque, craignant d'être démasquée.

Pendant si longtemps, j'avais survécu grâce à la promesse que l'on viendrait me chercher rapidement. Pourtant, que signifiait « rapidement » ? Combien de temps encore devrais-je attendre ? J'ai supporté la chaleur et la mousson, une succession interminable de pluie et de boue, de jours où j'avais au moins une raison de me réjouir : je possédais une chambre à l'étage. J'ai supporté le froid mordant, les nuits durant lesquelles le vent glacial et pestilentiel faisait chuter la température dans ma petite chambre – je me roulais en boule bien serrée pour avoir le plus chaud possible, alors que la tour entière semblait vaciller en gémissant sous les assauts puissants des éléments.

Pire que l'inconfort, pire même que la peur et la solitude, il y avait un ennui si engourdissant qu'il aspirait toute l'énergie qui me restait. Un ennui semblable à du plomb dans mes veines, qui aurait ralenti mon sang. Certaines nuits, je passais le temps en regardant des flux numériques gratuits – des bêtises conçues pour contaminer les gens avec des désirs inassouvissables. Je n'avais jamais eu les données nécessaires pour suivre d'autres programmes et, en un sens, ces images me soulageaient. Quand je repensais à la fierté que je tirais à une époque de la création de ces contenus, le vide que je ressentais en était amplifié.

D'autres nuits, j'essayais de me rappeler les cours que j'avais suivis, les conversations dans la chambre de Miss Margaret, la musique que j'aimais, l'art, les histoires… mais ces tentatives manquaient toujours d'entrain. La fille qui avait apprécié tout ce que Halston avait à lui offrir avait disparu…

Depuis que je me suis autorisée à me rapprocher de Chimo, mon existence a changé. Les moments que nous avons partagés m'ont procuré de la joie. J'ai du mal à me l'avouer, pourtant c'est vrai. Dans ma chambre, il enroule son immense corps chaud autour du mien. Dans la cour, on discute des heures d'affilée dans son hamac, ses longues jambes posées sur les miennes, ses yeux noirs brillants pendant qu'il me raconte des bobards. Sa voix s'adoucit quand il me murmure que je suis belle, une main dans mes cheveux.

On ne passe pas toutes les nuits ensemble. Parfois je monte dans ma chambre pour travailler sur une de mes boîtes – en ce moment, je reproduis la coursive de notre tour, à PureAqua, avec ma mère qui arrose ses plantes, représentées par de minuscules bouts de tissu vert. Le matin je suis impatiente de le revoir, de sentir sa bouche contre la mienne, de l'entendre me dire que je lui ai manqué.

En général, on part au travail ensemble. Ce matin, après sa dispute avec Sala, il est introuvable. Je fais la queue derrière Jiminy. Il a un débit de mitraillette, il commente en permanence la progression lente de la queue.

— Plus qu-qu-que vingt. C'est b-b-bientôt nous. P-p-pas elle, pas de t-t-travail pour elle au-au-aujourd'hui. Qu'est-ce qu'elle va fai-fai-faire ? P-p-pas de do-do-données pour toi. Sa-sa-salauds, grommelle-t-il. Ils s'en fou-fou-foutent.

Il a raison. Ils s'en foutent. J'ai déjà assisté à la scène. On peut poireauter pendant des heures, atteindre enfin l'entrée de la déchetterie, tout disposé à travailler, et être chassé sans explication. Ça ne sert à rien d'implorer, de plaider sa cause, et personne ne propose de céder sa place. « Un pur exercice sadique du pouvoir, dirait Sala. Conçu pour nous rappeler, à tous, qu'on dépend entièrement d'eux. »

Et j'ai aussi vu ce qui arrivait à ceux qui osent protester. Les portables sont effacés, les protestations filmées et les espoirs d'obtenir du travail réduits à néant pour une bonne période.

Sala est devant nous, sans Chimo. Quelques personnes nous séparent. Elle ne nous a pas gardé de place, et elle refuse de regarder dans notre direction. Je l'observe pendant que la queue avance. Elle jette sans arrêt des coups d'œil à son portable, passe un doigt nerveux sur l'écran, ne s'arrête qu'une fois arrivée à la porte de la déchetterie.

Elle est entrée.

Jiminy et moi, on continue à avancer. Il brandit son portable devant le scanner et attend.

Le petit mot qui s'affiche est sans appel : *Refusé.*

Il peste dans sa barbe, son bégaiement s'accentue. Puis il tourne les talons et retourne au camp. Pas de travail, pas de données. Quand ça arrive trop souvent, la vie devient difficile.

À l'intérieur de la déchetterie, je prends ma place devant le tapis roulant, à plusieurs mètres de Sala. On garde toutes les deux la tête baissée et on trie le défilé incessant d'ordures – l'expérience l'a rendue agile. Je guette le moment où elle prendra une pause pour pouvoir lui parler, mais elle ne s'arrête pas. Elle reste devant le tapis, ne jette pas un seul regard dans ma direction.

En début d'après-midi, je n'y tiens plus. Dans la petite salle des employés, je déballe mon BiscuitVita et m'assieds, épuisée. L'absence de Chimo ne me dit rien qui vaille. Après m'être inquiétée qu'il lui soit arrivé quelque chose, j'en viens à me reprocher ma bêtise : je n'aurais jamais dû m'autoriser à devenir aussi proche de lui.

On n'est qu'une petite poignée d'ouvriers. La plupart ont pris leur pause plus tôt, et chacun reste dans son coin. À ma droite, une vieille femme a fermé les yeux et posé ses jambes sur l'une des chaises. Ses veines sont noueuses, sa peau aussi fine que du papier de soie et couverte de bleues. D'une main tremblante, elle lève sa bouteille de PureAqua, et constate qu'elle est vide.

— Tenez, dis-je en lui offrant un peu de mon eau.

Elle est trop éreintée pour me remercier. Elle se contente de boire goulûment, puis de m'adresser un signe de tête une fois qu'elle a terminé. Au moment où je me lève pour y retourner, elle me dit, d'une voix rauque :

— Premier jour de travail depuis deux semaines.

— Comment avez-vous survécu ?

Elle hausse les épaules.

— En grappillant ici et là.

Ils sont si nombreux dans ce cas, à tenir bon alors qu'ils ont tout juste la force de rester en vie.

Elle regagne la salle de tri avec moi. Je reprends ma place en gardant un œil sur Sala, prête à quitter mon poste à la seconde où elle décidera que sa journée est terminée. C'est l'une de celles qui gagnent le plus de données dans tout le camp. Rapide et en apparence infatigable, elle passe rarement une journée sans travailler. Son rendement est réputé, tout comme sa générosité. Je l'ai déjà vue donner de la nourriture, de l'eau, des données, aider aussi bien des gens de sa connaissance que des inconnus. Elle est puissante malgré sa minceur et elle reste concentrée. Ses cheveux coupés courts sont coincés derrière ses oreilles, ses mains s'agitent à toute allure, elle échange rarement un mot avec sa voisine.

Dès qu'une personne raccroche son tablier pour la journée, une autre entre, la file d'ouvriers en quête de travail est infinie. Les gens attendent devant la déchetterie nuit et jour. La queue diminue durant la journée, croît une nouvelle fois à la tombée de la nuit pour diminuer encore juste avant l'aube, jusqu'à ce que de nouveaux arrivants se présentent avec l'espoir d'une matinée de travail. On peut venir à n'importe quel moment de la journée, mais la plupart des travailleurs préfèrent venir le matin pour pouvoir dormir la nuit. Une fois le quota atteint, ça ne sert pas à grand-chose de poireauter jusqu'au soir.

On entre plus facilement la nuit, cependant c'est difficile de travailler quand le corps aspire au sommeil. À moins d'y être habitué, on a souvent un rendement plus médiocre, et on rentre chez soi avec moins de données. Enfin, il y a les désespérés, les insomniaques et ceux qui n'ont pas d'endroit où dormir. Ils doivent être en train de faire la queue à cette heure.

Au moment où je m'apprête à partir, Sala scanne son portable et se dirige vers la sortie. Je dois faire vite pour la rattraper. J'entre aussitôt mon heure de fin de travail pour que l'ordinateur puisse calculer ma productivité horaire. Dans la précipitation, je retire presque trop vite mon portable – je ne peux pas me permettre de sacrifier mon salaire, je n'ai pas assez de réserves pour ça.

Elle disparaît au détour d'un virage au moment où je déboule dans la rue, manquant de bousculer un ouvrier qui entre. J'ai beau appeler son nom, il n'y a aucune chance pour qu'elle m'entende avec tout le bruit ambiant – la cacophonie des gens, des véhicules et des flux vidéo tout autour de nous, particulièrement déboussolante après le bourdonnement monocorde du tapis roulant.

Sala marche toujours vite, mais ce soir elle court quasiment, fendant la foule. À plusieurs occasions, au moment où je crois l'avoir perdue de vue, elle ressurgit de la marée humaine.

Il ne fait aucune doute qu'elle ne se dirige pas vers le camp. Au moment où elle s'engage dans une ruelle, j'ai réduit la distance qui nous sépare. Plaquée contre un mur, je la vois se réfugier sous un porche. Elle jette un coup d'œil alentour avant de sortir son portable, veillant à rester dans l'ombre. Il doit s'agir d'une zone blanche, où l'on ne peut pas être repéré par les scanneurs – comme celle où Chimo m'a emmenée pour que je puisse contacter Lewis. Miss Margaret m'a dit qu'il y en avait partout, même si elles disparaissent presque aussitôt après être apparues. Il faut souvent en essayer plusieurs pour en trouver une qui fonctionne... Sala est visiblement en veine.

Elle parle si bas que je dois m'approcher plus près que je ne le voudrais pour espérer entendre des bribes de conversation. Se servir des Souterrains pour une conversation orale est moins risqué que d'envoyer des images ou du texte : la communication peut être effacée dès qu'elle est terminée. Encore une fois, c'est Miss Margaret qui me l'a appris. La plupart de mon travail dans les Souterrains, à Halston, consistait à laisser un message le plus permanent possible.

Sala parle vite, demande si quelqu'un l'a vu ou a eu de ses nouvelles, et j'en déduis qu'il est question de Chimo.

— Ça ne lui ressemble pas de disparaître comme ça.

Soudain, alors qu'elle est en train de dire à son interlocuteur qu'il doit la contacter à la moindre information, elle se penche en avant et écarquille les yeux lorsqu'elle les pose sur moi.

En rangeant son portable, elle quitte l'ombre du porche et s'approche. Son visage à quelques centimètres du mien, elle me lance :

— Qu'est-ce que tu fabriques ici ? Pourquoi est-ce que tu me suis ?

Je m'apprête à mentir, à lui rétorquer qu'il s'agit d'une simple coïncidence, mais à quoi bon ? Je décide de ne pas me dégonfler.

— On doit parler.

— Tu sais où il est ?

Je secoue la tête et souligne que c'est elle qui l'a vu en dernier, que c'est elle qui s'est disputée avec lui dans la cour ce matin. Elle vrille ses yeux noirs dans les miens, sa bouche forme un pli sévère.

— Qu'est-ce que vous voulez de moi, tous les deux ? lui crié-je.

Elle tourne les talons pour partir, mais je la retiens d'une main ferme.

— Écoute-moi bien, lui dis-je, en colère à présent. Je sais que vous vivez ensemble. Je sais que mon histoire avec Chimo n'était pas réelle. J'ai craqué si facilement… Je n'aurais jamais dû me confier à lui, et je ne doute pas une seule seconde qu'il t'a répété ce que je lui ai raconté. Vous êtes des agents infiltrés ? Vous avez été envoyés ici pour me retrouver ? Par qui ?

Je parle trop fort, mes questions basculent de plus en plus dans l'hystérie. Je suis restée seule si longtemps, et le semblant d'amitié que j'ai cru trouver auprès de Chimo n'était rien. Rien du tout. J'ai été une idiote de penser que j'avais accédé à une forme de sécurité avec eux. *Ne fais confiance à personne…* On me l'a pourtant seriné, encore et encore.

Pourquoi ne sont-ils pas encore venus me chercher ?

Je sanglote à présent, et Sala m'entraîne sous le porche, à l'abri. Elle colle son visage contre le mien et me dit de me calmer, de faire moins de bruit.

– Je ne m'intéresse pas à toi, me souffle-t-elle. Pas dans l'immédiat. Je veux savoir ce qui est arrivé à Chimo. Dis-moi où il est.

On a eu si peu de temps, avec Lark, pour digérer les révélations de Rahim.

— Je suis désolée, s'est excusée Miss Margaret après son départ. Nous ne voulions pas vous l'apprendre dans ces circonstances. Nous voulions avoir plus de temps pour vous expliquer la situation. Vous voyez, nous étions convaincus que vous pourriez toutes deux être extraordinaires sans manipulation. Nous croyons que tout tient au soin apporté à l'éducation et à la santé. Si nous investissions autant d'argent dans notre environnement que dans les modifications génétiques, si nous améliorions les conditions de vie chacun… imaginez le monde dans lequel nous évoluerions.

Elle nous a dévisagées, le regard brillant, les joues rouges.

— Vous vous êtes servis de nous ? a lancé Lark, des trémolos dans la voix. Et Wren ? Ivy ?

Miss Margaret a confirmé d'un signe de tête.

— Le résultat a été un peu moins concluant, beaucoup moins même dans le cas d'Ivy, mais les modifications génétiques peuvent aussi se solder par un échec. Nous publierons les données dont nous disposons pour elles, si l'occasion se présente.

Elle s'est levée, puis nous a dit d'un ton brusque de nous préparer.

— Nous avons été trahis, BioPerfect est au courant. C'est pour cette raison que j'ai dû vous évacuer de Halston aussi précipitamment. Ivy avait éveillé les soupçons de plusieurs personnes. BioPerfect a posé des questions. Ses cadres peuvent se montrer très persuasifs. Ils manient aussi bien le bâton que la carotte, il est difficile de leur résister… Les gens finissent par parler.

— Autrement dit ?

Elle n'a pas caché l'impatience que je lui inspirais.

— Ils auraient voulu se débarrasser de vous. Vous effacer, vous jeter quelque part et vous abandonner sans rien. Vous êtes la preuve que les sommes exorbitantes que les gens dépensent pour acheter des profils génétiques, sans parler de la loterie, n'en valent peut-être pas la peine. Vous êtes la preuve dont nous avons besoin dans notre combat contre eux.

— Mais on n'est que deux, ai-je protesté. Ça n'est pas suffisant, si ?

— Vous constituez un argument de taille. Vous avoir en chair et en os, pouvoir montrer celles que vous êtes, ce dont vous êtes capables… c'est beaucoup plus convaincant que de simples données.

Lark s'est levée et j'ai vu combien elle était frêle. Elle a considéré Miss Margaret d'un air réprobateur.

— Je croyais que vous nous aimiez. Je croyais que vous teniez à nous.

Ses mains tremblaient sur le dossier de la chaise à laquelle elle s'agrippait.

— Nous ne sommes pas simplement des preuves. Je suis moi, Lark. Et elle, c'est Fern. Vous nous connaissez depuis pour ainsi dire toujours, et vous nous avez menti tout ce temps.

Miss Margaret a soutenu, de son regard brillant, celui de Lark.

— Je le sais, et à bien des reprises j'ai été saisie par le doute. C'est dans ma nature d'agir dans votre intérêt, de tenir à vous... Je vous assure, nous avons toujours veillé à votre bien-être. Et nous continuerons. Nous devons juste nous séparer temporairement. Ensuite, nous nous retrouverons pour finir le travail.

Son ton s'est soudain fait plus pressant.

— Vous devez m'écouter attentivement, maintenant. Ce qui vous attend sera difficile, je ne le nie pas, cependant vous êtes toutes les deux fortes, et capables de vous adapter. Je le sais.

Elle a pris nos mains, Lark a retiré la sienne.

— Je ne suis pas forte. Je me remets tout juste du changement d'environnement. Je veux rentrer chez moi... Laissez-moi rentrer à la maison !

À la maison... Je m'étais toujours sentie chez moi à Halston, pas elle. Lark était chez elle avec ses parents.

— J'aimerais que ce soit possible. Malheureusement, BioPerfect viendrait te chercher.

Il y avait de l'agitation dehors. Une jeune femme a passé la tête par la porte et informé Miss Margaret que le premier véhicule partirait d'ici deux heures.

— C'est celui pour ReCorp, a-t-elle dit, d'une voix douce mais assez forte pour que nous puissions l'entendre.

Miss Margaret l'a remerciée avant de se tourner vers moi.

— Il faut que nous t'équipions. Nous avons des kits médicaux et je dois te transmettre un maximum d'informations dans le peu de temps qu'il nous reste. Vous connaissez à peine le monde, toutes les deux... Vous aurez chacune une nouvelle identité. Vous vous cacherez. Les gens penseront sans doute que vous avez été effacées, ce qui ne sera pas un problème. Évitez simplement d'attirer l'attention et, surtout, surtout, ne faites confiance à personne.

Je suis Sala dans des ruelles, on traverse des camps, on contourne des marchés d'échange de données, en empruntant des allées qui disparaissent aussi vite qu'elles sont apparues, entre les cahutes et les matelas qui les entourent. Des feux brûlent, des gens cuisinent et font la lessive, des enfants jouent. Deux femmes s'invectivent. L'une s'empare de la marmite de l'autre et la renverse sur le sol. On continue à avancer, les cris s'amplifient derrière nous. Les conditions de vie sont encore pires que dans notre camp, mais ça ne m'inquiète plus. Je me suis habituée à cet endroit, le luxe de Halston est relégué à un passé si lointain qu'il ne paraît plus réel.

Je dois me dépêcher pour marcher aussi vite que Sala. Elle ne s'arrête pour personne, alors que beaucoup la saluent au passage. Des enfants tirent sur le bas de son tee-shirt en gloussant avec malice.

Elle m'entraîne vers une autre zone blanche.

La règle d'or, c'est de ne jamais rester trop longtemps dans la même zone, au risque, sinon, d'être repéré par un des scanners qui balaient les environs en permanence. L'endroit où elle m'emmène est caché au cœur des bidonvilles qui entourent les principaux camps. Il faut connaître des gens pour se frayer un chemin dans ce dédale, pour être capable d'utiliser ces zones blanches sans craindre de se faire arracher son portable et de se retrouver sans données.

« Évite ces coins-là, m'a mise en garde Miss Margaret. Ne fais confiance à personne. » Et pourtant me voilà.

Sala s'arrête brusquement à l'entrée d'un appentis, et s'adresse tout bas à l'homme assis sur le perron. Elle lui tend son portable et il transfère des données. Elle le remercie et entre. L'homme me retient, m'agrippe par le bras.

— C'est bon, lui dit Sala.

Il secoue la tête.

— On vit ensemble, insiste-t-elle. C'est une amie de Chimo. Tiens.

Elle me prend mon portable pour qu'il puisse scanner ma fiche d'identité.

— Tout est faux, lâche-t-il après avoir parcouru les données les plus élémentaires.

J'entends mon cœur battre la chamade, le tambourinement est de plus en plus bruyant, ma respiration, précipitée et superficielle. Comment a-t-il su ?

— C'est une fugitive, dit Sala, elle se planque chez nous.

— Des gens sont à sa recherche, assène-t-il, l'œil allumé d'une lueur inquiétante.

Je m'apprête à tourner les talons, mais Sala me retient. Elle se redresse de toute sa hauteur pour le toiser.

— Ça ne mérite pas que tu perdes ton temps, lui dit-elle. Tu la trahirais pour quoi ? Quelques données supplémentaires ? Ton nom aurait plus mauvaise réputation que la mousson avec ses torrents de boue. Plus personne ne viendrait chez toi. Pourquoi ferais-tu une chose pareille alors que tu as une entreprise florissante, mon ami ?

Il éclate de rire, un croassement retentissant, et rejette la tête en arrière, dévoilant une longue cicatrice sur son cou.

— Par ennui, ma belle. Pourquoi ne pas s'amuser un peu ?

Elle s'esclaffe elle aussi, son rire est cassant.

— Il y a des façons plus simples de s'amuser, lâche-t-elle en soulevant le rideau qui cache la pièce derrière lui.

Elle m'attire à l'intérieur, et cette fois il ne me retient pas. Je pénètre dans une obscurité qui n'est troublée que par la lumière de plusieurs écrans. On est dans un endroit luxueux. Sala a sans doute dépensé une grosse part de son stock de données pour nous acheter du temps ici : elle ne veut pas perdre une seconde. L'accès est relativement sécurisé, le débit, impressionnant. Elle en vient tout de suite au fait. « Trouve-les », me dit-elle. Elle est persuadée que les gens qui m'ont envoyée ici détiennent Chimo. J'ai beau mettre toute mon ardeur à lui expliquer que « ces gens » se sont séparés, qu'ils ne sont pas en contact et que je doute qu'ils puissent avoir le moindre pouvoir à l'heure actuelle, elle ne me croit pas.

— Ils le détiennent, répète-t-elle en boucle.

— Pourquoi ?

— Tu n'as toujours pas compris, imbécile ?

Elle me considère avec dégoût.

— Il ne t'a jamais aimée. Il voulait juste se rapprocher de toi pour découvrir ta véritable identité. Il pensait pouvoir gagner des données. Il n'avait juste pas mesuré à quel point tu pouvais faire sa fortune. Une fois que tu lui as parlé, il s'est plongé dans les Souterrains et a découvert qu'il y avait une prime. Une prime proposée par BioPerfect, en toute simplicité.

J'ai la nausée.

— C'est peut-être là qu'il est, dans ce cas... En train de contacter BioPerfect, de vendre ma peau.

Elle fait non de la tête.

— Comment tu peux en être aussi sûre ?

— Je l'ai convaincu de renoncer, confesse-t-elle, d'une voix légèrement radoucie.

— Pourquoi ?

Je suis abasourdie. Je me suis autorisée à aimer Chimo, et la honte me submerge. Son regard noir, ses baisers, ses murmures taquins... un énorme mensonge.

— Il a été tenté, par appât du gain. Ça n'a rien d'étonnant, si ? Qui ne rêve pas d'avoir la belle vie ? Sauf que ce n'est pas notre philosophie. On n'est pas du côté des Parents. Jamais. Leur tenir tête, voilà ce qui est important. C'est le seul moyen de faire changer les choses un jour. C'est ce qui compte.

« Il a découvert qui tu étais, ce qu'ils essayaient de démontrer à travers toi. Je n'ai peut-être aucun atome crochu avec toi, mais leurs recherches sont importantes.

— Quelle différence ça fait ? m'emporté-je.

Elle ne comprend pas.

— Entre moi et ce qu'ils essaient de dire à travers moi ? La démonstration qu'ils cherchent à faire ? Où est la frontière ? C'est une seule et même chose, et elle est devant tes yeux.

Je pointe un index sur ma poitrine, j'ai envie de lui cracher ma rage au visage. Sala me sourit.

— Exact.

Elle me détaille de la tête aux pieds, puis ajoute :

— Ça veut donc dire que j'ai sauvé les deux, le message et le messager.

— Comment peux-tu être aussi certaine qu'il t'a écoutée ?

— Je le connais, dit-elle en se penchant un peu plus vers moi. Je le connais bien.

J'éclate de rire.

— Parce que tu crois qu'on peut vraiment connaître les gens ? La bonne blague…

— Ce n'est pas toujours facile, concède-t-elle. Avec lui, ça l'est.

— Pourquoi ? Parce que vous êtes ensemble ? Parce qu'il te dit qu'il t'aime ?

Je lève les yeux au ciel en ajoutant :

— Mes connaissances ont beau être limitées, je dirais qu'il y a plus de place pour la trahison dans votre relation que dans n'importe quelle autre.

La confusion sur les traits de Sala disparaît au bout d'une seconde.

— On n'est pas ensemble, c'est mon frère. Je veille sur lui depuis toujours, et il veille sur moi. La trahison n'est pas possible entre nous.

J'étais à mille lieues de soupçonner une chose pareille. L'espace d'un instant, prise d'un espoir pathétique, je me demande s'il ne tenait pas au moins un peu à moi, au fond.

Sala me rappelle qu'on n'a pas beaucoup de temps, que je dois me dépêcher d'essayer de joindre mes contacts.

— Et ne laisse pas de traces, me met-elle en garde.

C'est la première fois que je tiens une occasion de parler à Miss Margaret et à Rahim dans des circonstances à peu près sécurisées, depuis que j'ai été déposée à l'entrée du camp, abandonnée dans la poussière et la crasse d'une soirée à la touffeur pestilentielle, sachant à peine comment survivre. Je retiens mon souffle au moment de plonger dans les réseaux, les doigts vibrants d'excitation. La peur lui succède aussitôt, au souvenir du piège dans lequel Miss Margaret est tombée. J'observe dans un premier temps, je reste en retrait, tâte le terrain ici ou là, efface aussitôt mes traces – à peine quelques miettes de pain facilement emportées par le vent ou picorées par des oiseaux affamés. À mesure que je m'enfonce dans les profondeurs, je sème des indices à l'intention de Lark – extraits d'une chanson qu'elle adorait, une chanson que très peu de gens connaissent et dont les accords harmonieux s'estompent alors que je descends dans les entrailles des Souterrains.

Rien.

L'horloge tourne.

Derrière moi, Sala s'est connectée à un autre écran, elle cherche à contacter Chimo directement. Ses doigts se déplacent à une vitesse que j'ai eu l'occasion d'admirer quotidiennement à la déchetterie.

Je repars à la pêche, cherche Miss Margaret. Je dépose un poème qu'elle nous lisait, puis la recette de la glace à la rose qu'on a créée le jour de mon arrivée à Halston.

Rahim représente un défi trop grand. Je ne le connais pas, j'ignore quelle ruse utiliser pour l'attirer, pour lui faire savoir que je cherche à entrer en contact.

Toujours rien.

Le vieil homme dehors nous appelle.

— Le temps est écoulé ! C'est terminé, on ne traîne pas !

— Allez, mon vieil ami, lui crie Sala, un peu de générosité ! Le monde te le rendra !

— Ça m'étonnerait !

Son rire cruel couvre tous les bruits de la ruelle.

Une dernière tentative. Je sème à tout vent maintenant, efface à toute allure ce que j'ai laissé dans mon sillage, en me dirigeant toujours un peu plus vers les profondeurs. Au moment où le vieux nous adresse une nouvelle mise en garde, un contact s'établit.

Une lueur.

— Attends !

— Qui est-ce ? me demande Sala en se précipitant vers moi alors que je cache l'écran. Encore une minute ! crie-t-elle au vieux, sans me quitter des yeux.

Je lui mens.

— Personne.

Elle regarde, mais il a disparu, sans laisser la moindre trace.

On rentre en silence. De peur de me perdre, je ne la lâche pas d'une semelle. Elle emprunte un tas de tours et de détours pour regagner le camp, jette à peine un coup d'œil dans ma direction.

— Il est là ? demande-t-elle à Jiminy dès qu'elle l'aperçoit.

Il s'occupe du feu pour le dîner, le visage taché de cendres et de gras. Il secoue la tête, se mordille le bout du doigt.

— Pas de nouvelles ?

— Au-au-aucune.

Je m'apprête à monter dans ma chambre, mais Sala me retient par le bras.

— Et tu comptes aller où comme ça ?

— Je lui ai promis à dîner, dis-je avec un signe en direction de Jiminy. Il m'a nourrie ce matin.

— On a assez, assène-t-elle en me faisant signe de m'asseoir. Pas de boulot aujourd'hui, hein ? ajoute-t-elle à l'intention de Jiminy.

— R-r-rien.

Il lui montre ses données et elle lui caresse le sommet du crâne.

— Ton compteur est très bas, convient-elle. Je peux t'en céder quelques-unes.

Je leur tends mon portable.

— Tenez. Servez-vous dans les miennes. Vous m'avez nourrie deux fois, et vous ne voulez pas me laisser aller chercher de la nourriture.

Sala me fixe de son regard pénétrant, puis elle se saisit de mon portable et transfère une petite quantité de données vers celui de Jiminy.

On mange en silence, le nez dans nos assiettes, conscients de l'absence de Chimo. D'habitude, c'est lui qui se charge de la conversation et des blagues. C'est lui qui nous remonte le moral. L'atmosphère est fétide, poissante d'humidité, on se croirait plongés dans une soupe épaisse et chaude. J'essuie la sueur sur mon front et lève les yeux vers le ciel animé par les flux numériques – des couleurs qui dérivent sur les gros nuages gris.

— Les pluies arrivent.

Jiminy acquiesce à ma remarque. Sala se tourne vers moi.

— Ta seconde mousson.

Je rince nos assiettes vides dans le seau d'eau grisâtre, chasse les mouches et les moustiques. Je me souviens de l'effroi que j'ai éprouvé au tout début, quand j'ai vu l'eau qui servait pour la vaisselle. J'ai eu envie de la jeter, de la changer. Chimo m'en a empêchée. « Ne la gâche pas ! On garde la bonne pour la boire. »

— Pourquoi personne n'est encore venu te chercher ?

La voix de Sala est un murmure discret dans mon dos, qui me donne autant de frissons que mes propres doutes, insidieux et cruels. Je ne réponds pas.

— Peut-être que tu es coincée ici à tout jamais comme nous. Comme tout le monde dans ce camp.

J'essuie chacune des assiettes et les range dans un sac.

— Je vais dormir dans ma chambre. Il va pleuvoir.

— Je pense que je vais me joindre à toi.

Après avoir jeté un coup d'œil en direction de la chambre de Chimo, elle ajoute :

— L'eau entre les nuits de très grosses pluies.

— Je ne t'ai pas invitée.

Les yeux rivés aux miens, elle s'approche et me dit d'une voix encore plus basse :

— Tu veux que je te dénonce ?

— Tu ne le feras pas, rétorqué-je sans broncher. Tu l'as interdit à ton frère. Ça n'est pas ton genre.

On reste parfaitement immobiles, ne voulant ni l'une ni l'autre être la première à céder. Elle ressemble à Chimo, je suis surprise de ne pas m'en être rendu compte avant. Ils ont les mêmes yeux noirs, le même sourire facile, la même peau lisse et bistre.

Je me radoucis.

— Je ne sais pas où il est, Sala. Tu dois me croire. Personne n'est venu me chercher, pourquoi est-ce que « ces gens » seraient venus l'emmener lui, et pas moi ?

Je m'éloigne sans un regard en arrière, je garde mon sang-froid, je garde mon sang-froid. Ce n'est qu'une fois dans l'escalier, à mi-hauteur, les paumes moites sur la rampe rouillée, que je hasarde un coup d'œil par-dessus mon épaule. Elle ne m'a pas suivie. Je suis seule.

J'ai l'impression de ne pas m'être retrouvée dans ma minuscule chambre depuis une éternité, avec mon matelas, mon fauteuil sous la fenêtre, et ses minuscules carrés de tissus comme des joyaux dans l'obscurité. Personne n'est venu en mon absence, ou plutôt c'est l'impression que j'ai. Comment pourrais-je en être sûre ?

Je m'approche de l'embrasure de la fenêtre, espérant un souffle d'air, même minuscule. Rien.

Je dois réfléchir, mais je suis épuisée. Je vais dormir deux heures, voilà ce que je me dis. Puis j'essaierai de le contacter. Je sais que c'était lui, ce soir, dans les Souterrains.

« Tu es seule ? » m'a-t-il demandé à la seconde où la communication a été établie. J'ai répondu que non. « Reviens toute seule, j'ai quelque chose à te dire. »

Il s'est déconnecté juste avant que le visage de Sala ne surgisse à côté du mien.

Je me réveille beaucoup plus tard que prévu. Les pluies sont arrivées, le ciel a ouvert grand les vannes, et des torrents s'abattent dans un rugissement. J'observe les immenses cordes argentées qui trempent tout.

Le tonnerre qui accompagne les trombes d'eau est retentissant, il étouffe tous les autres bruits. Ceux qui ont une chambre sont barricadés à l'intérieur, les autres doivent tenter d'échapper au déluge sous des auvents de fortune, trempés et frissonnants. Tous les signes de vie sont noyés par le crépitement constant de la pluie.

Ce n'est pas une nuit pour sortir, mais je n'ai pas le choix. En un sens, les intempéries sont une chance : je cours moins de risques d'être repérée.

Un foulard foncé entortillé autour de la tête, j'avance en longeant de très près le bâtiment. Les premières moisissures se déploient déjà, fleurs noires qui remontent le long des murs écaillés. Je veille à ne pas déranger ceux qui ont cherché abri à cet endroit, recroquevillés par terre comme des chiffons en tas. C'est dans l'escalier qu'il y a le plus de monde – des familles chassées par la puissance de la pluie –, et quelqu'un monte la garde en permanence, paire d'yeux scintillants dans la nuit.

Je n'ai pas le choix, je vais être mouillée. Impossible de se protéger d'une averse aussi violente. Mes cheveux sont plaqués sur mes joues, mes pieds font *floc-floc* dans mes chaussures, et mes vêtements trempés pèsent lourd. L'eau monte ; dans certaines portions de la rue, je m'enfonce déjà à mi-mollet dans la boue.

Je me rappelle la dernière mousson, les tourbillons de crasse qui s'enroulaient autour de mes jambes lorsque je me rendais au travail, refusant de jeter un regard dans la direction des tentes de fortune érigées sur des caisses retournées, horrifiée de voir dans quelles conditions les gens étaient condamnés à survivre.

Je n'avais jamais vu autant de maladies : toux sèches, plaies purulentes... Les eaux charriaient des animaux morts aux corps gonflés, aux blessures béantes recouvertes d'insectes. La mousson était un gigantesque courant si implacable que rien ne faisait le poids face à lui.

J'ai eu l'impression que ça ne s'arrêterait jamais, que le niveau des eaux ne cesserait pas de monter et qu'on serait tous noyés. Et puis, sans prévenir, un léger souffle d'air s'est levé, tout juste suffisant pour troubler la surface des zones inondées, tout juste suffisant pour apporter un soupçon de couleur à la peau la plus pâle. En sortant de ma chambre, j'ai entendu une femme chanter, sa voix montait et descendait pour couvrir le brouhaha matinal. Elle m'a souri en me voyant approcher.

— C'est terminé, a-t-elle dit en levant les mains vers le ciel. Enfin.

Et aujourd'hui, un an plus tard, je suis toujours ici, et ça recommence.

Miss Margaret nous avait mises en garde contre la mousson.

— Avec un peu de chance, nous viendrons vous chercher avant qu'elle ne débute, avait-elle dit.

Elle devait penser que nous n'en aurions pas pour plus d'un ou deux mois. Durant toute cette première mousson, j'avais été convaincue que je partirais avant la fin.

Je dois trouver une zone blanche.

Je me dirige vers celle que Chimo m'a montrée. Rares sont les gens à s'aventurer sous cette pluie battante. Je resserre mon foulard, jette fréquemment des regards par-dessus mon épaule, vérifiant que personne ne me suit.

Il ne me faut pas longtemps pour retrouver l'endroit en question : malheureusement, la zone blanche a été désactivée. Mon portable se connecte sur-le-champ aux réseaux gratuits. M'abritant sous un porche, je me rappelle notre baiser, la chaleur de son corps contre le mien, et je me mords la lèvre pour oublier la douleur. Comment ai-je pu être assez bête pour penser que ça comptait à ses yeux ? Tout ça, c'est la faute de la solitude, je le sais.

— J'ai tenu très longtemps, me dis-je avec rage, consciente de parler toute seule comme une folle. J'ai tenu bon. Je n'ai fait confiance à personne.

Je n'ai pas de temps à perdre. J'ai besoin de réfléchir. Mon regard balaie la ruelle de gauche à droite. L'odeur est fétide.

Une zone blanche, voilà ce qu'il me faut.

Elles pullulent, se terrent dans les recoins, au pied des escaliers, dans les sous-sols... bref, dans des lieux sombres. J'avance à l'aveuglette, vérifie la moindre option, je veux échapper à cette pluie, l'aube ne peut plus être très loin – même si, avec des nuages aussi épais, impossible de l'affirmer.

Il m'a fallu une heure, et l'endroit que je trouve est à un jet de pierre du camp. J'ignore s'il est bien sécurisé, mais je suis trop fatiguée et mouillée pour en avoir quelque chose à faire.

Sur mon écran, l'image du portable est toujours là, dans la minuscule pièce que j'ai recréée. Il apparaît presque aussitôt : Lewis.

— Tu es seule ?

J'ai du mal à entendre sa voix avec le tambourinement de la pluie. J'aperçois son visage et je vois soudain l'évidence que j'ai toujours niée : il me ressemble. Je me plaque contre le mur pour l'entendre.

— La dernière fois qu'on s'est parlé, c'était un coup monté, Fern. Je croyais qu'un de mes potes t'avait retrouvée, et ça n'était pas le cas. Quelqu'un s'est fait passer pour lui.

— Chimo ?

Lewis hoche la tête.

— Il a été malin. Il a laissé des traces pour faire croire qu'il était Jan, qu'il cherchait à t'aider, à contacter ton réseau pour que tu puisses quitter le camp.

— Et Sala ?

Lewis secoue la tête.

— Jamais entendu parler d'elle.

— Je lui ai tout dit, avoué-je.

— Je sais.

Il tente une blague, avec un sourire un peu fébrile :

— Pour une fille censée être très intelligente...

— C'est faux, et tu le sais. Je crois même que tu l'as toujours su. Je n'ai rien d'unique.

Il refuse de s'attarder sur mon auto-apitoiement.

— Si, justement, dit-il. Tu es recherchée par BioPerfect, et ils ont sortis les gros moyens. Ça prouve que tu es unique, en tout cas dans l'immédiat. Ils ont des agents partout, des gens qu'ils paient pour leur rapporter le moindre fait inhabituel. Ton ami Chimo est l'un d'eux.

Je m'étais demandé comment Sala et lui faisaient pour avoir autant de données. J'avais toujours supposé que c'était parce qu'ils travaillaient bien, alors qu'ils recevaient probablement un salaire pour leur travail de renseignement. C'est moi qui leur ai rapporté gros.

Derrière moi, la pluie continue à s'abattre, rideau gris continu. La première lueur de l'aube évoque un hématome dans le ciel. Je jette un bref coup d'œil dans la rue. C'est difficile à affirmer, mais je semble être seule.

— Où est-il maintenant ?

Lewis m'explique que Chimo a été emmené par des hommes de BioPerfect.

— Ils ont entendu dire qu'il avait des informations. Ils ont voulu le voir, comprendre pourquoi il n'était pas entré en contact. Apparemment, il nie tout en bloc et prétend ne t'avoir jamais rencontrée. Je ne sais pas pourquoi et je ne sais pas combien de temps encore il tiendra.

Je suis surprise. Peut-être que Sala était sincère au fond. Peut-être qu'il l'a écoutée.

— Enfin bon, l'essentiel c'est que tu vas devoir mettre les bouts, et rapidos.

C'est bizarre, le désespoir que ses paroles m'inspirent. Non pas que je sois heureuse ici. Et la pluie n'arrange rien. Seulement... je connais cet endroit, au moins. J'ai appris que j'étais capable de survivre ici, au moins. Je ne suis pas sûre d'avoir la force d'endurer un nouveau changement. Et, pour être honnête, le fait de ne pas être totalement isolée a facilité les choses – même si mon histoire avec Chimo reposait sur un mensonge.

— Où ? demandé-je à Lewis. Comment ?

La dernière fois, Miss Margaret était là pour me préparer. J'avais des médicaments pour amortir l'atterrissage. Je n'ai rien de tout cela cette fois. Rien d'autre qu'une fausse identité mise en pièces, quelques données – très peu, maintenant que j'en ai cédé une partie à Jiminy –, et moins que jamais le courage de continuer.

— Je ne peux plus, Lewis. Je ne vois pas pourquoi il ne vaudrait pas mieux qu'ils me trouvent et m'effacent. Ça reviendrait au même.

— Parce que ce que tu incarnes est important. Une telle quantité de travail a été investie en toi... Il y a encore beaucoup de choses à dire à travers toi.

Je le hais de prononcer ces mots. Même lui, il est incapable de me voir autrement que comme une arme contre BioPerfect.

— Je m'en fiche. Ça ne m'intéresse pas. Où sont-ils, tous ? Miss Margaret, Rahim, Lark...

Et même Ivy... Que lui est-il arrivé ?

— Il n'y a plus personne pour témoigner. Si c'était le cas, ils seraient venus me chercher. Ils ne m'auraient pas abandonnée ici.

Plaquée contre le mur, alors que l'eau dégouline sur mon visage et dans mon dos, je lève les yeux vers le ciel. Je pense à ma petite chambre... où je me sens chez moi.

— Écoute-moi bien, Fern. Apparemment, Rahim a disparu, ce qui a été un coup terrible. Il avait réuni la plupart des données dont ils avaient besoin, il était leur principal atout. Personne n'a eu le moindre contact avec lui depuis des mois. Difficile de savoir ce qui lui est arrivé. BioPerfect a fait courir la rumeur qu'il avait été effacé, mais c'était prévisible. Ils veulent faire croire à sa disparition.

« La bonne nouvelle, c'est que deux membres de son équipe semblent être sortis des radars. Ils détiennent assez de preuves, à eux deux, pour raconter toute l'histoire. Ils planchent sur un plan pour révéler au grand public le résultat de ces recherches. Ils ont besoin de toi, bien sûr. Sans toi, leurs efforts ne servent à rien.

« Et ton amie, Miss Margaret, est au cœur de ce système. Elle collabore avec eux. Elle m'a chargé de te dire qu'elle était désolée que l'attente ait été beaucoup plus longue que prévu. Elle espère que c'est bientôt terminé.

Miss Margaret. Elle se cache toujours, alors… J'inspire profondément pour trouver le courage de poser la question que j'ose à peine formuler.

— Et Lark ?

— Aucune idée. Je n'ai eu aucune nouvelle. Enfin, aucune fiable.

Je ne comprends pas.

— Qu'est-ce que tu as entendu ?

— Les cadres de BioPerfect prétendent la détenir, mais ils disent la même chose pour toi. La différence, c'est que personne n'a été en contact avec elle, en tout cas pas sur des réseaux fiables.

— Et Ivy ?

— À en croire BioPerfect, elle est aussi là-bas. Ils vont évidemment vouloir l'utiliser pour prouver la nécessité des manipulations génétiques.

Il y a davantage de monde dans la rue maintenant. Les piétons avancent tête baissée, ils pressent le pas. Cela fait un bon moment que notre conversation dure, trop longtemps pour qu'on ne coure pas de danger. J'espère que, grâce au déluge, je n'éveillerai les soupçons de personne.

— Qu'est-ce que je suis censée faire, alors ?

— Ne craque pas, me répond Lewis.

Facile à dire.

— On t'a envoyé des agents, ils devraient arriver avant midi. Ils pourront s'occuper de ton transfert. Ils ont promis que tu n'aurais pas besoin de te cacher plus de quelques semaines. Tu dois juste rester forte, Fern.

— Comment je les reconnaîtrai ?

— Ils diront qu'ils sont envoyés par Simon. Ils auront tout le nécessaire, une nouvelle identité, de nouvelles données.

— Simon ?

Je répète le prénom pour être sûre de bien avoir entendu. Il me fait aussitôt signe de me taire.

— Ils auront des médicaments ? ajouté-je.

— J'espère. L'opération a été montée très vite, mais ils essaient de penser à tout.

— Quand est-ce qu'on se reparlera ?

— Bientôt. Tu vas devoir faire profil bas pendant plusieurs semaines. Enfin aussi bas que possible.

Il m'adresse un sourire chaleureux.

— Tu es plus coriace que je ne l'aurais pensé. Cette école pour filles n'a pas fait tant de dégâts que ça... Tu te souviens de la chanson que papa nous chantait pour nous endormir ?

Je lui réponds que non, et il se met à fredonner tout bas. Je hoche frénétiquement la tête, parce que la mémoire me revient.

— Sers-t'en pour me contacter dès que tu seras en sécurité. Je vais recevoir une nouvelle identité, alors je pourrai sortir de la clandestinité, peut-être même venir te voir...

L'écran vacille et il disparaît.

Après avoir rangé mon portable bien à l'abri, j'affronte la pluie, tête baissée pour contrer sa violence. Je ne crois pas avoir jamais été trempée à ce point. Mes vêtements gorgés d'eau se plaquent sur mon corps, ma peau est recouverte d'une couche de boue grasse et tiède. Non mais qui j'espérais tromper, franchement ? Je déteste cet endroit. Peut-être que je serai envoyée dans un camp où la vie est plus facile. Je souris. Lark s'émerveillait souvent de ma propension à l'optimisme.

Dans les premières lueurs du matin, ceux qui vivent dehors essaient d'allumer des feux sous leurs tentes de fortune, blottis les uns contre les autres pour se protéger de la pluie. Mon regard se pose sur une famille. J'envisage de leur laisser mes dernières données puisque je n'en aurai plus besoin, quand je l'aperçois... Ou du moins, il me semble que c'est elle. Sala, qui court à perdre haleine.

À quoi bon me cacher ? S'ils savent qui je suis, je suis repérable. Mes données sont comme une traînée de miettes de pain qui les conduirait tout droit à moi. Jusqu'à ce que quelqu'un vienne me chercher et me fournisse une nouvelle identité, je suis une cible facile – dans le camp, à l'usine, dans les rues ou ici dans ma chambre, perchée très haut au-dessus de ce monde.

La pluie fouette la fenêtre, l'air est immobile et épais.

Assise sur le fauteuil, j'observe chacun des morceaux de tissu, ce patchwork assemblé par la personne qui était là avant moi, une personne qui rêvait de beauté, qui l'a recréée entre ces quatre murs moisis.

C'est ici que j'ai écrit mon histoire, que j'ai relaté ce que j'ai vécu, mes années à Halston, mes longs mois dans ce camp, ici que j'ai raconté celle que je croyais être et tout ce que j'ai appris sur mon compte depuis. J'ai enregistré ces mots, je les ai confiés au Désert, où ils se mêlent à toutes les autres confessions qui y atterrissent. S'il m'arrive quelque chose, ces éléments seront condamnés à être enterrés dans la grande fosse commune des données, le dépotoir des espoirs et des rêves, des postures vaines, des peurs et des joies que les gens immortalisent chaque jour, fouillis impénétrable, dont chaque fil semble impossible à isoler. Je suis la seule à pouvoir retrouver mes mots dans cette jungle. Je continue à les déposer là, en me disant que je le fais pour moi, pour comprendre ce qui s'est passé. Mais je suppose que j'ai aussi été animée par l'espoir stérile qu'un souvenir de moi, Fern Marlow, demeurera. Qu'un jour quelqu'un saura.

Et c'est précisément ce que je suis en train de faire quand on frappe à ma porte.

Je m'interromps et, sans le son de ma propre voix, il ne reste plus que le tambourinement de la pluie. Les coups deviennent plus retentissants, plus insistants.

— Qui est-ce ?

Mon cœur joue un staccato rapide, en rythme avec la pluie. Suis-je prête à partir ? Je parcours ma chambre du regard.

Une seconde plus tard, deux hommes forcent la porte, le verrou fragile ne leur opposant aucune résistance. Pas un seul mot n'est prononcé. Je sais seulement que ce n'est pas le sauvetage promis par Lewis.

La première chose qui me frappe, c'est le silence. Comment le décrire ?

Après des mois à vivre constamment dans un bourdonnement, un rugissement, un bruit de ferraille, des mois à être assaillie et écrasée par le fracas bouillonnant et discordant, j'ai l'impression qu'on a jeté une épaisse couverture sur moi. Lourde, noire et figée.

Serais-je morte ?

Je remue la main, déplie chaque doigt. Je me mords la lèvre : un goût de sel et de rouille, de sang. Puis je vois la lumière. Elle est aussi nacrée que l'intérieur d'un coquillage. Je m'efforce de garder les yeux ouverts, de faire le point, mais mes paupières sont trop lourdes. Je les laisse se refermer.

La main qui me touche est lisse, douce et fraîche.

— Essaie de t'asseoir, me dit la voix.

J'obéis, même si je n'ai pas d'énergie. Chacun de mes membres est entravé par un bloc de pierre, mes os et mes muscles se sont transformés en caoutchouc.

Mon cerveau tente de s'adresser à mon corps, il lui envoie des messages brouillés. Je ne fais pas ce que je veux.

— Où suis-je ?

Mes propres mots me semblent venir de très très loin. Et ce ne sont même pas des mots, ça ressemble plutôt à une bouillie de sons. Ma langue est enflée.

La main est posée au bas de mon dos, elle m'aide à m'asseoir, accompagne mes mouvements avec soin.

— C'est le RestaPure, m'explique la voix. On t'a donné une dose carabinée, suffisante pour assommer un homme adulte. Ton corps semble avoir un niveau de tolérance très élevé. Extraordinaire, même. De l'eau ?

J'aperçois le verre dans mon champ de vision... enfin, je crois. Je tends la main dans sa direction, mais mes doigts se referment sur le vide.

— Tiens.

La femme l'approche de mes lèvres, l'eau est un vrai bonheur, aussi délicieuse que celle qu'on buvait à Halston. Je l'avale à grandes goulées avides, vide le verre.

Elle le repose sur la table de chevet. Ma vision se précise. La femme doit avoir le même âge que Miss Margaret. C'est elle ? J'essaie de faire pivoter mon corps pour pouvoir la voir, je suis impatiente. Ses yeux sont bons, d'un vert forêt, bordés de longs cils noirs, et elle m'observe avec une curiosité intense, tout en se carrant dans son fauteuil. Je ne la connais pas. Un portable est posé sur ses genoux et elle le repositionne légèrement. Je me demande… Serait-elle en train de me filmer ?

— Où suis-je ? répété-je, cette fois en parvenant à mieux détacher les mots.

La pièce est grande et, même si elle est privée de fenêtres, la lumière ambiante reproduit à la perfection celle d'une matinée printanière – douce et transparente. Je m'enfonce profondément dans le matelas, très haut au-dessus du sol. Serais-je de retour à Halston ?

— Tu es dans la salle de réveil de notre centre d'observation.

Je ne sais pas de quoi cette femme me parle, j'essaie de le lui dire, mais je n'arrive à prononcer qu'une poignée de mots à la suite. Je me contente donc de la regarder, espérant que mon expression parviendra à refléter la confusion que j'éprouve et qu'elle me fournira une explication plus détaillée.

— Combien de temps ?

Elle relève les yeux de son portable.

— Tu es avec nous depuis quelques jours.

Quelques jours. Cette nouvelle me déconcerte. Je suis donc restée inconsciente aussi longtemps. J'ai été sur mes gardes pendant tant de mois que l'idée d'une telle vulnérabilité me terrifie.

— Je ne suis pas à ReCorp, alors ?

Une fois de plus, les contours des syllabes manquent de précision, néanmoins elle semble me comprendre.

— Non.

Je m'abandonne à nouveau à l'étreinte du matelas et ferme les yeux.

La lumière n'a pas changé.

J'ignore combien de temps s'est écoulé, mais la femme a quitté la pièce. Il y a un homme. Il a une dizaine d'années de plus que moi et il est assis dans le fauteuil, il fait défiler des pages sur l'écran de son portable. Je l'observe un instant, profitant qu'il n'ait pas remarqué que je suis réveillée. Dès qu'il redresse la tête, je me dépêche de fermer les paupières, malheureusement je ne suis pas assez rapide.

— Bonjour, je m'appelle Robertson.

Sa voix est grave et apaisante. Je suppose qu'il sait qui je suis... Je ne lui réponds donc pas. Il vérifie les différents moniteurs, avant de m'annoncer qu'ils ont réduit le dosage de RestaPure.

— Tu en as reçu une telle quantité, il faut la diminuer progressivement pour procéder à un sevrage efficace. Tu vas presque pouvoir t'en passer. Tu devrais te sentir bien mieux.

Il a raison. Je m'assieds et mon corps me répond facilement. Je me demande si je peux me lever... Je fais basculer mes jambes hors du lit.

— Attention, me dit-il en tendant le bras pour m'aider.

Je porte une blouse d'hôpital et je ne vois nulle part les vêtements que je portais.

— Qui m'a amenée ici ?

Après être restée debout quelques instants sur mes jambes flageolantes, je décide de me rallonger.

— Jerome ne va pas tarder, me promet-il. Il va tout te dire.

Il y a un plateau-repas dans un coin de la pièce. Robertson remarque que j'ai posé les yeux dessus.

— Je vais te l'apporter, tu dois avoir faim.

Je n'avais rien mangé d'aussi bon depuis une éternité. La nourriture réveille elle aussi le souvenir de Halston et, l'espace d'un instant de déraison, je m'imagine que, peut-être, je n'ai jamais quitté mon école. J'ai simplement été malade, peut-être plongée dans une sorte de coma peuplé d'hallucinations, et je viens tout juste de me réveiller. Je vais pouvoir retourner en cours, retrouver Lark, Miss Margaret, redevenir Fern Marlow, une Lotto Girl. Je m'assieds bien droite et regarde autour de moi.

— Tu te souviens un peu des circonstances dans lesquelles tu es arrivée ici ?

C'est le cas, pourtant je ne réponds pas. Je ne dirai rien tant qu'il ne m'aura pas expliqué où je suis et ce que je fais ici. Je continue à manger sous ses yeux.

Je me rappelle le fracas de la pluie sur la passerelle de béton, les trombes d'eau sur ma peau lorsque les deux hommes ont forcé la porte de ma chambre.

— Où est-ce que vous m'emmenez ? leur ai-je demandé.

Ils m'ont pris mon portable, et j'ai tout de suite compris que c'était mauvais signe.

— Rendez-le-moi ! ai-je hurlé, en essayant de l'arracher à l'homme qui le tenait, mais l'autre s'est interposé, m'acculant contre le mur.

Il braquait sur mon crâne un boîtier capable de me neutraliser. J'étais prise au piège.

— C'est bon ? me lance Robertson en désignant le plateau-repas.

Je le dévisage. « Tu n'es pas mon ami, songé-je. N'essaie pas de prétendre le contraire. »

— Je peux t'avoir du rab, offre-t-il.

Je hoche la tête.

Le temps s'écoule sans un bruit, je garde les yeux rivés sur la porte. Quand elle coulisse, un autre homme entre dans la pièce. Il est plus vieux que Robertson, grand et mince, doté de traits délicats – des pommettes prononcées et une mâchoire bien dessinée. Il attend que Robertson retire le plateau vide avant de déposer celui chargé de nourriture devant moi.

— Ce sera tout.

Avec ces petits mots, il le congédie, d'un ton qui interdit toute protestation. Robertson s'éloigne pendant que le nouveau venu étudie les données sur l'écran du moniteur.

— Je suis Jerome, m'informe-t-il.

Il s'assied à côté de mon lit, croise ses longues jambes et m'observe, attendant peut-être que je me tourne dans sa direction.

— J'ai entendu dire que tu avais des questions, ce qui n'a bien sûr rien d'étonnant.

Il parle lentement, d'une voix chaude, chaque mot se prolonge légèrement dans sa bouche. Ses intonations ont quelque chose d'hypnotique. À contrecœur, je le regarde.

— Je suis plus que disposé à t'apporter toutes les réponses dont je dispose. Et j'essaierai de t'expliquer de mon mieux pourquoi je ne peux répondre à certaines autres.

— Où suis-je ?

— On commence par une question facile, alors.

Malgré un petit sourire, il demeure factuel.

— Là où est ta place, ajoute-t-il.

Il me regarde comme si ce qu'il me disait était limpide et ne provoquait aucune confusion en moi.

— À Halston ?

Il secoue la tête.

— Même si je suis sûr qu'un transfert pourrait être organisé. Dans quelque temps. Tu es de retour chez BioPerfect, dans l'une de nos installations les plus perfectionnées.

— Je suis en danger ?

Je ne cherche pas à dissimuler ma lassitude. Mes idées sont embrumées et j'ignore ce qu'il sait. Son sourire est chaleureux.

— Pourquoi diable serais-tu en danger ? Nous sommes très heureux de t'avoir récupérée. Nous avons investi beaucoup de temps et de données en toi, Fern Marlow. Tu es un membre important de la famille BioPerfect. Tout ce que tu as traversé est profondément regrettable, mais tu sembles avoir remarquablement bien résisté. Et, cela va de soi, nous comptons sur toi pour nous faire un récit le plus détaillé possible. Nous débuterons bientôt les séances.

— Pourquoi ai-je été endormie ?

— Nous devions te sortir de là le plus vite et le plus discrètement possible. Quel endroit... ajoute-t-il en secouant la tête.

C'est drôle comme je frémis en l'entendant dénigrer le camp. Il jette un coup d'œil par-dessus son épaule.

— Tu as de la visite... Quelqu'un qui est très impatient de te revoir. Quelqu'un que tu seras, j'en suis certain, très heureuse de revoir toi aussi.

À la fin de sa phrase, la porte coulisse et je la découvre, hésitante et méconnaissable. Lark, plus maigre que jamais, fragile et terrifiée. J'ouvre la bouche pour parler mais aucun son n'en sort. Je me lève sans m'en rendre compte et écarte les bras.

Je ne pensais pas la revoir un jour. Je mesure aujourd'hui, avec le recul, que j'avais abandonné tout espoir, et je suis submergée par l'émotion en la voyant là, devant moi. Jerome aussi s'est levé, il nous regarde nous étreindre.

— Elle trépigne d'impatience depuis ton arrivée, me dit-il. Je vous laisse discuter.

La porte se referme derrière lui, et je me retrouve seule avec Lark. Elle s'assied à côté de mon lit et prend ma main dans la sienne.

— Tu as l'air en forme. Tout le monde est surpris par ta santé de fer… sauf moi.

Son sourire est si doux.

— Ils m'ont anesthésiée. Je n'ai pas pu bouger ou parler jusqu'à maintenant.

Je la regarde dans l'espoir d'obtenir une réponse, un indice de ce qu'elle sait, n'importe quoi… Notre conversation est sans doute écoutée. Je n'en ai pas la moindre idée. Je dois la laisser me guider.

— Tu es là depuis combien de temps, Lark ?

Après avoir jeté un coup d'œil dans la pièce, elle me répond :

— Je suis arrivée dans ce centre il y a deux jours… pour te voir je suppose. Ça fait plusieurs mois que je suis de retour chez BioPerfect.

Elle baisse les yeux sur ses genoux, s'agite. Elle croise puis décroise ses longs doigts fins en parlant. Elle a du mal à soutenir mon regard.

— Où étais-tu ? lui demandé-je.

— PureAqua. Dans un camp des faubourgs. Je devais travailler dans l'une de leurs usines de retraitement. J'avais une chambre, ce qui était une chance par rapport à beaucoup d'autres, mais je n'ai pas réussi à m'adapter à l'environnement. Je suis tombée malade… très malade. La plupart du temps je n'étais pas en état d'aller travailler. Je me suis retrouvée à cours de données, de nourriture, d'eau. J'étais aux abois.

Ses yeux brillent.

— Je n'ai jamais eu ta résistance, Fern. Et je ne m'étais pas entièrement remise quand ils nous ont emmenées. J'ai cru que je n'allais pas m'en sortir...

Elle perd sa voix, mais il n'y a plus grand-chose à dire. Je me rappelle mes premiers mois à ReCorp. La solitude, la peur au ventre... C'était déjà si difficile sans la maladie et la faim.

— Je crois que je suis devenue folle, reprend Lark en se mordillant la lèvre inférieure, qui blanchit sous ses dents. J'avais des hallucinations. J'ai révélé à tout le monde ma véritable identité. Je n'ai pas réussi à garder le secret. Je serais morte si j'avais obéi.

Elle se penche vers moi et me murmure presque :

— Ils ne sont jamais venus nous chercher, Fern. Jamais.

Je sais. Cette idée me tourmente aussi, elle me ronge constamment.

— BioPerfect avait des agents lancés à notre recherche, partout.

Elle est si pâle que j'aperçois les fines veines sur sa tempe.

— Sans eux, je serais morte. J'ai tellement parlé... Je parlais à tous ceux qui étaient prêts à m'écouter, en réalité. Ça n'a pas été très dur de me retrouver.

Son sourire est triste maintenant.

— Ils voulaient nous récupérer, et ils proposaient une récompense à ceux qui pourraient les mettre sur notre voie... Je ne suis restée là-bas que quelques mois. Je ne sais plus très bien combien de temps exactement. J'ai passé presque tout le temps à délirer. À mon retour, j'étais squelettique – j'ai vu des photos... Je ne savais plus très bien qui j'étais, où j'étais... plus rien.

Je me redresse dans mon lit pour lui prendre la main. Je ne pense pas qu'elle me mente. Tout ce qu'elle raconte est imprégné de vérité. Ses paroles sont néanmoins parcourues d'un courant sous-jacent, et j'ai le sentiment qu'il risque de m'entraîner dans des eaux troubles.

La porte coulisse et Robertson nous rejoint. Il vérifie les niveaux sur mon moniteur.

— Je crois qu'une promenade te ferait du bien. Ton corps semble entièrement purgé des dernières traces de RestaPure. Lark pourrait t'emmener dans le jardin.

Je lui réponds que j'ai besoin de vêtements, et il me montre la penderie dans un coin de la pièce.

— Il y a tout ce qu'il faut là-dedans. Nous avons dû nous débarrasser de ce que tu portais à ton arrivée ici, malheureusement. Les habits étaient sales et sans doute contaminés. Je suis sûr que tu comprendras.

Mes jambes sont plus faibles que je ne le soupçonnais, et Lark me soutient pendant que je m'habille. J'aperçois notre reflet dans le miroir. Je n'ai jamais été aussi mince, et pourtant, je reste tellement plus solide qu'elle... Je n'ose imaginer l'état dans lequel elle se trouvait.

Robertson a laissé la porte ouverte en partant, et Lark me prend le bras. Il n'y a que quelques pas à faire pour rejoindre le jardin, mais j'arrive épuisée. Elle m'entraîne vers un banc à l'ombre.

— Tu pleures, me glisse-t-elle à l'oreille.

Je ne m'en étais même pas rendu compte. Je n'avais pas vu une telle beauté depuis si longtemps. L'air est aussi doux que la caresse de la soie sur ma peau, le ciel est de ce cobalt parfait que j'ai connu à Halston, un bel aplat pur. Je retire mes chaussons et laisse le gazon me chatouiller la plante des pieds, c'est délicieux.

— Regarde, dis-je en me baissant pour ramasser un brin d'herbe.

Le vert est incroyable, une minuscule goutte de sève blanche perle à son extrémité. Je fais rouler le brin entre mes doigts et respire son odeur sucrée. Une odeur d'été, ou celle de la peau de Chimo – je rougis à ce souvenir. Je me demande s'il m'a trahie en fin de compte, ou si c'est Sala qui m'a échangée pour récupérer son frère. Je lève les yeux vers le feuillage d'un arbre qui se balance discrètement au-dessus de nos têtes. Son bruissement évoque celui d'une guirlande de Noël.

— J'ai composé des morceaux, me dit Lark. J'avais perdu foi dans ma musique, mais ça revient lentement.

Elle observe le fond du jardin.

— Ivy est ici, aussi ?

— Non… Je ne sais pas où elle est.

Après avoir pris une profonde inspiration, Lark se tourne vers moi.

— Ils affirment que tout ce que nous ont raconté Miss Margaret et Rahim était un mensonge. Cela faisait partie d'un projet de contestation plus vaste. D'après eux, on ne peut pas croire un seul mot de ce qu'ils nous ont dit. On est vraiment des Lotto Girls, on a été dotées de modifications génétiques sélectionnées avec soin. Nos dons en sont la preuve évidente.

Je cherche sur son visage un indice de ce qu'elle pense réellement, et je n'en trouve aucun.

— Tout le temps que j'ai passé à PureAqua, je ne supportais pas de penser à la musique. Je n'étais rien. Enfin, plutôt, c'est ce que je ressentais, ce que je croyais après avoir appris qu'il n'y avait pas eu d'intervention sur nos gènes. Je me rappelle, une nuit, j'ai voulu écrire un air et les notes ne formaient qu'une cacophonie horrible, comme si je jouais sur un clavier aux touches cassées, désaccordé. J'étais bouleversée. J'ai essayé de me dire que j'étais ridicule, que rien n'avait réellement changé. Même si je n'avais pas été l'objet d'une conception spéciale, j'avais bénéficié de tels privilèges, j'avais reçu une telle éducation... Ma musique venait de là. Pourquoi est-ce que cela aurait été moins bien ? J'étais plongée dans une telle confusion, un tel désespoir...

Je sais très bien de quoi elle parle. Assise à côté d'elle, je reste silencieuse et la laisse parler.

— J'avais l'impression que tout ce qui me constituait m'avait été arraché. Je ne pouvais plus compter sur la chance que j'avais eue en tant que Lotto

Girl. Je me retrouvais à faire partie de l'immense monde ordinaire, de tous ces gens qui se débattaient pour survivre. Je me reprochais ces horribles pensées. Pourquoi avais-je ce besoin d'être unique ? Et pourquoi ce sentiment dépendait-il uniquement de BioPerfect ? Je n'arrivais pas à trouver la solution à ce problème. J'avais la musique avant, pourquoi m'avait-elle désertée ?

« Et puis, peu après avoir été évacuée, j'ai été prise d'une terrible fièvre. Je délirais, je passais de la conscience à l'inconscience. J'ai entendu des chants. J'ai cru que c'était dans mon imagination. La voix était si merveilleuse, elle couvrait tous les bruits du camp, elle m'enveloppait telle une barbe à papa aérienne, et la tristesse qu'elle exprimait s'est insinuée en moi, m'a lestée telle une ancre.

« J'ai bien cru qu'il fallait l'attribuer à la fièvre, même si j'avais envie que ce soit réel. Je le voulais désespérément. Par je ne sais quel miracle, j'ai réussi à sortir de ma chambre à quatre pattes et j'ai exploré le palier à la quête de ce son. J'ai dû m'évanouir plusieurs fois, mais chaque fois que je revenais à moi, la voix était toujours là, elle m'appelait à elle.

Lark sourit, secoue la tête à ce souvenir.

— Trois chambres nous séparaient. J'avais pourtant l'impression d'avoir rampé sur des kilomètres. Je me suis allongée devant sa porte et je l'ai écoutée. Quand j'ai repris conscience, une jeune fille était penchée au-dessus de moi, elle me rafraîchissait le front.

« Je lui ai demandé quelle était cette chanson, et elle m'a répondu que c'était celle que sa mère lui fredonnait lorsqu'elle était enfant. Elle a bien voulu l'entonner à nouveau, pour moi.

« Allongée dans sa chambre, j'ai senti mon amour de la musique renaître. Peu importait sa source, c'est ce que j'ai compris à ce moment-là. Il y a eu tellement de débats dans nos vies sur les circonstances de notre existence… Au fond, quelle importance ?

Lark murmure à mon oreille maintenant, me prend la main. Devant moi, une ombre apparaît et je relève la tête.

— Je suis désolé de vous interrompre, nous dit Robertson. Jerome aimerait te soumettre à certains tests dès cet après-midi, Fern. Il pense qu'il vaut mieux que tu ne sois pas trop fatiguée. Lark pourra revenir te rendre visite prochainement.

— Quels tests ?

Lark me serre la main, et je n'arrive pas à savoir s'il s'agit d'une mise en garde ou d'un adieu.

— Ils veulent s'assurer que tu t'acclimates bien.

Elle me lâche la main avant d'ajouter :

— J'ai subi toute une batterie de tests à l'époque, moi aussi. J'étais dans un état catastrophique.

Elle sourit à Robertson, qui confirme d'un signe de tête.

— Je vais vous raccompagner, propose-t-elle.

Il retourne avec nous dans ma chambre. Lark me tient le bras tout le long du trajet.

Jerome est à mon chevet quand je me réveille.

— Tu as bien dormi, remarque-t-il.

Je me redresse aussitôt : l'idée d'avoir été, une fois de plus, observée à mon insu me répugne.

— Tous tes résultats sont bons. Tu es un cas fascinant. Je ne crois pas avoir jamais vu un organisme capable de s'adapter à une telle variété d'environnements. Ainsi que tu t'en doutes, je le suppose, ton profil génétique a suscité beaucoup d'intérêt. Indépendamment de l'aspect purement physique, il y a un ensemble de tests auxquels nous aimerions te soumettre pour voir comment tu réagis à certains problèmes, comment tu te comportes dans des situations inédites, en présence de nouvelles personnes. Je crains que cela puisse être bouleversant par moments. Tu participeras activement à certains de ces tests... et, parallèlement, nous réunirons des données sur ton compte pendant que tu vis ta vie au quotidien, à ton insu. Je ne vais pas m'en excuser. Tes parents savaient pour quoi ils signaient quand ils ont remporté la loterie.

— Est-ce que le contrat n'est pas dénoncé s'ils ont été trompés sur la marchandise ?

Il me sourit.

— Nous devrions peut-être commencer par évacuer tes interrogations.

Croisant les bras, il ajoute :

— Je sais ce que tu as appris. Nous avons discuté avec Lark, tu t'en doutes. Il vaut peut-être mieux que je te laisse me poser toutes les questions qui te travaillent.

Je lui réponds que je préfèrerais être levée et habillée pour avoir cette conversation, que je me sentirais plus à l'aise. Lorsque Jerome revient, je l'attends sur l'un des fauteuils près de mon lit.

— Mes parents sont-ils toujours en vie ?

Je ne m'attendais pas à ce que ce soit ma première question, et je suis surprise par l'expression de ce manque, dont je n'avais pas conscience.

— Malheureusement non. Je suis certain que tu es au courant, l'existence peut être difficile pour certains dans les camps périphériques. Le travail est dur. Les ressources sont rares. Les environnements sont rudes. Les gens moins bien armés. Quand tu as disparu, tes parents ont été, et c'est compréhensible, très ébranlés. Bien sûr, nous avons fait tout ce qui était en notre pouvoir pour les aider. Les familles des Lotto Girls font partie de la grande famille BioPerfect. Nous leur avons fourni les meilleurs médicaments possible, de la nourriture de qualité, et nous les avons même emmenés dans l'un de nos centres médicaux. Je crois qu'ils avaient le cœur brisé. Ton père est parti le premier. Ta mère l'a suivi rapidement.

Après un moment de silence, il me présente ses condoléances les plus sincères.

Je m'apprête à l'interroger sur mon frère, mais je me ravise à temps. J'ignore ce qu'ils savent, et je n'ai aucune envie de leur livrer malgré moi la moindre information.

— Qui vous a dit où me trouver ?

Il réfléchit à ma question un moment.

— Un jeune homme... Chimo ?

Il attend une confirmation ; je hoche la tête.

— Il ne nous a pas dit où tu étais. Nous lui donnions de l'argent en échange d'informations. Il nous adressait des rapports réguliers, nous renseignait sur tout ce qu'il entendait. Nous avons des agents partout. C'est une affaire délicate, deviner qui dit la vérité, et qui ment. Plusieurs rapports nous laissaient supposer que tu te trouvais à ReCorp, et une rumeur nous a conduits à penser qu'il était au courant. C'était suffisant pour l'interroger. Il a prétendu qu'il ne te connaissait pas, toutefois nous avions des éléments et nous ne l'avons pas lâché.

Malgré moi, je me réjouis. Je ferme les yeux et j'essaie de sentir son odeur, la cannelle sur sa peau, la caresse de ses lèvres sur les miennes. Peut-être que tout en lui n'était pas trahison.

— Quand sa sœur a appris que nous le détenions, elle a négocié avec nous. Elle nous a dit où te trouver en échange de son retour.

— Vous l'avez libéré ?

— Bien sûr.

— Mes réactions sont examinées en ce moment ?

Il hoche la tête. Je me demande si une telle franchise a pour but de me persuader de croire les prochaines réponses qu'il me fera.

— Et Miss Margaret ? Et Rahim ? Vous savez où ils se trouvent ?

Il me dévisage.

— Ce qui, naturellement, nous conduit à une question beaucoup plus générale.

Cette fois, c'est moi qui hoche la tête.

— Avez-vous été conçues dans nos laboratoires, toi, Lark, Wren et Ivy, ou n'étiez-vous qu'un leurre pour masquer un projet beaucoup plus révolutionnaire ? Une tentative pour saper le marché conquis par BioPerfect ? Car, tu l'as sans doute compris, les revenus générés par le département génétique sont loin d'être vitaux pour l'entreprise. Rares sont ceux à pouvoir s'offrir ces services. Mais ce que cela représente pour les gens, ce que nous sommes capables de faire avec la vie, les rêves que nous vendons... Tout cela est capital. Et, bien sûr, les informations que nous tirons de ces recherches sont très précieuses. Leur valeur ne doit d'ailleurs pas être sous-estimée. Frapper au cœur de ce département, remettre en question sa validité, c'est nous exposer à un véritable risque de récession. Les gens pourraient commencer à songer qu'il vaut mieux investir leur argent dans l'éducation, les compétences parentales. Ils pourraient se dire que la biotechnologie n'est pas la solution, que ce n'est pas la bonne réponse à l'Effondrement. Ils seraient dans le faux, bien sûr. Je le sais. Tu le sais. La manipulation génétique doit garder la primauté. Ils t'ont dit que ton profil n'avait pas été modifié. C'était un mensonge.

— Quel intérêt avaient-ils à me mentir ?

Il m'arrête d'un signe de la main.

— Laisse-moi poursuivre.

J'obtempère.

— Tu le sais, ils possédaient un large réseau, comme nombre d'organisations contestataires, mais le leur était particulièrement puissant et bien organisé. Néanmoins, j'ai du mal à imaginer qu'il ait pu être assez répandu pour mettre en œuvre un tel subterfuge...

« Quoi qu'il en soit, nous avons réussi à remonter la piste de Rahim. Lui aussi, il se cachait. Pas très loin de toi, d'ailleurs. Dès que nous avons entendu parler de ce complot, nous avons employé toutes nos ressources à le retrouver. Nous l'avons interrogé, et nous n'avons pas cherché à le malmener autant que tu pourrais l'imaginer. Si son projet avait abouti, ses résultats auraient pu nous intéresser, vois-tu.

Nous ne les aurions pas nécessairement publiés, néanmoins ça nous aurait fourni des informations sur la valeur de l'éducation et du milieu social que nous avons recréés. En bref, nous voulions savoir, ce qui était assez naturel.

« Le projet était bien plus complexe qu'on a voulu te le laisser croire. Rahim et d'autres chercheurs menaient une expérience dont vous faisiez partie. Malheureusement pour eux, ça a mal tourné. Ils avaient prévu de ne modifier l'ADN que de deux d'entre vous et de ne pas toucher aux deux autres. J'imagine que tu l'auras compris toute seule, Lark et toi avez été manipulées. Wren et Ivy, non.

« Ils voulaient aussi évaluer l'impact de la foi dans la conception génétique sur le développement personnel. Et pour ce faire, ils souhaitaient voir si, en vous persuadant que vous n'aviez pas été modifiées, votre développement en serait sensiblement changé. Leur intention était de tout vous révéler lors de vos dernières années à Halston et de mesurer les conséquences pour chacune d'entre vous. Mais, tu le sais, le groupe a découvert que nous étions à sa recherche et a dû se cacher. Rahim a dû vous expliquer pourquoi vous aviez été enlevées, pourquoi vous étiez entrées, de force, dans la clandestinité. Cette question a suscité des débats, je crois. Au final, la décision a été prise de vous dire, à Lark et à toi, que vous n'aviez pas subi de modifications génétiques, comme les autres. À leurs yeux, c'était le meilleur moyen de vous contraindre au silence, et d'éviter qu'ils ne soient démasqués.

J'ai besoin de temps pour digérer ses mots. Je me penche vers lui et le dévisage.

— Vous êtes en train de m'expliquer que Lark et moi, on a été modifiées, mais pas Wren et Ivy ?

— Oui.

— Où est Ivy ?

Jerome hausse les épaules.

— Nous n'en savons rien, mais ça n'a, de toute façon, pas grande importance. Elle était celle qui avait le plus nettement échoué. L'absence d'intervention génétique était flagrante depuis le début, et l'environnement de Halston n'a pas amélioré les choses. Nous avons rapidement reçu des rapports. Les enseignants ne s'expliquaient pas pourquoi elle s'en sortait aussi mal. Ils s'inquiétaient et nous aussi. Nos soupçons ont été éveillés dès le départ. Il avait dû y avoir un problème, cependant nous avons ignoré lequel pendant un bon moment. Elle a beau nous être utile, elle est la preuve manifeste des limites du pouvoir de l'environnement sur un profil défectueux. Pour le dire plus franchement, Ivy n'est pas notre priorité.

— Et Rahim ? Où est-il maintenant ?

— Je crains qu'il n'ait été effacé. Ça représente une perte terrible pour nous. Il était très brillant. Nous avons gravi les échelons ensemble.

Si les mots de Jerome expriment du regret, son visage demeure aussi impassible que jamais.

— Et Miss Margaret ?

Il me dévisage avec curiosité. Alors, j'ajoute :

— J'ignore où elle est…

— Nous la retrouverons, m'assure-t-il. Je n'ai aucun doute là-dessus. Nous la retrouverons.

Ils me testent en permanence. Examens de sang, échantillons d'urine ou prélèvements de peau.

Le premier jour, Jerome m'explique que le résultat ne sera ni bon ni mauvais, il s'agit simplement de récolter des informations. Je hausse un sourcil et demande :

— Et qu'est-ce qui se passe si je refuse de participer ?

Il est perplexe.

— Personne ne braque un pistolet sur ta tempe, Fern. C'est ta vie et elle t'a toujours appartenu. Mais quel meilleur moyen vois-tu de lui donner un sens qu'en contribuant à l'avancée scientifique ? C'est excitant. Nous devrons te revoir régulièrement pour avoir une vision évolutive de ton cas.

Une flopée de psychobiologistes se chargent des examens psychologiques et des tests de QI. Des jeunes hommes et des jeunes femmes me rendent visite, d'abord dans le centre d'observation, puis dans l'appartement où j'emménage une fois que mon état a été jugé suffisamment stable. Je réponds à des questions, je réagis à des stimuli, je participe à des conversations, j'analyse des problèmes et, parfois, j'en pose quelques-uns. La plupart du temps j'obéis docilement aux instructions. Souvent, les défis qu'on me présente m'amusent. Parfois, je les conteste.

Mes résultats sont enregistrés, comparés, étudiés et rarement portés à ma connaissance.

— Tu t'en sors bien, m'apprend Jerome. Je suis certain que tu pourrais retourner à Halston pour ta dernière année si c'est ce que tu souhaites. Autrement, nous pourrions envisager un stage en entreprise.

Je lui dis que j'aimerais prendre le temps de réfléchir.

Il me rend visite dans mon appartement, il apporte à dîner. Une nouvelle gamme de repas BioPerfect. Ainsi qu'un cadeau : de vrais œufs et du miel. En tenant un de ces œufs au creux de ma main, je repense aux aliments que Marcus faisait pousser et que Hamish cuisinait. La coquille est lisse, fragile, délicate.

Jerome est surpris par la sincérité de mon enthousiasme – et il l'est encore plus de voir que je sais les préparer à l'ancienne.

Pendant le dîner, il me demande à nouveau si j'ai envie de retourner en cours. À une époque, j'aurais donné n'importe quoi pour me retrouver à Halston. Plus maintenant.

— Je suis sûr que tu es impatiente de reprendre ta place dans le monde, mais je comprendrais très bien que tu préfères un stage. Quelque chose de parfaitement adapté à ton don. Le choix t'appartient.

— Alors les tests sont terminés ?

— On aimerait prolonger le monitoring indéfiniment. Comme je te l'ai annoncé, certains tests continueront à avoir lieu à ton insu, alors que d'autres requièrent ta participation active. Tu constitues une source d'information fascinante pour nous. Plusieurs de nos équipes tentent de discerner la combinaison génétique précise ayant abouti à une aussi bonne santé – une qualité précieuse, et que nous pourrions vendre à prix d'or. De plus, nous n'avons jamais eu l'occasion de réunir des données sur l'impact d'un environnement difficile sur un être modifié.

« Ce qui est intéressant, dans ton cas, c'est que ton organisme ne semble absolument pas affecté... Il s'est même renforcé. Tes compétences analytiques sont encore plus développées, si on les compare à tes derniers résultats à Halston. Ta capacité à lire dans les autres et à formuler les messages les plus percutants s'est affinée. Et personne ne filtre les informations comme toi.

Il hausse les sourcils pour exprimer le respect que je lui inspire.

À une époque, ses mots m'auraient emplie de fierté, j'aurais rougi d'une telle réussite. Aujourd'hui, non seulement je ne suis pas certaine de le croire, mais je ne sais plus très bien ce qui nourrissait cet orgueil. Quels succès étaient vraiment de mon fait ?

Quand j'ai appris qu'on avait été manipulées, Lark et moi, qu'on n'était pas *rien*, contrairement à ce que j'avais pensé à une époque, j'ai été surprise de ne pas éprouver plus de joie. Pendant si longtemps, à ReCorp, j'avais rêvé que tout ce que Rahim et Miss Margaret nous avaient dit était un mensonge. J'avais rêvé de redevenir Fern Marlow, une Lotto Girl. J'avais eu le sentiment d'être minable puisque je n'avais pas reçu la bénédiction de la chance.

Et puis, à force d'évoluer dans un monde si étranger avec une force et une assurance croissantes, j'avais commencé à éprouver une nouvelle forme de fierté. Je découvrais que j'étais capable d'être plus solide, plus résistante, comme Chimo et Sala, sans doute, agile et douée pour la survie. Et pourtant, même en me familiarisant avec ce nouveau *moi*, je me suis aussi rendu compte que, manipulée ou pas, je serais toujours un produit de la chance – chance que les gènes de mes parents m'aient dotée d'une aussi bonne santé, chance que mes qualités aient été affûtées par mes années à Halston. Je ne savais pas si je pouvais revendiquer le moindre de mes succès – en tout cas pas dans leur totalité. Tout ce que j'avais fait, tout ce que je ferais, serait toujours la partie d'un tout plus grand, à la fois amplifié et limité par les circonstances. L'effroi que m'avait inspiré la révélation de Rahim se dissipait peu à peu… À tel point que, par moments, je m'interrogeais sur la détresse que j'avais ressentie.

Au moment où Jerome prend congé, je lui annonce que je ne sais pas encore très bien ce que je veux.

— Tant d'événements se sont succédé, j'ai connu tellement de changements... J'ai besoin de réfléchir.

Mon comportement a été irréprochable. Je le sais. Il le sait.

— Bien sûr, me répond-il. Prends le temps nécessaire.

J'ai dit à Jerome qu'il me fallait du temps, mais ce n'était pas pour réfléchir aux options qu'il m'avait proposées. Ma décision est toute prise. Je ne veux pas retourner à Halston. J'aurais pu le lui dire ce soir-là, quand il m'a rendu visite.

Je ne sais plus qui je suis. Je sais, en revanche, que je suis fatiguée d'être un message, une preuve qu'on brandit, le symbole des deux versants d'une même pièce. Je ne sais pas qui dit la vérité et, chaque fois que je tente de démêler le vrai du faux, l'écheveau m'échappe des mains. C'est ce que Lark essayait de m'expliquer lorsqu'elle m'a raconté l'histoire de cette chanson qu'elle adorait, vers laquelle elle a rampé, attirée par la joie et la tristesse que celle-ci exprimait, prenant soudain conscience que les circonstances de sa venue au monde n'avaient aucune importance.

Je consacre mon temps libre à enregistrer ce récit — des mots et des images auxquels, seule, j'ai accès.

Et à fabriquer mes boîtes – celle sur laquelle je travaille en ce moment représente un petit hamac suspendu dans un camp très loin d'ici, contenant deux personnes enlacées, endormies, absentes au monde. Et tout ce temps-là, je réfléchis à ma décision. Il n'est pas question, cependant, de savoir si je vais retourner en cours ou rejoindre une des filiales de BioPerfect. Ma réflexion porte sur quelque chose de plus vaste, de si vaste que je ne suis même pas certaine de pouvoir le définir, au début. Je sais seulement que c'est l'essentiel.

Lark va bientôt partir. On se voit presque tous les jours. Elle écoute de la musique pendant que je regarde des émissions. Nos discussions sur les révélations de Jerome ont été brèves. Si elle connaît des doutes, elle ne les exprime pas. Moi non plus.

Elle vit dans un arrondissement du centre et enseigne la musique.

— Ça me plaît, me dit-elle. Les enfants ont soif d'apprendre et ils sont délicieux la plupart du temps.

Avec un sourire, elle ajoute :

— Je ne sais pas si je me produirai un jour en public ou si j'arriverai à composer les pièces dont je rêvais, mais je ne suis pas sûre que ce soit très grave. Je n'ai jamais été très ambitieuse.

La veille de son départ, elle vient me voir. On s'assied dans la cour de mon immeuble pour profiter de la douceur de la soirée, sous un ciel luisant d'étoiles. J'aimerais qu'on puisse discuter sans crainte d'être espionnées.

Elle me raconte qu'elle a travaillé sur une chanson, qu'elle a essayé de reconstituer celle qu'elle avait entendue à PureAqua. Elle aimerait me la faire écouter.

Je suis surprise de la voir monter le volume au maximum, elle se plaint que l'appareil fonctionne mal. Puis elle m'attire vers elle. Je ne lui ai jamais vu un air aussi paniqué. Elle m'explique qu'on a très peu de temps si on ne veut pas éveiller les soupçons.

— Fais confiance à Robertson, me souffle-t-elle. Il t'aidera.

Elle baisse aussitôt le volume en éclatant de rire.

— Je suis bête, j'ai mal regardé ! Tu avais raison, c'est ma faute. Je suis désolée. Je vais recommencer.

Elle me passe le morceau.

— C'est très beau, Lark.

— J'ai presque réussi à recréer ce que je voulais... ce n'est pas encore tout à fait ça.

Elle fredonne doucement, lève les yeux vers le ciel.

— J'ai bien retrouvé la tristesse, pas la joie. Il faut les deux, elles s'éclairent respectivement.

Avant de manger, elle avale plusieurs doses de médicaments avec une grimace.

— Apparemment, mon système immunitaire est détruit. Il n'a pas supporté les changements environnementaux que j'ai traversés. Ça me permet de rester en vie, dit-elle en montrant les comprimés.

En tout cas, c'est ce qu'on t'a raconté...

Elle me demande quelles sont mes intentions, et je regrette de ne pas pouvoir lui parler de mon idée, aussi vaporeuse qu'un nuage au début, puis qui s'est concrétisée. Ses contours ne sont pas encore entièrement définis, mais elle se précise. Je me contente de lui annoncer que je vais accepter un stage.

— Je n'ai pas envie de retourner à Halston. Ce serait trop bizarre sans toi, les autres et Miss Margaret.

— Je sais, dit-elle en vrillant sur moi ses yeux brillants. Tu pourrais réclamer un travail près du mien. On pourrait être voisines, se voir souvent…

Elle laisse la fin de sa phrase en suspens. Elle le sait aussi bien que moi : ça n'arrivera jamais. Ils avaient besoin de sa présence ici pour me rassurer, pourtant, notre proximité sur le long terme serait trop dangereuse. Chacune alimenterait les doutes de l'autre, on se fortifierait mutuellement.

On s'étreint pour se dire au revoir. Quand je la regarde s'éloigner, je me sens aussi seule qu'à mon arrivée à ReCorp. Je ferme la porte sur la nuit et m'installe chez moi, décidée à ne pas me laisser submerger par la peur et la confusion. Je suis plus forte que je ne le crois. Je lève les yeux vers l'immensité du ciel et respire profondément, ainsi que Miss Margaret nous a appris à le faire autrefois.

Jerome m'informe que j'ai une place dans le laboratoire de communication de la Circonscription Centrale 2. Je travaillerai avec une femme du nom de Marlina, qui a aussi été formée à Halston et à qui l'on doit de nombreux récits fondateurs de BioPerfect – tous ayant rencontré beaucoup d'écho auprès du public. Il en a chargé certains sur mon portable, pour que je puisse en prendre connaissance sur le trajet.

— Un nouveau chapitre de ton existence débute, me dit-il en me serrant la main. Je suis impatient d'avoir des nouvelles de ton évolution au sein de l'entreprise.

Je lui ai demandé à faire un détour en chemin. Il a hésité au début. Puis il a fini par accepter de réfléchir, et je ne me faisais pas beaucoup d'illusions. Pourtant, le matin de mon départ, il m'apporte une combinaison ProtectaPure.

— Tu dois la mettre. Ce n'est pas parce que tu as un système immunitaire remarquable qu'il faut prendre des risques.

Robertson m'attend à l'arrière du véhicule. Il a aussi revêtu une combinaison, prêt pour notre détour par PureAqua.

Il est, comme toujours, impénétrable. Depuis que Lark m'a glissé quelques mots sur son compte, je n'ai rien dit, rien fait. Peut-être qu'on l'a forcée à me trahir. Je l'ignore. Je reste donc silencieuse, sur mes gardes.

Son portable est posé sur ses genoux et il fait défiler des données tout en me parlant, d'un air distrait, de la vie qui m'attend. Je ne l'écoute que d'une oreille. Soudain, il se penche vers moi.

— Nous n'avons pas beaucoup de temps. J'ai créé un brouillage, il ne tiendra pas longtemps.

Baissant les yeux sur mon portable, je constate qu'il a dit la vérité : je ne peux accéder à aucun contact, à aucune donnée. Pour la première fois depuis que j'ai été emmenée de ReCorp, je ne suis pas sous surveillance. Je suis momentanément submergée par un déferlement d'émotions.

— Ce voyage a une raison précise ? s'enquiert-il.

Je lui explique que je veux voir, une dernière fois, l'endroit où j'ai grandi. S'il est déçu que je ne prévoie pas une action séditieuse, il ne le montre pas.

— Je suis là pour t'aider, me dit-il. Si tu as besoin de quoi que ce soit, n'hésite pas. N'importe quoi.

Je n'ai pas besoin de son aide, pas de la façon à laquelle il pense, mais j'ai un petit service à lui demander. Je veux parler à Lewis, établir le contact, lui faire savoir que je vais bien. J'ai peut-être aussi envie de lui dire au revoir, dans le cas où nous ne pourrions plus nous reparler.

— J'ai besoin de me connecter aux Souterrains. Pas forcément maintenant.

— Nous trouverons un moyen, me promet-il.

Il parle vite, sans me quitter des yeux.

Puis son ton change et il propose de me faire visiter mon nouveau quartier une fois que je serai installée, de me montrer les endroits où je pourrai me procurer de la nourriture et ce dont j'aurai besoin.

— Tout sera à portée de main, c'est très pratique, ajoute-t-il, le visage plus que jamais placide. Bien. Nous sommes à nouveau reconnectés. Je ne comprends pas ce qui s'est passé.

Il consulte une page.

— Le trajet jusqu'à PureAqua devrait être paisible, conclut-il.

Je connais l'adresse de mes parents grâce aux vidéos documentant mes premières années, et grâce à ma fiche d'identité, que j'ai récupérée, maintenant que je suis redevenue Fern Marlow. J'ai des images de notre appartement, de mon père et de ma mère. Mes propres souvenirs de cette époque sont rares. Durant mes premières années à Halston, j'étais déterminée à oublier l'endroit d'où je venais. Mais depuis que j'en suis repartie, j'ai essayé, à toutes forces, d'accéder à ce passé, de retourner dans ce lieu.

Lorsque le véhicule s'arrête et que les portières coulissent, je suis surprise par ma nervosité. Je m'inquiète du gouffre qui s'est creusé entre les souvenirs que j'ai tenté de recréer et la réalité à laquelle je vais être confrontée.

Je traverse la cour, Robertson sur les talons. Les jeunes et les bien portants doivent être au travail, alors que les vieux et les malades restent au camp, pour faire le ménage et la lessive, se disputer et discuter.

Cette cour n'est pas sans rapport avec celle de ReCorp et je sens que le sentiment de familiarité m'aide à respirer un peu mieux.

Il faut emprunter un escalier pour accéder à notre tour. Du linge est suspendu sur les rambardes, un groupe de jeunes enfants jouent sur un palier. L'un d'eux se moque de ma combinaison, et ses camarades ne tardent pas à l'imiter. Ils tirent sur le tissu en ProtectaPure, réjouis par le léger bruissement qu'il produit entre leurs doigts.

— Tu es bizarre, me dit une fillette.

— Je sais.

Ma voix est étouffée par le casque. Je lui demande si elle veut cette tenue ridicule pour en faire un déguisement. Elle n'en revient pas de sa chance quand elle me voit défaire les nombreuses boucles et retirer la combinaison, comme s'il s'agissait d'une peau artificielle.

Derrière moi, Robertson proteste :

— S'il t'arrive quoi que ce soit…

— J'ai grandi ici. J'ai vécu à ReCorp.

Une main posée sur la rambarde, sur les couches de poussière et de crasse, je poursuis l'ascension et j'arrive devant la porte de notre ancien appartement.

— On entre ? me propose Robertson.

Je n'en sais rien. Je reste plantée sur le seuil, sans la moindre idée de la suite.

— Regarde, me dit Robertson en me montrant les châteaux d'eau sur lesquels mon père veillait à une époque.

Je n'ai aucun souvenir de cette vue. Lorsque je me tiens là, sur cette coursive, ce sont les plantes de ma mère que je revois. Je balaie le palier du regard, il n'en reste pas une seule.

C'est Robertson qui frappe.

— Pourquoi pas ? me lance-t-il. On est venus jusqu'ici, autant entrer.

Personne ne répond. Je colle mon visage contre la fenêtre sur la porte pour regarder à l'intérieur. L'ameublement est simple : deux lits pliants, une petite table et, au-delà, un brûleur près d'un évier. Tout est bien rangé, tout est à sa place.

— Qui vit ici ? demandé-je à la fillette qui a enfilé la moitié de la combinaison et m'a suivie à cet étage.

— Ils sont nouveaux, dit-elle avant de rire à cause de l'écho sur la coursive. Je ne sais pas comment ils s'appellent.

— Tu connaissais les précédents occupants ?

Elle secoue la tête et essaie d'enfiler une manche de la combinaison. Robertson suggère de repartir.

— Pas tout de suite.

J'ai sorti mon portable, je prends des photos, j'immortalise la magnificence des châteaux d'eau, le rayon de soleil qui fait briller le mur à côté de moi, la fillette qui rit avec ses amis, les différentes nuances de la rouille dans la cage d'escalier, l'ombre des arbres dans un coin de la cour, l'endroit où Lewis traînait avec ses copains, un chien alangui... Robertson me suit.

Ce n'est qu'au moment où on s'apprête à partir que je l'aperçois : une tache verte près d'une porte. Les feuilles sont légèrement jaunies sur les bords, mais c'est bien une plante.

En me voyant approcher, une vieille femme s'en empare et la rentre dans son appartement.

— Elle n'est pas à moi, se défend-elle.

J'essaie de la rassurer : je ne suis pas ici pour faire régner l'ordre en dépit de ce que mes vêtements élégants et la combinaison ridicule de Robertson pourrait laisser croire.

— J'ai vécu ici, dis-je. Ma mère cultivait des plantes, là-haut...

Un large sourire éclaire le visage de la femme, dévoilant une dent fissurée.

— Jessie ?

Je hoche frénétiquement la tête.

— Elle lui appartenait. Je l'ai récupérée quand ils sont partis, ajoute-t-elle dans un murmure.

— J'ai entendu dire qu'ils étaient morts.

Après m'avoir observée un moment, elle se met à hurler, et je comprends que je ne tirerai rien d'autre d'elle.

— Elle ne va pas bien, me dit un vieil homme, qui émerge de l'ombre d'un porche.

Il la saisit par le bras.

— Là, là, l'apaise-t-il. Là, là.

Sur le chemin du véhicule, je m'arrête un instant et respire. La suie, la crasse, le bruit et la chaleur... Je m'en souviens si bien, voilà ce qui me frappe tout à coup.

— Ne fais pas ça, proteste Robertson. Tu n'as pas de combinaison.

Je secoue la tête avec un sourire.

Plusieurs semaines s'écoulent avant que Robertson ne me donne l'accès que je lui ai demandé. J'aurais pu essayer sans son aide. Je sais comment me connecter aux Souterrains et me repérer rapidement, mais j'étais sous surveillance – je serais une imbécile d'imaginer le contraire – et je n'avais aucune envie de mettre Lewis en danger.

Pendant ces premières semaines, Robertson n'a jamais laissé transparaître une autre facette que celle qu'il présente au monde. Il me retrouve après le travail pour me faire visiter le quartier, comme il l'avait promis.

— Tu fais ça pour oublier ta solitude ? le taquiné-je. Ou parce que tu m'espionnes ?

— Nous préférons parler de surveillance. Nous voulons nous assurer que tu t'accoutumes bien à ce nouvel environnement.

— Tu es très attentionné. Enfin, c'est le cas de tout le monde chez BioPerfect.

Je plonge mes yeux dans les siens sans trahir la moindre émotion. À l'exception de notre bref échange dans le véhicule, on ne laisse jamais rien transparaître, ni lui ni moi.

Il nous arrive de dîner ensemble dans un petit bar de mon quartier. Il propose à d'autres gens de se joindre à nous. Pour m'aider à me faire des amis.

J'attire la curiosité. En tant que Lotto Girl, ce serait de toute façon le cas, mais quand les gens apprennent que j'ai été enlevée, je deviens un objet de fascination.

— Parle-nous du camp, me demande Marcel, intrigué.

— Ta chambre était petite comment ? enchaîne Jennifer.

Je lui explique que sa surface équivaut à trois tables du restaurant.

— Et les moussons ? s'enquiert James. J'en ai entendu parler. C'est incroyable que l'on puisse y survivre. Il y a beaucoup de pluie, non ?

Je suis tentée de prendre un verre sur la table et de le renverser sur sa tête… Je me retiens, bien sûr. Je suis là pour me faire des amis.

Il m'arrive de m'interroger sur la vie que j'aurais eue si j'avais terminé mes études à Halston comme prévu. J'aurais été heureuse d'avoir ce poste. J'aurais été travailleuse et ambitieuse, j'aurais tout fait pour impressionner ma patronne. C'est ainsi que je dois m'efforcer d'être.

Aurais-je installé ma famille près de chez moi ? Me serais-je occupée de mes parents et de mon frère ? Cette question me ronge au beau milieu de la nuit. Peut-être que je me serais contentée de leur envoyer des données, de les maintenir à distance tout en allégeant ma conscience par ailleurs.

Certaines nuits, allongée dans mon lit, je m'imagine être à ReCorp et entendre la pluie. Ou alors je me balance dans le hamac avec Chimo, sous la lourde couverture que faisait l'air nocturne, figé. Je voudrais le serrer, mais mes bras ne rencontrent que le vide, un vide qui creuse un trou dans ma poitrine. D'autres fois, je revois Halston et, dans le noir, je cherche à deviner le lit de Lark, de l'autre côté de la pièce, à l'entendre respirer discrètement, en vain.

Souvent, je me lève pour descendre m'asseoir dans la cour, je contemple le ciel parfait. Je pourrais regarder des flux vidéo, c'est d'ailleurs ce que j'aurais fait à une époque... La plupart du temps je n'en ai pas envie. Puis ma famille revient dans mes pensées. Aurais-je fait venir mon père et ma mère ? J'aime penser que oui, pourtant, si je veux être honnête, je n'en sais rien.

Et Lewis ? Sans doute pas. J'aurais eu trop peur que ses activités subversives m'entachent. Et il aurait refusé de venir, de toute façon.

Je sors mon portable et compulse les flux que j'ai créés ce jour-là avec Robertson, les images du camp, la beauté des petits détails immortalisés... Je les retouche, les mets en forme, les aiguise pour qu'elles correspondent parfaitement à ce que j'ai ressenti, avant de les sauvegarder dans un dossier sous l'étiquette « Unique ».

D'autres nuits, j'appelle Lark.

Elle attend de moi que je la rassure sur mon compte, et c'est ce que je fais.

— Robertson s'occupe bien de toi ?

Comment est-elle au courant ?

— Il s'est occupé de moi, me dit-elle, quand je suis retournée à BioPerfect et quand je suis venue vivre ici.

Elle conserve le silence un moment et, en m'approchant de l'écran, j'aperçois ses joues d'habitude si pâles rosir légèrement.

J'interroge Robertson sur sa relation avec Lark, et il me répond immédiatement qu'il a aussi passé du temps avec elle, pour l'aider à s'installer dans sa nouvelle vie.

— Je sais, dis-je en lui souriant, mais ce n'est pas la question que je t'ai posée.

Il s'agite sur son siège, et ça me fait plaisir de le voir aussi gêné, lui toujours si posé, si calme.

— Il y a quelque chose entre vous deux ?

— Qu'est-ce qui te fait dire ça ?

Je hausse les épaules et mords dans le CroustiSucré qu'il m'a apporté.

— J'ai demandé à être transféré, avoue-t-il, pour me rapprocher d'elle.

Il baisse les yeux vers la table, les relève en secouant la tête.

— Je crois que je suis tombé amoureux.

Sa timidité me le rend sympathique.

— Rien ne te force à t'éterniser ici. Je m'adapte très bien.

— Je vais rester encore un peu.

Je ne réponds rien, je sais qu'il pense à la promesse qu'il a faite de m'aider.

Un jour, Robertson m'attend à la sortie du travail, il est excité.

— Jerome m'a dit que tu aimais ça, dit-il en me tendant une petite boîte.

Elle contient deux œufs absolument parfaits.

— Sois très prudente, ne les laisse pas tomber en chemin, et mets-les bien à l'abri. Tu n'imagines pas ce que j'ai dû faire pour mettre la main dessus.

Je le remercie, et il me précise que c'est un cadeau d'adieu.

— Tu pars pour de bon ?

— Pour un temps, seulement. Tout le monde trouve que tu t'en sors très bien, ma présence n'est plus nécessaire.

Il ajoute qu'il espère pouvoir en profiter pour voir Lark.

— Mais on se recroisera un jour, ajoute-t-il. J'en suis certain.

Il me prend la main puis m'embrasse sur la joue.

— Sois prudente avec les œufs ! me crie-t-il en s'éloignant.

Je le lui promets.

Le mot qu'il m'a glissé dans la paume est bref. Un des œufs renferme un portamobile. Il contiendra des instructions pour trouver une zone blanche. Je devrai me rendre à cet endroit demain, à l'heure du déjeuner. Puis, tout en bas, une dernière phrase : *Nous sommes heureux que tu sois toujours des nôtres.*

Après l'avoir lu en secouant la tête, j'approche le morceau de papier d'une flamme et le regarde brûler.

Un jour, lors d'une conversation avec Lark, je lui ai demandé si elle connaissait la chanson que mon père nous chantait lorsqu'on était petits. Je lui ai fredonné quelques mesures d'une voix qui manquait d'assurance. Je n'ai jamais été capable d'éviter les couacs, et je m'en suis excusée avec tristesse.

Bien sûr, elle connaissait la chanson. Elle me l'a chantée, et je l'ai enregistrée.

Je dépose des bribes de cet enregistrement dans les Souterrains, me démenant pour tirer parti, au maximum, du peu de temps dont je dispose. Il ne lui faut pas longtemps pour apparaître. L'écran vacille et il est là, pareil mais différent. Ses cheveux sont plus courts, son visage dégagé. Son regard aussi a changé. Ses yeux sont gris pâle et non plus noisette. Il a pris du poids.

— Regarde-toi, lancé-je avec un petit sourire moqueur.

Ce ne sont pas seulement ces transformations qui me laissent sans voix. Je suis perdue parce que je me présente à lui telle que je suis, telle que je suis devenue. Tout comme je devais intégrer l'appartement de mon enfance à ce nouveau moi, je devais le voir. Je veux qu'on puisse se connaître, tous les deux.

Il m'explique qu'il va sortir de la clandestinité. Il travaillera pour DataMap avec une identité officielle.

— Alors je pourrai te contacter ?

Il hésite.

— Il vaut mieux attendre un peu. Tu es placée sous haute surveillance, tu sais.

L'écran est si minuscule que j'ai du mal à le voir. Je l'approche de mes yeux.

— Tu as l'air de quelqu'un de très respectable, dis-je avec un sourire.

— C'est l'objectif.

On n'a pas beaucoup de temps. Il veut que je lui raconte tout ce qui s'est passé depuis notre dernier échange. Il sait que BioPerfect m'a retrouvée en premier. Quand ses agents sont arrivés, j'étais déjà partie. Il n'y avait plus aucune trace de moi au camp. Il n'a eu aucune nouvelle jusqu'à ce que l'ancienne Fern Marlow réapparaisse dans les flux vidéo : BioPerfect en avait fait l'héroïne d'un récit à succès, un modèle particulièrement solide.

Je suis assise à l'ombre d'un arbre, en bordure d'un parc, et j'essaie de donner l'impression que je suis une employée normale qui profite de sa pause déjeuner. Je lui raconte tout ce que je sais, le plus vite possible. Je lui parle des révélations de Jerome, des tests que j'ai subis et continue à subir, du poste qu'ils m'ont offert.

— Et tu les crois ?

Je hausse les épaules.

— Plus que Miss Margaret et Rahim ? Vraiment ?

Je n'ai pas envie de m'attarder sur ce sujet – je sais très bien où il veut en venir –, mais il continue à parler, à toute allure. Il sait de source sûre que Rahim n'a pas été effacé, pas par BioPerfect en tout cas. Il ne peut simplement pas sortir de la clandestinité pour le moment. Il est trop recherché. Quant à Miss Margaret, le bruit court qu'elle se cache encore, le temps que tout s'arrange.

— Ils ont besoin de toi, insiste-t-il.

Je lève les yeux vers les branches entrelacées au-dessus de moi. Les feuilles forment un tulle léger et transparent, à travers lequel j'aperçois le ciel d'azur. Quand une brise s'y engouffre, elles tourbillonnent comme la jupe d'une danseuse, se soulèvent et retombent avec lenteur, et les couleurs se mélangent. Il était inévitable que notre conversation en arrive là. J'ai été naïve d'imaginer le contraire.

Conscient de mon silence, il tempère sa réaction, essaie d'employer la douceur pour me convaincre.

— Tu dois me laisser prendre mes propres décisions, Lewis. Je ne suis pas seulement celle que tu crois.

Il attend que je poursuive.

Je regarde à nouveau le ciel en me mordillant la lèvre, puis je reporte mon attention sur l'écran. Il ressemble à notre mère, avec les yeux de notre père.

— Je ne te reproche rien, Fern. Tu as une vie confortable. Et tu as traversé des épreuves difficiles. Mais parfois il faut faire un sacrifice. Tant de personnes comptent sur toi...

Une part de lui continue à me voir comme cette enfant gâtée, spéciale, destinée à un endroit meilleur. Je ne peux pas lui en vouloir. Je me suis mal conduite avec lui, et les rares contacts récents qu'il a eus avec moi ont été brefs. Ce qui ne m'empêche pas d'être déçue. Je voulais qu'il me voie telle que je suis aujourd'hui.

— J'ai déjà décidé de ce que j'allais faire.

Je me suis préparée à agir, et ici, à l'ombre de cet arbre, je sais, avec une certitude que je n'ai jamais eue auparavant, que le moment est venu. C'en est fini de l'attente, fini de la vie définie par les désirs des autres.

L'écran vacille et un discret bourdonnement s'élève. J'ai de plus en plus de mal à voir Lewis, le son se dégrade.

— Fais-moi confiance, lui dis-je, trop tard.

Sous mes doigts, sa joue se décompose en millions de pixels pour laisser la place à un écran noir.

Assise sous ce ciel parfait, j'observe mon propre corps, ma peau, mes mains, mes doigts (si agiles maintenant dans les Souterrains), le grain de beauté au-dessus de mon genou droit (de naissance), la cicatrice sur mon poignet gauche (causée par une boîte de conserve à ReCorp), l'intérieur de mon poignet droit (que Chimo a embrassé). La personne qui a été Fern Marlow, puis Delia Greene, deviendra bientôt quelqu'un d'autre.

Je laisse tomber le portamobile, ainsi que j'en ai reçu l'instruction, avant de traverser l'espace vert pour retourner au bureau.

J'ai des flux prêts à être téléchargés sur les réseaux et dans les Souterrains. Je vais m'installer à mon poste de travail, près de la fenêtre, et je ferai croire que c'est ce que je fais, tête baissée. Fern Marlow, Lotto Girl, élément assidu.

En y regardant de plus près, pourtant, on verra que la vérité déborde de ce cadre. Je suis à mon bureau, oui, mais je me suis connectée au Désert, et j'emprunte le chemin que je suis la seule à connaître pour récupérer ce conte. J'approche de sa conclusion, j'y apporte les dernières touches et, quand j'aurai terminé, je m'empresserai de le diffuser sur tous les canaux disponibles.

Mon histoire.

Si vous êtes tombés dessus et que vous l'avez lue jusqu'au bout, vous voudrez peut-être y voir un flux narratif conçu pour divertir et intriguer. À moins que vous ne pensiez plutôt à un message des Opposants, destiné à vous empêcher de croire aveuglément tout ce qu'on vous raconte. Ce pourrait aussi n'être ni l'un ni l'autre, juste des mots confiés au Désert par une voix d'un autre temps. Réalité ou fiction, mensonge ou vérité ? À vous de décider.

J'aurai disparu depuis longtemps, les conséquences de mes actions auront à leur tour contribué à façonner l'être complexe que je suis, rejaillissant inévitablement sur tous ceux que j'ai connus, puisqu'on est tous liés et séparés, ordinaires et uniques, scintillants, changeants et si insaisissables.

REMERCIEMENTS

Merci à Andrew et à Odessa, comme toujours.
Ma gratitude va aussi à la formidable équipe éditoriale de Random House, Zoe Walton et Catriona Murdie. Ça a été une telle joie de savoir que *Lotto Girl* était entre les mains de personnes qui y tenaient à ce point.

Composition et mise en pages
Nord Compo à Villeneuve-d'Ascq